육화의
왕녀
이 멋진 세계에
축복을!
6

저도 홍마족의
화려한 등장으로
공주님을 놀라게
해주겠어요.
메구밍

다크니스
아쿠아
내 비장의 스킬로
연회 분위기를
확 띄워주겠어.
다크니스의 체면이
상하지 않도록 말이야!
무례를 범하지 마라.
말 한 마디 잘못 했다가
진짜로 목이 날아갈지도
모른단 말이다.

저, 당신 같은 사람을
만난 건 처음이에요.

어디 미천한 신분이
왕족을 뚫어져라
쳐다보는 겁니까.
빨리 인사를 한 후,
모험담을 들려주시죠.
오라버니는, 저기,
제 놀이 상대라고 할까…….
아이리스

크리스
신기의 회수를
부탁드려도
될까요?
지금부터 왕녀님의 방에
놀러가지 않을래?

에리스
의적…….
조금 동경하게 될 것 같아요.

이 멋진 세계에 축복을! 6

육화의 왕녀

CONTENTS

아카츠키 나츠메 지음
미시마 쿠로네 일러스트
이승원 옮김

Character
다크니스
아쿠아
메구밍
연령 18세
직업 크루세이더
몬스터에게 공격받을 때 쾌락을 느끼는 방어 전문 여기사. 대귀족, 더스티네스 가문의 영애이기도 하다. 특기는 망상.
연령 연령 미상
직업 아크 프리스트
젊은 나이에 죽은 인간을 인도하는 여신. 카즈마와 함께 마왕 토벌을 목표로 하고 있다.
좋아하는 것은 술. 특기는 연회용 장기자랑.
연령 14세
직업 아크 위저드
홍마족 제일의 천재 마법사. 「폭렬마법」에 매료된 탓에 폭렬마법만 쓸 수 있으며, 다른 마법은 쓰지 않는다. 좋아하는 것은 폭렬마법. 특기는 폭렬마법. 취미는 폭렬마법.

아이리스
연령 12세
직업 왕녀
위즈
연령 20세
직업 점주
크리스
연령 15세?
직업 도적
바닐
연령 연령 미상
직업 대악마 겸 점원

카즈마
연령 16세
직업 모험가
아쿠아를 억지로 끌고 이세계에 와서도 은둔형 외톨이 생활 중인 모험가. 마왕 토벌이라는 사명은 이미 반쯤 포기했다.

프롤로그

그 날.

눈을 뜬 나는 폭신폭신한 침대에서 나오지 않은 채 손뼉을 쳤다.

문밖에 서 있는 집사를 부르기 위해서다.

그 소리를 듣고 나타난 이는 집사복을 깔끔하게 입은 백발의 노인이었다.

"카즈마 님, 부르셨습니까."

나를 향해 깊이 고개를 숙이는 그 노인에게—.

"응. 잠기운 좀 쫓게 커피를 부탁해, 세바스찬."

"제 이름은 하이델입니다."

"부탁해, 하이델."

집사인 하이델에게 커피를 부탁한 후, 나는 다시 침대에 드러누웠다.

곧 메이드인 메어리가 침대 시트를 갈러 올 것이다.

하지만 간단히 시트를 갈게 해줄 수는 없다.

메이드가 자기 일을 하지 못하도록 다양한 방해 공작을 펼친다.

그것이 어느 크루세이더에게 배운 메이드를 다루는 올바른 방법인 것이다.

곧바로 문에서 똑똑 하고 노크소리가 들렸다.

거봐. 왔지?

내 전속 메이드인 메어리다…….

이 밝은 미래에 축배를!

1

요즘 들어 계속 여행만 다닌 탓에 우리 집 곳곳에는 먼지가 쌓여 있었다.

나는 거실 한가운데 깔린 부드러운 융단 위에 책상다리를 하고 앉아서, 얼마 전에 있었던 일을 떠올렸다.

—옛날부터 우수한 마법사를 배출해왔던 아크 위저드의 성지, 홍마의 마을.

그런 홍마의 마을에 마왕군이 쳐들어왔다는 내용과 함께 유언이 적힌 편지를 한 소녀가 받았다.

그 소녀는 자신이 가봤자 별다른 도움이 되지 않을 거라고 생각하면서도 마을에 돌아가기로 결심했다.

두 번 다시 이 마을에 돌아오지 못할 거라는 사실을 이해한 그녀는, 쭉 마음속에 품어왔던 마음을 나에게 밝히더니 사지에 향하는 자신을 안아달라고 애원했다.

나는 그 마음을 딱 잘라 거절한 후, 슬픔에 잠긴 그녀를 내버려두고 여행을 떠났다.

그렇다. 그 소녀보다 먼저 홍마의 마을에 가서 마왕군을 해치우려고 했다…….

그 후 이런저런 일이 있었지만 결국 내 활약 덕분에 마왕군 간부 실비아는 토벌됐고, 홍마의 마을에는 다시 평화가 찾아왔는데—.

"……카즈마가 아까부터 계속 기분 나쁘게 히죽거리고 있네. 요즘 들어 날씨가 꽤 풀렸으니 정신 나간 사람들이 많이 나올 때도 됐어."

액셀 마을에 돌아온 우리는 평화로운 일상을 보내고 있었다.

방금 나한테 건방진 소리를 한 아쿠아, 그리고 다크니스와 메구밍은 거실 소파에 사이좋게 앉아 홍마의 마을에서 가지고 온 휴대용 게임기를 번갈아가며 하고 있었다.

퍼뜩 어떤 생각이 머릿속을 스치고 지나간 나는 그런 세 사람을 향해 진지하기 그지없는 표정으로 말했다.

"여동생이 가지고 싶어."

—라고 말이다.

내가 그 말을 입에 담은 순간, 거실 안은 정적이 흘렀다.

그리고—.

"저기, 다크니스. 순서를 지켜. 다음은 내 차례거든? 마지막 보스를 쓰러뜨릴 사람은 바로 나란 말이야."

"잠깐, 아쿠아와 메구밍은 실제로 보스를 쓰러뜨리고 있지 않느냐. 하다못해 게임 속에서만이라도 내가 마무리를 하게 해다오."

"그럴 수 없어요. 홍마족으로서 마무리는 절대 양보할 수 없다고요. 그리고 최종 보스는 강적이 틀림없어요. 다크니스는 무턱대고 달려들기만 하니, 몇 번이고 컨티뉴를 해야 쓰러뜨릴 수 있을 거예요."

내 말을 흘려넘기기로 한 세 사람은 왁자지껄 떠들면서 게임을 플레이할 순서를 놓고 다투기…….

"내 말 좀 들어어어어어어어!"

"꺄아아아아아~! 하지 마! 이제 곧 클리어한단 말이야! 다 같이 시간을 들여가면서 겨우 여기까지 왔는데~!"

게임기를 빼앗은 나는 그걸 되찾으려 하는 아쿠아의 손을 피하면서 게임을 계속 플레이했고…….

"어때? 한 대도 안 맞고 최종 보스를 해치웠어! 이제 만족했지?!"

"눈곱만큼도 만족 안 했다구! 왜 제일 중요한 부분을 독차지하는 건데?! 다 같이 고생고생해가면서 거기까지 간 거란 말이야! 어떻게 책임져줄 거야?! 거기까지 가는데 사흘이나 걸렸다구!"

"거 되게 시끄럽네. 그럼 한 번 더 줘봐. 방금 그 부분까지 한 대도 안 맞고 세 시간 만에 가줄게!"

"하지 마! 하지 말라구! 우리의 노력을 더 이상 짓밟지 마!"

아쿠아는 울먹거리면서 게임기를 빼앗아갔다.

"홍마의 마을에서 나름 활약하기에 조금 다시 봤더니, 역시 네놈은 뼛속까지 썩어빠진 자식이구나! 우리의 노력을 짓밟는 게 즐거운 것이냐?! 자, 메구밍도 한마디 해줘라!!"

분노한 다크니스가 그렇게 말하자 메구밍은—.

"……뭐, 카즈마만 따돌리는 것도 좀 그렇긴 해요. 홍마의 마을에서도 그랬듯이, 최후의 순간에 믿고 의지할 수 있는 사람은 카즈마뿐이에요. 그러니까 방금도 우리답다고 할 수 있지 않을까요?"

""뭐?!""

아쿠아와 다크니스는 화들짝 놀라면서 메구밍과 나를 번갈아 쳐다보았다.

"저기, 메구밍. 왜 그래? 평소 같으면 누구보다 먼저 카즈마에게 달려들었을 거잖아. 액셀 마을에서 가장 많이 싸움을 벌인 난폭자라는 평판은 대체 어디 간 거야?"

"음. 상급 전위직 『광전사』의 소질을 지닌 것 같았던 메구밍이 이런 상황에서 얌전할 리가 없다. 어이, 카즈마. 홍마의 마을에서 메구밍과 대체 무슨 일이 있었던 것이지?"

"둘 다 정말 무례하네요! 저는 냉정침착의 대명사나 다름없는 아크 위저드예요! ……그런데 카즈마야말로 느닷없이 무슨 소리를 하는 거죠? 여동생이 가지고 싶다면 저희와 상담할 게 아니라, 부모님에게 부탁하는 편이 좋지 않을까요?"

"부모님에게는 옛날부터 여동생이 가지고 싶다고 몇 번이나 말했어. 그것도 의붓동생이 가지고 싶으니까 이혼한 후에 애 딸린 사람과 재혼해달라고 말이야. 부모님에게 두들겨 맞은 건 아마 그때가 처음일 거야……."

"그런 소리를 하는 자식을 집에서 내쫓지 않은 걸 보면, 카즈마의 부모님은 마음이 넓은 분들이시네요."

"내 부모님은 아무래도 상관없어! 애초에 내 고향으로 돌아갈 수 없는 상황에서 그런 소리를 해봤자 아무 소용없잖아. 그것보다!"

나는 어이없어 하는 세 사람이 보는 앞에서 과장스럽게 고개를 저으며 말했다.

"치유 타입 누님 위즈, 활발 타입 원기왕성 아가씨 크리스, 쿨 타입 누님 세나에 박복한 융융! 그리고 왕도파 히로인인 에리스 님까지! 나는 지금까지 다양한 미녀 및 미소녀와 만났어."

"카즈마 씨, 카즈마 씨! 나는? 나는 어떤 타입의 미녀야?"

"너는 별종 타입 혹은 애완동물 타입이겠지. 이, 인마, 지금은 중요한 이야기를 하고 있다고! 할 말 있으면 나중에 해!"

나는 달려드는 아쿠아를 떨쳐낸 후, 주먹을 말아 쥐면서 말했다.

"……나는 중요한 사실을 깨달았어. 그건 바로 아직 부족한 타입이 있다는 거야. 내가 태어난 나라, 일본에서는 소꿉 친구도 포함되지만 지금 상황에서는 무리일 테고……. 뭐, 이쯤 말했으면 뭐가 부족한 건지 느낌이 오지?"

내가 무슨 말을 하려는 것인지 눈치챈 메구밍은 땅이 꺼져라 한숨을 내쉬면서 말했다.

"……하아, 어쩔 수 없군요. 그러니까, 저한테 여동생이 되어달라는 거죠?"

"무슨 소리를 하는 거야. 메구밍은 로리 타입이잖아."

"뭐라고요?!"

메구밍이 그 말을 듣고 놀라는 가운데, 다크니스가 부끄러움을 타듯 머뭇거리면서 손을 들었다.

"저, 저기, 나는 어떤 타입의 여자인 것이지……?"

"너는 당연히 에로 담당이지."

"에로 담당?!"

나는 충격을 받은 다크니스와 메구밍은 무시하며 이야기를 정리했다.

"일전에 홍마의 마을에 갔을 때 메구밍의 동생을 만났잖아? 그때, 다시 한번 생각했어. 아아, 역시 여동생이 가지고 싶어, 라고 말이야. ……이걸로 내가 하고 싶은 말이 뭔지 이해했지?"

"전혀 모르겠는데요."

그 말을 한 사람은 성실하게 내 이야기에 귀를 기울이고 있던 아쿠아였다.

—사실 내가 이제 와서 이런 말을 한 것에는 다 이유가 있다.

그 이유란 바로…….

"왕녀님이라……. 나보다 어린 것 같은데, 여동생 캐릭터이려나……."

그렇다. 나는 저번에 편지를 보내왔던 제1왕녀에게 기대를 걸고 있었다.

들은 이야기에 따르면 왕녀님은 아직 열두 살이라고 한다.

그 나이면 내 스트라이크존에서 벗어난다.

그렇다면 그 애와 친해져서 나를 오라버니라고 부르게 하는 것이다.

그런 내 마음을 알아챈 것처럼 홍마의 마을에서 돌아와 보니—.

"……저기, 카즈마. 아직 늦지 않았다. 그냥 사양하자! 알고는 있는 것이냐? 상대는 이 나라의 왕족이다. 그쪽에서 말하는 식사 또한 네가 생각하는 것과 명백히 다르지. 분명 엄청 엄격할 거다! 그러니까 다들 이 일은 신경 쓰지 말자, 알았지?!"

어찌된 영문인지 다크니스는 계속해서 우리를 설득하려 했다.

최근 며칠 동안 다크니스는 우리가 왕녀님을 만나지 못하게 하려고 갖은 수를 다 썼지만, 방금 내가 한 말을 듣고 평소보다 더 필사적이 된 것 같았다.

나는 융단 위에 앉은 채 퉁명한 목소리로 중얼거렸다.

"……너, 우리가 왕녀님에게 무례를 범할 거라고 생각하는 거지?"

다크니스는 그 말을 듣더니 온몸을 부르르 떨었다.

시선이 흔들리기 시작한 다크니스는 이윽고 고개를 살며시 숙이더니—.

"그, 그렇지 않…… 답니다."

너, 누구야?

"어이, 내 눈을 똑바로 쳐다보면서 존댓말 말고 평소 말투로 말해봐. 우리가 사고를 쳐서 더스티네스 가문의 이름에 먹칠을 할까 싶어서 말리는 거지?"

"그런 거야?! 다크니스, 너무해! 나도 예의범절 정도는 안단 말이야!"

"정말 너무해요! 다크니스는 저희가 당신을 불리하게 만드는 짓을 할 거라고 생각하나요? 우리는 생사고락을 함께 해온 동료잖아요! 좀 믿어달라고요!"

아쿠아와 메구밍은 내 말을 듣더니 그렇게 말했다.

"으…… 으으……. 너희에 대해 잘 이해하고 있기 때문에, 불안한 거란 말이다……."

다크니스는 울먹이면서 그렇게 말했다.

나는 불안으로 가득 찬 표정을 짓고 있는 다크니스에게 말했다.

"나도 신분이 차이난다는 건 알고 있고, 예절이라는 것도 조금은 알아. 내가 들뜬 건 상류 계층 아가씨와 만날 수 있기 때문이라고. 그 이상도, 그 이하도 아냐."

"어, 어이, 나도 일단은 상류 계층 아가씨다만?!"

다크니스는 울상을 지은 채 항의했다.

나는 안절부절 못하는 다크니스를 보고 신선한 느낌을 받으면서 말했다.

"아, 턱시도를 사야겠네. 너희도 드레스 없지? 이 기회에 한 벌 맞추자고."

"좋은 생각이야! 나도 때때로는 날개옷 말고 다른 걸 입어 보고 싶어! 그런데 만드는 데 오래 걸리지 않을까?"

"저는 검은색 드레스로 할래요. 어른스러운 분위기가 물씬 풍기는 녀석을 맞추겠어요."

우리는 그런 소리를 하면서 점점 흥분했다.

아쿠아와 메구밍도 왕녀님과의 만남을 사양할 생각이 없는 것 같았다.

그런 우리를 본 다크니스는 금방이라도 울음을 터뜨릴 것 같은 표정으로 말했다.

"너, 너희들……. 상대가 한 나라의 왕녀님인 건 알고 있지? 경우에 따라서는 진짜로 목이 날아갈 수도 있다. 카즈마도 이 두 사람에게 단단히 일러……."

"역시 턱시도는 너무 평범한가. 좋아. 왕녀님에게 강렬한 인상을 주기 위해서라도, KIMONO와 HAKAMA를 맞추는 게……."

"부탁이다! 뭐든 하겠다! 내가 할 수 있는 거라면 뭐든 할 테니, 듣도 보도 못한 기발한 복장을 하지는 말아다오!"

다크니스는 애원하는 목소리로 그렇게 말했다.

2

"뭐, 좋아. 왕녀님 일행이 일주일 후에 오기로 했으니, 그때까지 너한테 집안일을 맡기겠어."

다크니스가 울며불며 매달린 다음 날의 일이다.

"……아, 알았다. 그런데 홍마의 마을에서 네가 했던 그 발언은 진심이었던 것이냐. 아무래도 나는 아직 너를 얕보고 있었던 것 같구나."

현재 다크니스는 그녀의 몸집에 비해 사이즈가 약간 작은 메이드복을 입고 있었다.

치맛자락이 짧은 특수 메이드복을 입은 다크니스는 에로 담당에 걸맞은 색기를 내뿜고 있었다.

그녀는 체념 섞인 표정을 지은 채 내 앞에 서 있었다.

나는 그런 다크니스를 보고 기분이 좋아진 나머지—.

"이럴 때는 「알겠습니다, 주인님」이잖아."

"……으…… 윽!! 아, 알겠습니다, 주인님! 저는 음란한 암퇘지입니다……!!"

"그런 소리까지 하라고 한 적 없어."

……얼굴을 새빨갛게 붉힌 채 부들부들 떨고 있는 다크니스에게 그렇게 말했다.

—KIMONO를 입지 않을 뿐만 아니라, 왕녀님에게 무례를 범하지 않겠다는 조건으로 다크니스는 내가 예전부터 품어왔던 꿈을 이뤄줬다.

그 꿈이란 바로 치맛자락이 짧은 메이드복을 입은 여성이 나에게 봉사하는 것이다.

진짜로 말도 안 되는 짓까지 시켰다간 후환이 두려워서 좀 자중하겠지만, 그래도 이 정도라면 괜찮으리라.

"그럼 뭘 하면 되겠느냐? 집안일 같은 건 해본 적이 없기 때문에, 뭘 하면 좋을지 모르겠다. 일단 카즈마의 사타구니 부분에 차라도 쏟은 후, 허둥지둥 거기를 닦으면 되겠느냐?"

"너는 절대 차 끓이지 마."

이 녀석의 머릿속에 존재하는 메이드는 대체 어떤 일을 하는 사람인 걸까.

"뭐, 적당히 청소나 해. 아, 설거지는 하지 마. 다 박살낼게 뻔하잖아. 그런 비경제적인 이벤트는 벌이지 말라고."

"……음. ……알았다……."

다크니스는 약간 실망한 표정으로 거실에서 나갔다.

아쿠아와 메구밍은 위즈의 가게에 갔다.

그렇기 때문에 지금 이 저택에는 다크니스와 나, 단둘뿐이다.

그러고 보니 다크니스는 항상 나한테 폐만 끼쳐댔지.

그러니 오늘은 마음껏 부려먹어야겠다.

……바로 그때였다.

"꺄아아아앗!"

고의성 짙은 비명소리와 함께 도자기가 깨지는 소리가 들렸다.

그리고 파편 같은 것을 안아든 다크니스가 거실에 뛰어들어왔다.

"주인님, 죄송합니다! 주인님께서 소중히 여기던 항아리를 깨고 말았어요! 그 어떤 벌이라도 달게……."

"나는 항아리 같은 걸 소중히 한 적 없고, 그런 항아리를 가지고 있지도 않거든? 진짜로 내가 소중히 여기는 걸 박살 낸다면, 벌로써 메이드복 차림으로 모험가 길드에 갔다 오게 할 거야."

"윽?!"

—다크니스는 먼지투성이가 되는 것도 개의치 않으면서 걸레질 및 창틀 청소를 열심히 했다.

나는 다크니스가 집안일을 잘 하고 있는지 체크했다.

왜 그런 짓을 하는 거냐면 심심했기 때문이다.

나는 다크니스가 닦고 있던 창틀 가장자리를 손가락으로 훑은 후 쳐다보았다.

하지만 손가락에 먼지가 묻어나지 않았다. 구석구석까지 깨끗하게 청소가 되어 있었다.

"……큭, 손재주는 없으면서 청소 하나는 꼼꼼하게 잘 하네……! 트집거리가 있으면 벌로 메이드복 크루세이더 라라티나라는 이름을 길드에 정착시켜줄 생각이었는데 말이야."

"후후, 그렇게 간단히 벌을 받을 것 같으냐. 너는 여전히 내가 진짜로 싫어하는 일을 정확하게 알아채는 구나. ……하지만 라라티나라고는 진짜로 부르지 마라. 부탁드립니다."

나는 볼을 붉힌 다크니스에게 청소에 있어서는 합격점을 줄 수밖에 없었다.

—하지만, 그 후에도…….

"……큭, 소금과 설탕을 헷갈리는 실수를 할 줄 알았는데……!"

"통에 적힌 글자를 잘 읽어보면 헷갈릴 리가 없지. 게다가 모험가 생활을 하다보면 고기 정도는 구울 줄 알게 된다."

나는 다크니스가 만들어준 점심을 먹으면서 무심코 이를 갈았다.

메뉴는 밥과 조리하지 않은 채소, 그리고 구운 고기였다. 심플하면서 실패할 가능성이 낮은 요리를 선택한 걸 보면 진짜로 벌을 받고 싶지 않은 것 같았다.

다크니스는 승리를 확신한 표정을 지으며 말했다.

"후후. 꽤 질 좋은 고기를 썼지. 맛은 어떠냐?"

"평범해."

"뭐?!"

—화장실 청소.

그건 원래 아쿠아 담당이지만—.

"……저기, 화장실을 청소할 필요가 있을까?"

"……어, 없을 것 같네."

물의 여신이 지닌 정화 작용 덕분일까.

대충대충 청소하는 데도 아쿠아가 관리하는 화장실은 이 집의 그 어떤 장소보다도 깨끗했다.

어쩔 수 없이 다른 일을 시키기로 했다.

"—정말이냐?! 이게 진짜로 메이드에게 있어 가장 중요한 일인 것이냐?! 내가 세상 물정을 모른다고 대충 둘러대는 것 아니냐?! 적어도 우리 집에서는 아버지가 메이드에게 이런 일을 시키지 않았단 말이다!"

"진짜야! 우리나라에서 이걸 안 하는 메이드는 없었어!"

나는 몇 번이나 현관을 오고갔다. 그리고 그때마다 다크니스는 나를 향해 미소를 지으면서 「다녀오셨습니까, 주인님」이라고 말했다.

"어이, 미소가 딱딱해! 너는 왜 항상 표정이 그렇게 딱딱한 건데?! 무섭다고! 좀 더 방긋 웃으면서 말해봐!"

"다, 다녀오셨습니까, 주인님!"

"그게 아냐! 손을 이렇게! 다리는 이렇게! 앞으로 몸을 숙이며 몸 곳곳을 강조해! 에로가 너의 유일한 장점이잖아! 자, 다시 해봐!"

"다녀오셨습니까, 주인님! 저는 괴롭힘을 당하는 건 좋아합니다만, 너무 기어오르시면 저의 장점 중 하나인 악력으로……!"

"아아아아아, 쪼개져! 머리가 쪼개진다고! 뭐가 흘러나와! 잘못했습니다!!"

관자놀이에 아이언클로를 당한 나는 비명을 지르면서 다크니스에게 사과했다.

3

"하아. 나를 두근거리게 만드는 벌이나 괴롭힘이라면 얼마든지 어울려줄 텐데 말이다."

"너도 말은 그러지만, 진짜로 선을 넘을 것 같으면 주저하잖아."

다크니스를 한동안 가지고 논 후, 우리는 마을 안을 걷고 있었다.

"하지만 너도 메이드 차림을 그렇게 싫어하지는 않던걸? 평소에도 그렇게 하늘거리는 옷을 입는 게 어때?"

다크니스가 메이드 차림으로 마을에 가는 것만은 봐달라고 애걸복걸했기에 평상복으로 갈아입는 걸 허락해줬다.

"……귀여운 옷이 어울리지 않는다는 건 내가 가장 잘 알고 있다. 그러니 내일부터는 평상복 차림으로 집안일을 하게 해줬으면 한다만……."

"그건 안 돼."

난처하다는 듯이, 그리고 왠지 기뻐 보이는 표정을 지으며 고개를 푹 숙이는 다크니스를 데리고 나는 어떤 가게로 향했다.

"안녕, 잠깐 실례할게."

"아, 카즈마 씨. 어서 오세요! 실은 방금 카즈마 씨가 고안한 착화 장치가 들어왔어요!"

우리가 향한 곳은 위즈의 가게였다.

오늘은 내가 개발한 편리한 도구들의 판매를 시작하는 날이다.

가게 안에는 각종 상품을 흥미로운 눈길로 둘러보는 메구밍과, 차와 과자에 정신이 팔려 얌전히 있는 아쿠아가 있었다.

가장 임팩트가 있는 그 녀석은 아무래도 외출 중인 것 같았다.

나를 본 메구밍이 오일 라이터를 한 손에 든 채 나를 불렀다.

"카즈마, 카즈마, 빨리 이 마도구의 힘을 보여주세요!"

"그건 마도구가 아니라 우리나라에 있던 편리 아이템이라고 말했지? 뭐, 잘 봐."

나는 메구밍에게서 라이터를 넘겨받고 불을 켰다.

""""오오?!""""

내가 불을 피우자 메구밍, 다크니스, 그리고 위즈 세 사람이 탄성을 터뜨렸다.

"이, 이거 정말 편리하네요! 진짜로 틴더 마법과 똑같잖아요! 카즈마 씨, 이건 분명 날개 돋친 듯 팔릴 거예요!"

위즈는 흥분을 감추지 못하면서 그렇게 말했다.

"구조는 간단하지만 정말 잘 만들었네요. 마도구가 아니라는 게 믿기지 않아요. 게다가 이건 소중히 쓰면 오랫동안 쓸 수 있을 것 같아요."

라이터를 다양한 각도에서 살펴보던 메구밍은 감탄 섞인

감상을 말했다.

"나도 이걸 하나 가지고 싶구나. 부싯돌은 습기가 있는 장소에서는 쓰기 힘든데다 불도 잘 붙지 않지. 그리고 불씨로 쓸 잘 타는 물건을 물에 젖지 않게 가지고 다녀야 하기 때문에 불편하지 않느냐. 이거라면 그런 문제들을 한 번에 해결할 수 있겠어. 위즈, 카즈마, 나한테 하나 팔아다오. 얼마지?"

다크니스는 그렇게 말하면서 지갑에서 돈을 꺼내려 했다.

그러자 위즈는 미소를 지으며 말했다.

"돈은 필요 없어요. 이건 카즈마 씨가 고안하고 저희가 만든 것이니까요. 게다가 이 상품들의 개발에는 여러분도 협력해주셨잖아요. 마음에 드는 물건이 있으면 얼마든지 가져가세요."

차와 과자를 먹어치우던 아쿠아는 다크니스와 메구밍이 희희낙락하면서 라이터를 고르는 모습을 보더니 코웃음을 쳤다.

"정말 미개인이라니깐. 라이터 가지고 뭘 저렇게 좋아하는 거야? 이건 진짜로 구조가 간단하다구. 정말, 이러니까 문명이 뒤처진 세계의 인간들은……."

아쿠아는 그녀들을 미개하다고 놀리면서도 라이터를 향해 손을 뻗었고…….

옆에 있던 내가 그런 아쿠아의 손을 움켜잡았다.

"…………뭐야. 뭐하는 거냐구, 카즈마. 나도 고를 거야."

"너는 돈 내고 사."

내가 당연한 소리를 하듯 그렇게 말하자 아쿠아가 불같이 화를 냈다.

"뭐? 이유가 뭐야? 왜 항상 나한테만 짓궂은 거냐구! 위즈가 공짜로 준다고 했단 말이야! 다크니스와 메구밍은 괜찮고, 왜 나만 안 되는 건데?! 나만 따돌리지 마!"

"걔들을 놀리지만 않았어도 막지 않았을 거야. 그리고 너는 아무것도 안 했잖아. 이 가게의 주인인 위즈는 말할 필요도 없고, 메구밍은 홍마족의 마도구 제작 지식을 가르쳐줬어. 다크니스는 대형 도매업자를 소개해줬지. 그 동안 너는 저택에서 먹고 자기만 했잖아. 네 몫을 챙기고 싶다면 밖에 나가서 손님이라도 끌어와."

내 말을 듣고 눈가에 눈물이 맺힌 아쿠아는 패배자 특유의 상투적인 소리를 해대면서 가게 밖으로 뛰쳐나갔다.

"우에에에에엥~! 카즈마는 너무해! 우리가 벗어둔 세탁물 냄새를 몰래 맡아대는 걸 비밀로 해주려고 했는데!"

"어이, 잠깐만! 나, 나는 그런 짓을 한 적 없어! 헛소리 하지 말라고! ……진짜야! 메구밍도, 다크니스도 그런 눈으로 나를……! 앗, 위즈까지! 아냐, 누명이란 말이야!"

아쿠아의 헛소리에서 비롯된 오해를 풀기 위해 내가 필사적으로 변명을 하고 있을 때, 가게 밖으로 뛰쳐나갔던 아쿠아가 입구에서 얼굴만 쑥 내밀면서 말했다.

"……사람 잔뜩 모아오면 나한테도 하나 줄 거야?"
"줄 테니까, 우선 오해부터 풀어주고 가!"

4

마도구점 앞에는 엄청난 인파가 몰려 있었다.
위즈에 말에 따르면 이 대로에 이렇게 많은 사람들이 몰린 것은 처음이라고 했다.
아직 모습을 보이지 않은 바닐이 마을 곳곳에서 전단지를 뿌리고 있다고 한다.
어쩌면 그것 때문에 이런 소란이 벌어진 걸지도 모른다.
인파 안에는 전단지를 들고 있는 사람도 있었다.
"……사람들이 엄청 몰렸구나."
"……그래."
다크니스가 중얼거린 말에 나는 대충 맞장구를 쳤다.

"……이 사람들이 전부 상품을 사러 온 손님이라면 좋을 텐데 말이죠……."
"…………그러게."

메구밍의 말에, 나는 힘없는 목소리로 대답했다.
나는 이 인파의 중심을 쳐다보았다.

내 옆에 서 있는 위즈는 난처한 표정을 지은 채 머뭇거리면서 말했다.

"……제 가게에 올 손님들까지 다 빼앗긴 것 같네요……."

"응! 그래! 아아아아아, 저 녀석은 생각이라는 게 있는 거냐아아아아앗!"

나는 엄청난 인파의 한가운데에서 자신의 장기자랑 스킬을 선보이며 박수갈채를 받고 있는 아쿠아를 쳐다보았다.

전단지를 보고 이곳에 온 손님들도 아쿠아의 장기를 보더니 자신이 왜 이곳에 왔는지 잊고 말았다.

나는 손님을 끌어오라고 했지, 손님들의 목적을 망각하게 만들라고 한 적은 없거든?

당사자인 아쿠아 또한 당초의 목적을 망각한 채 자신의 장기를 선보이고 있었다.

"다음은 이 평범한 손수건에서! 어머나 맙소사~, 비둘기가 나올 거예요!"

아쿠아는 그렇게 말하면서 손수건 한 장을 펼쳐보였다.

그것은 흔한 마술이었다.

미리 옷 안에 비둘기를 넣어둔 후, 그게 손수건에서 나온 것처럼 보이게 하는 것이다.

아쿠아가 손수건을 한 번 흔들고 그 안에서―.

""""우와아아아아앗?!""""

수백 마리가 넘는 비둘기들이 날갯짓을 하며 날아오르자

구경꾼들은 경악했다.

"뭐가 저렇게 많아?! 저 녀석, 대체 뭘 어떻게 한 거야?! 방금 그건 물리적으로 불가능하다고!"

나는 눈을 의심하면서 옆에 있는 위즈에게 물었지만—.

"그, 글쎄요……. 마력이 느껴지지 않은 걸 보면 소환마법을 쓴 건 아니에요. 하지만 저렇게 많은 비둘기들을 어딘가에 숨겨두는 것도……. 으음, 진짜로 어떻게 한 걸까요……?"

마법에 조예가 깊은 위즈조차도 입가에 손을 댄 채 생각에 잠겼다.

"아, 돈 내지 마세요. 저는 길거리 공연을 하는 사람이 아니니까, 돈 내지 않으셔도 돼요."

관중들이 자신을 향해 돈을 던지자 아쿠아는 정중한 목소리로 사양했다.

아쿠아는 장기에 있어서만큼은 타협을 하지 않았다.

저 녀석, 장기로도 충분히 먹고 살 수 있을 것 같네.

우리가 반쯤 어이없어 하면서도 관중들 사이에 섞여 아쿠아가 선보이는 고레벨 장기자랑을 쳐다보고 있을 때였다.

"뭐, 뭐가 어떻게 된 것이냐……."

어느새 돌아온 바닐이 수많은 인파를 쳐다보며 망연자실했다.

그 인파의 중심에 서 있는 아쿠아는 위즈의 가게에서 가지고 온 걸로 보이는 수많은 포션을 보여주더니…….

"자, 제가 하나, 둘, 셋 하면 이 수많은 포션 병이 하나도 남김없이 사라질 거예요! 어디로 가 버리는지는 저도 몰라요! 그럼 이제 셀게요!"

"세지 마라, 이 왕 멍청아!! 네 녀석, 여기서 뭘 하고 있는 것이냐! 밤낮 가리지 않고 우리 가게 문손잡이에 성수를 바르는 걸로도 모자라, 이젠 대놓고 영업 방해를 하는 것이냐?!"

이 녀석, 요즘 들어 자주 외출한다 했더니 그딴 짓을 하고 있었던 거냐.

"방해하지 말라구, 이 요상한 가면아! 여기는 공공도로야! 내가 여기서 장기를 선보여도 문제될 건 전혀 없다구!"

"없긴 뭐가 없어! 넘쳐흐른다, 이 멍청아! 오늘은 이 가게의 미래가 걸린 신규 상품 판매일! 이런 경사스러운 날에 네 녀석한테 영업 방해나 당하고 있을 수는 없단 말이다!"

두 사람이 손님들을 내팽개쳐두고 다투기 시작하자 위즈가 큰 목소리로 말했다.

"이곳에 모여주신 여러분, 현재 저희 가게에서는 여러 가지 편리한 도구를 판매하고 있답니다! 구경하고 가세요!"

위즈가 가게 주인다운 행동을 하는 건 처음 봤어!

—이런저런 일이 있기는 했지만…….

"예, 어서 오십시오! 현재 만 에리스 이상 구매해주신 분께는 한밤중에 웃는 바닐 인형을 특별 선물로 드리고 있습니다! 5만 에리스 이상 구매해주신 분께는! 이 몸이 쓰고 있는 것과 똑같이 생긴 바닐 가면을 선물로 드립니다! ……어이쿠, 소년. 이 몸이 쓰고 있는 이 가면은 비매품이다. 미안하구나. 색깔이 다른 이걸 받아가도록. ……자, 어서 오십시오!"

수상쩍기 그지없는 호객행위를 하고 있는 점원이 어찌된 영문인지 어린애들에게 인기 많은 가운데…….

"감사합니다! 감사합니다! 아, 라이터 두 개와 바닐 가면을 구입하시는 거군요. 감사합니다!"

일본제 편리 제품은 말 그대로 날개 돋친 듯 팔렸다.

맙소사. 이렇게 잘 팔릴 줄 알았으면 일찌감치 장사를 시작했을 것이다.

"다크니스, 놔줘! 내 손님을 빼앗긴 것 같아서 엄청 열받는다구! 내 장기를 계속 선보일래!"

"아쿠아, 진정해라. 너는 목적을 망각했어! 자, 순순히 이쪽으로 가자!"

영업 방해를 하려 하는 아쿠아가 다크니스에게 끌려가는 가운데, 위즈와 바닐은 정신없이 손님들을 상대하고 있었다.

이윽고 손님이 다소 줄어들었을 즈음, 기분이 꽤 좋아 보이는 바닐이 우리 쪽으로 다가왔다.

"후하하하하! 웃음을 참을 수가 없구나! 폐점 시간이 되려면 아직 꽤 남았는데도, 상품이 바닥날 것 같다. 다시 한 번 감사 인사를 하마. 여행지에서 동료와 꽤 좋은 분위기가 됐는데도 돌아온 후에 전혀 진전이 없어서 안절부절못하고 있는 꼬마!"

"어이, 그거 혹시 나한테 하는 소리냐?! 혹시고 자시고가 아니라 나한테 하는 소리 맞지?! 허허, 헛소리 하지 마! 따따, 딱히 안절부절못한 적 없다고! 어, 어이, 메구밍. 이쪽을 힐끔힐끔 쳐다보지 마!"

"아, 안 쳐다봤어요! 동요하지 마세요! 악마의 헛소리에 휘둘리면 어쩌잔 말이에요!"

이 악마 자식, 홍마의 마을에서 돌아온 다음부터 내가 가장 신경 쓰고 있는 걸 주저 없이 폭로하다니……!

"네놈들이 사귀든 짝짓기에 힘쓰든 나와는 상관없지만, 머뭇거리고 있는 너희 둘의 꼬락서니만 봐도 짜증이 나니 빨리 갈 데까지 가버려라. 뭐, 그것보다……."

이 녀석, 진짜로 아쿠아를 불러와서 없애버릴까?

"이대로만 가면 네놈에게 줘야 하는 3억 에리스도 이달 말에는 준비할 수 있을 것 같다. 기다리게 만든 대신이라고 하긴 뭐하지만, 이걸 주마."

바닐이 그렇게 말하면서 내민 것은 그가 착용한 것과는 미묘하게 디자인이 다른 검은색 가면이었다.

"이 가게의 물건 중 은근히 인기를 끌고 있는 양산형 바닐 가면이다. 달이 뜬 밤에 착용하면 정체불명의 악마 파워로 마력이 상승하고, 혈액 순환이 촉진되며, 피부도 매끈해지는데다, 컨디션도 좋아지는 히트 상품이지. 이건 그 중에서도 꽤 레어 상품인 블랙 가면이니까 애들에게 자랑하도록."

이, 이딴 건 필요 없다고…….

애초에 이런 걸 착용하면 저주받는 거 아냐……?

5

위즈의 가게가 번창하는 기묘한 현상은 계속되었다.

그리고 오늘은—.

"자, 다들 알고 있겠지?"

그렇다. 오늘은 기다리고 기다렸던 왕녀님과 식사를 하는 날이다.

다크니스가 없는 가운데, 나는 아쿠아와 메구밍을 향해 말했다.

다크니스의 얼굴에 먹칠을 해서는 안 된다고 말이다.

"물론 알고 있어. 이런 기회는 흔하지 않잖아. 내 비장의 장기로 연회 분위기를 확 띄워주겠어. 다크니스의 체면이 손상되지 않도록 말이야! ……그런데 카즈마. 모자에서 호랑이가 튀어나오는 장기를 선보일까 하는데 호랑이가 없어. 이렇게 된 거 호랑이와 비슷하게 생긴 초보자 킬러로 대체할까 하는데, 같이 잡으러 안 갈래?"

"저도 홍마족의 화려한 등장으로 공주님을 놀라게 해주겠어요. 카즈마, 연기를 피울 도구와 불꽃이 필요한데 그런 건 어디서 팔까요?"

……다크니스가 그런 걱정을 하는 것도 무리는 아니었다.

—더스티네스 저택.

액셀 마을에서 가장 커다란 그 저택은 계엄 태세를 취하고 있었다.

평소에는 몇 명뿐이던 고용인도 오늘은 품위 때문인지 숫자를 늘린 것 같았다.

그럴 만도 했다.

이 나라의 제1왕녀인 아이리스가 어제부터 이 저택에서 머물고 있는 것이다.

그런 더스티네스 가의 저택 현관 앞.

우리 앞에는 순백의 드레스를 입은 다크니스가 서 있었다. 그녀는 긴 금발을 쇄골 언저리에서 아름답게 땋은 후, 그것을 오른쪽 어깨와 가슴 쪽으로 늘어뜨리고 있었다.

다크니스가 입고 있는 것은 청초한 느낌의 순백색 드레스지만 체형 때문인지 야해 보였다.

"사토 카즈마 님, 그리고 여러분. 저희 가문의 저택을 방문해주셔서 감사합니다. 오늘은 저, 더스티네스 포드 라라티나가 호스티스를 담당하겠습니다. 부디 자기 집처럼 여기며 편안히 지내주셨으면 합니다.”

완전히 귀족 영애처럼 보이는 다크니스는 고용인 몇 명을 대동하고 서더니, 우리를 향해 깊이 고개를 숙인 후 정중한 말투로 인사를 건넸다.

완벽한 법식에 따른 정중한 마중을 받았으니 우리 또한 정중하게 인사를 건네는 편이 좋을 것 같았다.

“오, 오늘 초대해주셔서…….”

갑자기 혀가 꼬였다.

내가 말을 더듬자 방금까지 상냥한 미소를 짓고 있던 다크니스가 얼굴을 새빨갛게 붉히면서 고개를 숙였다.

어깨를 떨고 있는 걸 보니 아무래도 웃음을 참고 있는 것 같았다.

이, 이 녀석……!

젠장, 익숙하지 않은 짓을 괜히 했네.

“어이, 다크니스. 웃지 말고 안내해줘. 이 옷, 엄청 갑갑하단 말이야.”

나는 현재 옷가게에서 빌린 검은색 양복을 입고 있었다.

참고로 내가 나비넥타이와 턱시도 느낌의 옷을 입은 모습을 아쿠아와 메구밍이 보더니 포복절도했다. 그 모습을 본 순간, 평생 그딴 것은 입지 않기로 맹세했다.

아쿠아와 메구밍은 결국 맞춘 드레스가 완성되지 않았기에 다크니스의 드레스를 빌리기로 한 것 같았다.

"그럼 여러분. 이쪽으로 오시죠."

다크니스는 여전히 어깨를 부들부들 떨면서 우리를 저택 안으로 들였다.

"―현재 아가씨께서 드레스를 고르고 계시니, 여기서 잠시 기다려 주십시오."

고용인이 우리를 안내한 곳은 응접실이었다.

소파에 앉자 우리를 이곳으로 안내한 고용인이 차를 끓여서 내왔다. 그리고 편히 있으라는 말을 남긴 후 방을 나섰다.

이윽고 다크니스가 드레스를 든 다른 고용인을 데리고 와서 인사하더니 옆에 있는 방 앞에 섰다.

그리고 아쿠아와 메구밍에게 이쪽으로 오라고 손짓을 했다.

다크니스의 뒤를 이어 아쿠아와 메구밍이 옆방으로 들어가고…….

"저기, 다크니스. 허리 언저리가 헐렁하거든? 허리 쪽이 더 가는 건 없어?"

"그, 그게 가장 허리 부분이 가는 거다……. 어쩔 수 없지 않느냐. 크루세이더는 근육이 생명이란 말이다……! 메구밍, 왜 그러느냐?"

"……뭐랄까, 쑥 흘러내려요. 가슴도 허리도 너무 커요. 좀 더 작은 건……."

옆에서 세 사람의 대화가 들려왔다.

"저기, 없지는 않다만……. 그 드레스는 내가 어릴 적에……, 아야야얏! 메구밍, 머리카락을 잡아당기지 말아다오!"

그 뒤를 이어 고용인과의 대화가 들려오더니 드레스를 수선하기 시작한 것 같았다…….

잠시 후, 지친 표정의 다크니스가 두 사람을 데리고 방에서 나왔다.

"……호오."

내가 무심코 탄성을 터뜨리자 그 소리를 들은 메구밍이 부끄러워하듯 살짝 고개를 숙였다.

어깨가 훤히 드러나면서 메구밍의 새하얀 피부가 확연하게 노출됐다. 그리고 그와 상반된 검은색 드레스를 입은 덕분에 평소 어린애 같던 그녀가 엄청 요염해 보였다.

그 뒤를 이어 새하얀 드레스로 몸을 감싼 아쿠아가 나타났다.

"카즈마, 잘 봐~. 어때? 옷이 날개지?"

그것은 칭찬이 아니지만 확실히 지금의 아쿠아에게 딱 맞는 말이었다.

평소 입고 다니는 푸른색 날개옷이 아니라 순백색 드레스를 입은 아쿠아는 입만 다물고 있으면 여신으로 숭배 받아도 이상하지 않을 만큼 아름다웠다.

"저기, 카즈마. 이렇게 미녀들이 잔뜩 모여 있으니 좀 칭송하고 찬양하면서 숭배하더라도 벌 받지는 않을걸?"

진짜 입만 다물고 있으면 좋을 텐데 말이다.

"그래그래, 예쁘다, 예뻐. 그것보다 공주님은? 어제부터 이 저택에 머물고 있다면서?"

내가 기대에 찬 표정을 지으며 묻자 다크니스는 불안으로 가득 찬 표정을 지으면서 말했다.

"……진짜로 무례를 범하지 마라. 너는 때때로 당치도 않은 폭언을 내뱉을 때가 있지 않느냐. 거친 삶을 살고 있는 모험가이니 만큼 다소 관대하게 봐주실 지도 모르지만, 말 한마디 잘못 했다가 진짜로 목이 날아갈지도 모른단 말이다."

다크니스의 말을 듣는 와중에도 내 기대는 커져만 갔다.

공주님.

그렇다. 공주님인 것이다.

미인에 단아하고, 꽃과 나비와 새를 사랑할 것 같은 공주님.

아니, 모험담을 좋아한다니 어쩌면 말괄량이일지도 모른다.

하는 일마다 번번이 실패하던 우리가 드디어 왕족과 접견할 정도의 파티가 된 것이다.

그러니 조금은 들떠도 괜찮지 않을까.

"어이, 너희에게 말해두겠어. 나는 우리가 지금 사는 저택을 꽤 좋아해. 오랫동안 살아서 애착도 생긴 그 저택을 떠나는 건 싫지만…… 그래도 만약 공주님이 나를 친위대에 들이고 싶어 한다면 나는 이사할지도 몰라. 그렇게 되더라도 이해해줘."

"네 머릿속에서는 이야기가 대체 어디까지 진행되어 있는 것이냐. 단순한 식사 자리라고 말했을 텐데?"

우리는 다크니스의 뒤를 따르며 파티 장소로 향했다.

이윽고 우리가 안내된 곳은 만찬회용으로 쓰이는 커다란 홀이었다.

다크니스는 또 우리를 향해 돌아서더니—.

"좋아. 잘 들어라. 상대는 일국의 공주님이다. ……카즈마, 너는 이러쿵저러쿵 해도 상식이 꽤 있는 편이니 크게 걱정하지는 않는다. 하지만 내가 메이드복을 입고 봉사까지 해줬는데도 사고를 친다면, 그냥은 넘어가지 않을 거다. 아쿠아, 너는 과도한 장기를 선보이지 말아줬으면 한다. 특히 위험을 동반하는 장기는 절대 금지다. 그리고 메구밍……. 지금부터 신체검사를 하겠다!"

"예엣?! 자자자, 잠깐만요, 다크니스! 왜 저한테만 이러는 건데요?! 신체검사는 무슨, 저희는 방금 한방에서 같이 옷을 갈아입……! 아앗, 기다려 주세요! 카즈마가 본다고요! 카즈마가 이때라는 듯이 뚫어져라 쳐다보고 있단 말이에요!"

나는 눈앞에서 다툼을 벌이고 있는 두 사람을 쳐다보면서 아쿠아에게 물었다.

"너는 대체 어떤 장기를 저지를 생각이야?"

"저지른다니, 너무하네. 왕족과 만나는 건데 공주님에게만 내 실력을 보여주는 것도 좀 그렇잖아. 즉석에서 초상화를…… 그것도 모래로 완성해볼까 해. 그걸 선물로 줄 거야."

"호오. 너 정말 별의별 걸 다 할 줄 아는 구나……."

그런 이야기를 하는 우리 앞에서는—.

"거 봐라! 메구밍, 이게 뭐냐! 몬스터를 쫓는 연막구슬과 열면 폭발하는 포션! 이걸 어디에 쓸 생각인 것이냐! 가슴 언저리가 부자연스러울 정도로 커서 아까부터 신경 쓰였다!"

"다크니스, 꽤 하네요. 하지만 저에게는 제2, 제3의 화려한 연출수단이……!"

드레스를 착용할 때부터 함께 했던 고용인은 여전히 장난을 치고 있는 두 사람을 보더니 땅이 꺼져라 한숨을 내쉬었다.

"……우리한테까지 불똥이 튀지는 않을지 걱정이네……."

동감입니다.

6

"……그럼 가자. 잘 들어라. 아이리스 님은 주로 내가 상대할 테니 너희는 밥이나 먹으면서 고개만 끄덕이면 된다. 그러면 내가 적당히 설명을 하마."

앞장선 다크니스가 그렇게 말하면서 문을 열었다.

그곳은 넓고 화려하지 않으면서도 고급스러운 느낌이 물씬 나는 만찬회용 홀이었다.

안에는 촛대에 불이 켜져 있어서 꽤 밝았다.

그리고 여러 고용인이 테이블을 멀찍이서 둘러싸며 아무 말 없이 대기하고 있었다.

새빨간 융단이 깔린 그 방에는 커다란 테이블이 있고 그 위에는 호화로운 음식이 잔뜩 놓여 있었다. 그리고 테이블 한편에는 다크니스나 아쿠아와 마찬가지로 순백색 드레스를 입은 소녀가 앉아 있었다. 그 소녀의 양옆에는 젊은 여성 두 명이 서 있었다.

한 명은 검은색 드레스 차림에 무기도 휴대하지 않은 수수한 여성이었다.

패션을 무시하는 투박한 반지들을 끼고 있는 걸 보니 아무래도 마법사 같았다.

그리고 다른 한 명은 드레스가 아니라 흰색 정장을 입었으며 허리에 검을 찬 단발 미인이었다.

호위가 여성인 것은 나이가 어느 정도 찬 공주님을 남자 기사가 호위하는 건 여러모로 문제의 소지가 있기 때문이리라.

다크니스는 우리를 데리고 그런 세 사람에게 다가가더니—.

"기다리게 해서 죄송합니다, 아이리스 님. 이들이 제 친구이자 모험 동료인 사토 카즈마 일행입니다. 자, 세 분. 이 분이 바로 이 나라의 제1왕녀인 아이리스 님이에요. 정중하게 인사를 건네세요."

다크니스는 한가운데에 있는 소녀를 손으로 가리키면서 우리에게 그렇게 말했다.

그녀는 공주님이란 이런 존재라고 말하고 있는 듯한 소녀였다.

금발 세미 롱헤어와 맑디맑은 푸른 눈.

기품과 함께 어딘가 덧없어 보이는 인상을 지닌 정통파 미소녀였다.

맙소사. 이 판타지 세계에서 내 기대가 어긋나지 않다니 정말 드문 일이다.

가짜 귀를 단 엘프와 수염 없는 드워프, 고양이 귀 오크와 안습 리치.

그런 녀석들만 잔뜩 본 나는 기발한 공주님이 나타날지도 모른다고 마음속으로 경계했지만…….

감동한 나머지 뇌가 굳어버린 내 옆에서, 아쿠아가 드레스 자락을 가볍게 들어 올리며 완벽하게 예를 표했다.

나뿐만 아니라 다크니스까지도 그 모습을 보고 경악하고 있을 때—.

"아크 프리스트인 아쿠아라고 해요. 잘 부탁드립니다. 그럼 인사 대신 제 장기를……."

아쿠아가 그렇게 말하면서 뭔가를 시작하려하자 다크니스가 그녀의 손을 움켜잡으며 허둥지둥 입을 열었다.

"아, 아이리스 님. 동료와 할 이야기가 있으니 잠시 실례하겠습니다……."

아쿠아가 그런 소리를 한 다크니스의 머리카락을 살짝 잡아당기며 저항하고 있을 때…….

아쿠아에게 정신이 팔린 다크니스의 빈틈을 찌르며 메구밍이 치마 속으로 손을 집어넣었다.

그리고 그녀가 꺼낸 것은 검은색 망토였다.

자신의 허벅지에 말아둔 덕분에 다크니스에게 걸리지 않은 것 같았다.

그것을 어깨에 걸치고 화려한 자기소개를 하기 위해 망토를 펄럭이려 한 순간, 다크니스가 메구밍의 손을 잡았다.

양손으로 아쿠아와 메구밍을 잡고 있는 다크니스는 아쿠아가 자신의 머리카락을 만지작거리는 와중에도 필사적으로 미소를 지으려 했다.

아쿠아는 다크니스의 머리카락 감촉이 마음에 들었는지 그걸 계속 만지작거렸다.

……바로 그때, 눈앞에 있는 왕녀님이 나를 쳐다보면서 흰색 정장을 입은 여성에게 귓속말을 했다.

부끄럼쟁이인 걸까.

"어디 미천한 신분이 왕족을 뚫어져라 쳐다보는 겁니까. 원래라면 한 테이블에서 식사를 하는 것도, 두 눈으로 제 모습을 보지도 못했을 겁니다. 고개를 푹 숙이고 시선도 마주치지 마십시오. 그것보다 빨리 인사를 한 후, 모험담을 들려주시죠. ……라고 아이리스 님께서 말씀하셨습니다.”

흰색 정장을 입은 여성이 한 말을 들은 순간, 나는 그대로 굳어버렸다.

그리고 잠시 후에야 이해했다.

일본에 사무라이라는 이들이 있던 시대에는, 영주와 가신은 신분이 다르기 때문에 한 자리에서 식사를 하지 않았으며 식사 시간도 달랐다고 한다.

정장 차림의 여성이 통역하듯 대신 말하는 것 또한, 미천한 인간과 직접 대화를 나누는 것을 피하기 위해서이리라.

나는 다크니스와 그녀의 아버지 덕분에 귀족에게 좋은 인상을 가지고 있었지만 원래 귀족과 왕족은 이런 자들인 것이다.

오호라, 상황을 파악했다. ……그 후, 나는 말했다.

“체인지.”

“아이리스 님, 잠시만 기다려 주십시오! 동료들은 긴장한 나머지 흥분한 것 같습니다! 잠시 따로 이야기를 나누고 오겠습니다……!”

다크니스는 내 팔을 잡더니 홀 구석으로 끌고 갔다.

“너란 녀석은, 너란 녀석은 정말! 체인지가 뭐냐! 내가 뭘 위해서 창피를 당해가며 너한테 봉사를 했는지 모르는 것이냐! 이야기가 다르지 않느냐!"

다크니스가 내 목을 조르려 하자 나는 그녀의 머리카락을 잡아당기며 저항했다.

"인마, 그건 내가 할 소리라고! 공주님이라는 말로 기대하게 해놓고, 이게 뭐야?! 좀 더, 뭐랄까……. 「저, 바깥 세계를 동경한답니다! 용감한 모험가 님, 부디 당신의 모험담을 저에게 들려주시와요!」 같은 걸 기대했는데, 저게 같이 식사하자는 사람의 태도냐?! 사람을 바보취급 하는 거야?!"

"어, 어이, 그만……! 아앗, 오, 오늘은 왜 다들 내 머리카락을 잡아당기는 것이냐! 으응……, 이, 이런 데서는 안 된다, 이런 건 단둘이 있을 때……."

다크니스는 바보 같은 소리를 하며 볼을 붉혔다. 나는 그런 그녀에게 왕녀님 쪽을 손가락으로 가리키면서 말했다.

"저쪽에서 뭔가가 시작된 것 같은데 놔둬도 괜찮겠어?"

나는 한 곳을 손가락으로 가리켰다. 그곳에서는 아쿠아가 종이에 손가락으로 풀칠을 하더니, 그 위에 모래를 뿌렸다.

그러자 엄청나게 정밀한 모래 그림이 완성됐다.

떨어진 곳에서 보니 흑백 사진으로 착각할 정도였다.

"왕녀님께 이걸 선물로 드리고 싶어요. 입가에 꼴사납게 묻어있는 소스까지 완벽하게 재현한 명작이죠."

아쿠아가 괜한 한마디를 입에 담자 왕녀님은 허겁지겁 입가를 닦았다.

"아이리스 님, 지금 바로 이 무례한 자들을 쫓아낼 테니 잠시만 기다려주십시오!"

다크니스는 날카로운 목소리로 그렇게 외치더니 드레스 자락을 움켜쥐며 부리나케 내달렸다.

그 모습을 본 왕녀님이 옆에 있는 흰색 정장 차림의 여성에게 귓속말을 했다.

"과묵하고 냉정한 라라티나가 이렇게 당황한 모습은 흔히 볼 수 있는 게 아니니 용서하겠어요. 그리고 모험가는 다소 무례하다고 익히 들었으니 그냥 넘어가겠습니다. 그것보다 빨리 모험담을 들려주세요. ……라고 말씀하셨습니다."

흰색 정장 차림의 여성이 통역을 하는 가운데, 왕녀님은 모래 그림을 필사적으로 지키려는 아쿠아와 그 그림을 빼앗으려 하는 다크니스를 쳐다보면서 옅은 미소를 지었다.

다크니스는 그런 왕녀님을 향해 깊숙이 고개를 숙이며 말했다.

"죄송합니다, 아이리스 님! 이 세 사람은 모험가들 중에서도 특히 문제만 일으키는 이들인지라……!"

다크니스가 필사적으로 그런 소리를 하는 도중, 아쿠아는 왕녀님에게 모래 그림을 건넸다.

그것을 본 왕녀님은 놀란 표정을 지으며 흰색 정장 차림의 여성에게 귓속말을 했다.

"이 단시간에 이렇게 멋진 모래 그림을 완성하다니……!
대단해요, 정말 대단해요! 상을 드려야겠군요! ……라고 말
씀하셨습니다."

흰색 정장을 입은 여성은 그렇게 말하며 호주머니에서 뭔
가를 꺼내 아쿠아에게 건넸다.

그것은 조그마한 보석이었다.

보석을 보는 안목이 좋지 않은 내가 보기에도 그 보석은
꽤 가치가 있어 보였다.

아쿠아가 그 아름다운 보석을 엄지와 검지로 쥐더니 빛에
비춰보면서 기뻐하는 가운데…….

부끄러움을 타며 고개를 숙이고 있던 다크니스는 볼을 붉
힌 채 왕녀님의 오른편 자리에 앉았다.

그런 다크니스의 옆에 메구밍과 아쿠아가 나란히 앉았다.

왕녀님은 나에게 손짓을 하더니 자신의 왼편에 앉으라고
지시를 내렸다.

왕녀님은 순순히 자신의 옆에 앉는 나를 힐끔힐끔 쳐다보
면서 흰색 정장 차림의 여성에게 귓속말을 했다.

"당신이 마검의 용사 미츠루기가 이야기했던 바로 그 사람
이죠? 자, 당신의 이야기를 들려주세요. ……라고 말씀하셨
습니다. ……저 또한 미츠루기 님께서 인정한 당신의 이야기
가 듣고 싶군요."

미츠루기는 이 나라의 윗분들 사이에서도 꽤 유명한 건가.

그런데 그 녀석은 나에 대해 뭐라 떠들고 다닌 거지?

흰색 정장 차림의 여성과 왕녀님에게서 기대에 찬 시선을 받으며 나는 과거에 있었던 일들을 이야기하기 시작했다…….

7

"그때 나는 기지를 발휘해 함정을 쳤어요. 일부러 봉인을 풀어서 그 안에 실비아를 가둔 거죠! 그렇게 해서 홍마족이 태세를 정비할 시간을 벌었어요!"

"와아! 지금까지 여러 모험가들에게 이야기를 들었지만, 당신 같은 방식으로 싸우는 사람이 있는 줄은 꿈에도 몰랐어요! 그리고 이렇게 가슴 뛰는 이야기도 처음 들어요! 다른 모험가의 이야기는 이런 식으로 화려하게 몬스터를 전멸시켰다, 어느 산에 있는 드래곤을 검 한 자루 만으로 퇴치했다, 같은 것이었죠……. 지금까지 들은 이야기도 확실히 엄청났지만, 그것들은 절대 지지 않는 용사가 일방적으로 몬스터를 퇴치하는 이야기였어요! ……라고 말씀하셨습니다."

왕녀님은 내 모험담을 듣더니 어린애처럼 눈을 반짝였다.

신분이 높은 사람이 내 이야기에 푹 빠져 있었다.

이런 상황에서 내가 다소 오버하는 것도 무리는 아닐 것이다.

"……저 남자, 또 말도 안 되는 소리를 하고 있네."

테이블 맞은편에서 아쿠아의 낮은 목소리가 들려왔다.

나는 그 말에 개의치 않으면서 이야기를 계속했다.

"그건 말이죠, 왕녀님. 다른 모험가들은 자신의 주제에 맞는 상대만 퇴치하러 가기 때문이에요. 그게 나쁘다는 건 아니지만, 저처럼 한 수 위의 상대와 싸우며 항상 더 높은 경지를 목표로 삼는 인간과 그들은 차이가 날 수밖에 없죠."

"대단해요! 당신은 항상 더 높은 경지를 추구하고 있다는 거군요. 대체 평소에 어떤 생활을 하고 있죠……? ……라고 말씀하셨습니다. ……저도 당신 같은 사람이 평소에 어떻게 살고 있는지 궁금하군요."

나는 감탄한 왕녀님과 흰색 정장 차림의 여성에게 말했다.

"글쎄요……. 낮에는 일부러 저택 안에 틀어박혀 영기를 기른 후, 해가 질 즈음에 밖으로 나가죠. 그리고 남몰래 마을 안을 순찰하면서 치안 유지 활동을 하고 있습니다."

나는 호화로운 요리에는 거의 손도 대지 않고 음료수로 목만 축이면서 계속 설명했다.

바로 그때, 아쿠아의 뒤를 이어 메구밍의 목소리가 들려왔다.

"아쿠아, 저 남자, 저녁때까지 집에서 데굴거리다 밤에 놀러 나가는 게을러터진 생활을 치안 유지 활동이라고 칭했어요."

"쉿, 좀 더 상황을 지켜보자. 저 녀석이라면 더 오버할게 뻔해. 그러다 자기 무덤을 팔 거야. 내 말이 맞는지 틀린지

한번 두고 보라니깐?"

아쿠아가 그렇게 말했지만 나는 그런 실수를 할 얼간이가 아니다.

나는 왕녀님의 표정과 반응을 살피며 말을 고르고 있다.

다크니스를 쳐다보니 그녀는 부끄러움을 타듯 고개를 푹 숙이고 있었다. 그리고 옆에 앉아있는 메구밍이 그런 다크니스의 머리카락을 만지작거리고 있었다.

아무래도 메구밍 또한 다크니스의 머리카락 감촉이 마음에 든 것 같았다.

메구밍이 자신의 머리카락을 만질 때만 얌전한 것을 눈치 챈 다크니스는 저항을 하지 않았다.

내 이야기를 듣고 있던 왕녀님이 만족스럽다는 듯이 한숨을 내쉰 후, 흰색 정장 차림의 여성에게 귓속말을 했다.

"당신은 정말 독특한 모험가군요. 지금까지 봤던 그 어떤 분과도 다른 것 같아요. 모험가가 되기 전에는 어떤 일을 했죠? ……라고 말씀하셨습니다."

예전에 어떤 일을 했느냐, 라…….

나는 일본에서 살던 시절을 그리워하듯 떠올리며 말했다.

"이 나라에 오기 전에는 가족들이 돌아올 장소를 지키는 일을 했습니다. 매일 묵묵히 실력을 갈고닦으면서 닥쳐오는 재앙으로부터 소중한 그 장소를 지켰지만, 그 누구에게도 이해받지 못했고, 그 누구에게도 인정받지 못했죠……."

내가 그렇게 말하자—.

"흐음, 수도의 성벽을 지키는 병사 일을 했었나요? ……그들도 평소에는 제대로 된 평가를 받지 못하죠. 그들이 평가를 받지 못한다는 게 왕도가 평온하다는 증거지만……. 당신도 남들 몰래, 수많은 재앙으로부터 고향을 지켜왔던 거군요."

흰색 정장 차림의 여성이 그렇게 말하자 나는 고개를 끄덕였다.

"석 달만이라도 괜찮으니 계약해달라는 상대를 막아내고, 재산을 노리며 쳐들어온 상대를 격퇴하기도 했었어요."

그렇다. 그들은 신문을 권유하러 온 영업 사원과 모 방송국의 전파 수신료 징수 담당자들이다.

내 말을 듣고 놀란 흰색 정장 차림의 여성이 왕녀님에게 귓속말을 했다.

"계약…… 분명 악마를 격퇴한……. 재산……은 틀림없이 도적들로부터……."

단편적인 말이 들려오는 가운데, 아쿠아는 할 말이 있다는 듯이 내 쪽을 쳐다보았다.

나는 그녀의 시선을 피하듯 고개를 돌렸지만 그녀는 계속 나를 쳐다보고 있는 것 같았다.

그만해. 나는 거짓말을 하지 않았어. 그러니까 이쪽을 쳐다보지 말라고.

8

그것은 우리가 적당히 식사를 하고, 담소 또한 적당히 나눴을 즈음 시작되었다.

흰색 정장 차림의 여성이 흥이 나서 마구 나불대던 나에게 느닷없이 이렇게 말한 것이다.

“설마 마검의 용사, 미츠루기 님에게 이겼을 줄이야……. 무례한 짓이라는 건 알지만, 카즈마 님의 모험가 카드를 봐도 괜찮겠습니까? 후학을 위해 카즈마 님의 스킬 배분을 참고해두고 싶습니다만…….”

……이런 당치도 않은 소리를 말이다.

나의 독특하기 그지없는 모험가 카드를 보여줄 수는 없다.

리치 스킬을 어떻게 익혔는지 상대가 묻기라도 하면 진짜로 골치 아프기 때문이다.

내가 초조해 하고 있다는 사실을 눈치챈 메구밍이―.

“으음, 그건 모험가에게 있어 생명선이라 해도 과언이 아닌지라, 아무리 왕녀님을 모시는 분일지라도 보여드리는 건 좀……. 아, 맞다! 아쿠아, 연회의 분위기도 한창 무르익었으니, 슬슬 비장의 필살 장기를 보여주는 건 어떤가요……?!”

이야기를 다른 쪽으로 돌리기 위해 엄호 사격을 해줬다.

물론 아쿠아도―.

“……응? 오늘은 꽤 괜찮은 모래 그림을 그렸으니까 됐어.

아, 혹시 메구밍은 내 장기가 더 보고 싶은 거야? 어쩔 수 없네. 내일 내키면 엄청난 걸 보여줄게. 저기, 이 술 더 가져와~. 가져오라구~."

여전히 눈치 없는 아쿠아는 고용인들에게 술을 더 가져오라며 재촉하고 있었다.

흰색 정장 차림의 여성은 미심쩍은 표정을 지으며 고개를 갸웃거렸다.

"저희는 당신과 동업자인 모험가가 아니라 왕국의 귀족입니다. 카즈마 님의 정보를 함부로 발설하지는 않겠습니다. 카즈마 님의 스킬을 참고해 병사들의 전력 강화를 도모하려는 것뿐이죠. 마왕 타도는 인류의 비원이니, 부디 왕국의 전력 강화에 협력해주지 않겠습니까? 아니면 보여줄 수 없는 이유라도 있는 건가요?"

보여줄 수 없는 이유가 있는데요.

바로 그때였다.

"저 남자는 최약체 직업이라 불리는 클래스, 모험가입니다. 그 사실이 알려지는 게 부끄러운 거겠죠. 부디 저를 봐서 그의 카드를 확인하는 것은 참아 주십시오."

다크니스는 그렇게 말하면서 흰색 정장 차림의 여성에게 미소를 지었다.

"그, 그래요. 사실 아까는 설명하지 않았지만, 저는 최약체 직업이거든요. 이야, 부끄러운 사실을 들키고 말았군요."

내가 그렇게 말하면서 머리를 긁적이자 흰색 정장 차림의 여성은 태도를 바꿨다.

"최약체 직업이라니……. 당신은 진짜로 아까 말한 것 같은 활약을 한 겁니까? 당신은 미츠루기 님과의 승부에서 이긴 적이 있다고 했는데, 그게 사실인가요? 그게 사실이라면, 당신이 어떻게 미츠루기 님에게 이겼는지 가르쳐주지 않겠습니까?"

말투는 정중하지만 그녀는 명백하게 나를 의심하고 있었다.

미츠루기에게 기습적으로 달려들었을 뿐만 아니라 스틸로 마검을 빼앗아서 승리했습니다, 같은 폼 나지 않는 소리를 할 수는 없었다.

……바로 그때, 왕녀님이 옆에 있는 여성의 옷자락을 잡아당겼다.

그리고 나를 쳐다보며 그녀에게 귓속말을 했고…….

흰색 정장 차림의 여성은 왕녀님의 말을 듣더니 약간 당황한 것처럼 입을 다문 후—.

"……저, 저기……. 미남인 미츠루기 님이 최약체 직업인 자에게 졌다는 게 믿기지 않아요. 설마 왕족인 저에게 거짓말을 한 건가요? 마검을 소유한 소드마스터인 그의 이름은 수도에까지 널리 알려져 있답니다. 그런 그가 풋내기 마을의 최약체 직업 모험가에게 졌다는 걸 도저히 믿을 수가 없군요. 게다가 그는 미남이잖아요. ……라고 말씀하셨습니다.

……실은 저도 같은 생각입니다. 확실히 그는 미남이죠."

"야, 이 녀석들아. 나한테 확 쥐어터지고 싶냐?"

미남이라는 말을 연발하는 흰색 정장 차림의 여성에게 미남과는 거리가 먼 내가 무심코 태클을 날렸다.

그렇다. 상대가 왕족이라는 걸 잊고 평소처럼 말이다.

흰색 정장 차림의 여성은 그 말을 듣더니 갑자기 분노를 터뜨렸다.

"무례한 놈! 감히 왕족을 녀석이라고 부른 것이냐?!"

그렇게 외치더니 허리에 찬 검을 뽑아들었다.

우왓, 큰일 났다!

"정말 죄송합니다! 제 동료가 무례를 범했습니다……! 예의범절을 모르는 남자이니, 저를 봐서 용서해 주십시오……! 이 남자가 수많은 공을 세운 것은 사실이며, 이 자리를 마련한 아이리스 님께서 그런 그를 벌하신다면 체면이 손상될지도 모릅니다……!"

다크니스는 나를 대신해 고개를 숙였다.

그 모습을 본 왕녀님이 칼을 뽑아든 여성에게 귓속말로 말했다.

"……아이리스 님께서는 이렇게 말씀하셨다. 지금까지 이 나라에 많은 공헌을 해 온 더스티네스의 이름을 봐서 이 일은 불문에 붙이겠습니다. 하지만 기분이 상했습니다. 모험담에 대한 포상을 내리죠. 그러니 최약체 직업인 저 거짓말쟁이는 그걸 가지고 썩 꺼지세요, 라고 말이다."

오오, 말에 가시가 잔뜩 돋쳐있는데요!

하지만 다크니스 덕분에 살았다.

하지만 태클을 걸어달라고 하는 거나 마찬가지인 소리를 해놓고, 태클을 날려줬더니 저러는 것은 정말 불합리했다.

나는 서둘러 이 자리를 벗어나려—.

"아야얏?! 메, 메구밍, 이게 무슨 짓이냐……?!"

바로 그때, 다크니스의 비명 소리가 들렸다.

아무래도 분노에 사로잡힌 메구밍이 방금까지 만지작거리고 있던 다크니스의 머리카락을 확 잡아당긴 것 같았다.

그 사실을 눈치챈 다크니스는 물론이고 나 또한 얼굴이 새파랗게 질렸다.

우리 파티 멤버 중에서 동료를 가장 아끼는 메구밍이…….

홍마의 마을에서 실비아로부터 도망칠 때, 이대로 도망친다면 앞으로 우리에게 피해가 미칠 거라는 말을 들은 순간 마왕군 간부에게 주저 없이 싸움을 걸었던 메구밍이…….

남이 걸어온 싸움은 반드시 받아주는 게 홍마족의 철칙이라는 소리를 입에 달고 사는 데다, 우리 중 가장 성미가 급하고 참을성이 없는 메구밍이 이 상황에서 가만히 있을 리가……!

"…………."

메구밍은 다크니스의 머리카락을 몇 번 잡아당긴 후…….

그걸로 마음이 풀리기라도 한 것처럼 머리카락을 놓더니 요리를 먹기 시작했다.

내가 했던 것보다 더 심한 폭언을 뱉는 것은 아닐까 싶어서 가슴이 철렁했는데…… 그녀가 이렇게 나오니 김이 샜다.

왕녀님과 옆에 있는 여성이 당황한 가운데, 다크니스가 메구밍에게 말을 걸었다.

"……메구밍, 오늘은 꽤 얌전하구나. 분명 폭렬마법을 날리려고 할 줄 알았다만……."

메구밍은 묵묵히 요리를 입에 넣더니 그것을 씹어 삼켰다.

그 후, 작은 목소리로 차분하게 말했다.

"이 자리에 저 혼자만 있었다면 물론 참지 않았을 거예요. 하지만 제가 지금 날뛴다면 다크니스가 곤란해지잖아요."

메구밍은 그렇게 말하고 다시 식사를 계속했다.

다크니스는 그 말을 듣더니 잠시 동안 침묵하며 그녀를 쳐다봤다.

그리고 자리에서 벌떡 일어나더니 왕녀님을 향해 고개를 숙였다.

"아이리스 님, 죄송합니다만…… 방금 하신 거짓말쟁이라는 말은 취소해주시지 않겠습니까? 이 남자는 과장은 했지만 거짓말은 하지 않았습니다. 그리고 최약체 직업이기는 하지만 여차 할 때는 그 누구보다 믿음직한 남자죠. 아이리스 님, 부탁드립니다. 부디 방금 그 말을 정정하시고 그에게 사과해주시지 않겠습니까?"

다크니스가 그렇게 말하자 왕녀님의 옆에 있는 여성이 분노를 터뜨렸다.

"더스티네스 경, 무슨 소리를 하는 겁니까! 아이리스 님께, 일개 서민 따위에게 사과를 하라니요……!"

바로 그때, 왕녀님이 자리에서 일어나더니 자기 입으로 말했다.

우리에게도 들릴만한 목소리로 말이다.

"……사과하지 않겠어요. 거짓말이 아니라면, 저 남자가 어떻게 미츠루기 님을 이겼는지 설명해보세요. 그러지 못한다면, 저 남자는 약해빠졌고 입만 산 거짓말쟁—?!"

왕녀님은 말을 끝까지 잇지 못했다.

다크니스가 아무 말도 없이 그녀의 뺨을 때렸기 때문이다.

"무슨 짓이냐, 더스티네스 경!"

분노한 흰색 정장 차림의 여성이 따귀를 맞고 망연자실한 왕녀님의 앞에 서더니 다크니스를 향해 검을 휘둘렀다.

"앗! 아, 안 돼……!"

왕녀님의 절박한 목소리가 들려왔다.

하지만 왕녀님이 제지하는 데도 불구하고 그 여성이 휘두른 검은 다크니스를 향해…….

"윽?!"

텅 하는 둔탁한 소리를 내면서 그 검은 다크니스가 들어

올린 새하얀 팔에 꽂혔다.
붉은 선혈이 뿜어져 나오더니 왕녀님과 다크니스, 그리고 흰색 정장 차림의 여성이 입은 옷이 피에 물들었다.
흰색 정장 차림의 여성은 움직이지 않았다.
아니, 움직일 수가 없었다.
아마 그녀는 다크니스의 팔을 자를 생각으로 검을 휘둘렀을 것이다.
하지만 그 일격은 다크니스의 피부와 근육 일부만 겨우 잘랐다.
다크니스는 경악에 찬 표정을 지은 채 굳어버린 그 여성에게는 눈길도 주지 않고 아무 말 없이 왕녀님을 향해 돌아섰다.
우리 파티가 자랑하는 크루세이더는 튼튼했다.
아마 이 나라에서 가장 튼튼할 것이다.
"아이리스 님, 실례했습니다. 하지만 방금 그 말은 이 나라를 위해 공적을 쌓은 자에게 할 말이 아닙니다. 그에게는 어떻게 마검사에게 이겼는지를 설명할 의무가 없습니다. 그리고 그러지 못한다고 해서 그가 매도당해야 할 이유도 없습니다."
다크니스는 팔에서 피가 흘러내리고 있는 와중에도 자신이 따귀를 날렸던 왕녀님의 볼을 죄송하다는 듯 쓰다듬더니 어린아이를 어르는 것처럼 차분한 목소리로 말했다.

왕녀님은 그런 다크니스를 망연자실한 눈길로 쳐다보았다.
나는 얼굴이 새파랗게 질린 채 놀란 표정을 짓고 있는 흰색 정장 차림의 여성에게 말했다.
"……좋아. 동료가 이렇게 감싸주는데 안 가르쳐줄 수도 없지. ……내가 어떻게 미츠루기에게 이겼는지 보여주겠어. 뭐, 딱히 폼 나는 방식은 아니지만 말이야."
나는 자리에서 일어나며 그렇게 말했다.
그녀는 내 말을 듣고 눈을 치켜뜨더니 검을 고쳐 쥐면서 자세를 취했다.
"됐어, 이제 됐단 말이야! 클레어, 이제 그만해!"
왕녀님의 입에서 비통한 목소리가 터져 나왔다.
왕녀님에게서는 더 이상 고압적인 분위기가 느껴지지 않았다.
마치 딴 사람이 된 것처럼 분위기가 바뀌었다.
혹시 뼛속까지 나쁜 애는 아닌 걸까?
"……네가 그러겠다면 나는 아무 말도 하지 않겠다. 보여줘라, 카즈마. 설마 이렇게까지 판을 깔아줬는데 어이없이 당해버리는 건 아니겠지?"
상처를 한 손으로 감싸 쥔 다크니스가 그런 도발적인 소리를 하면서 미소를 짓자…….
나는 흰색 정장 차림의 여성을 향해 한 손을 내밀면서…….
"당연하지! 내가 지금까지 싸워 왔던 상대를 떠올려보라고! 마검사에 마왕군 간부, 그리고 거물 현상범! 나는 평소에 그런 녀석들과 싸워 왔단 말이다! 이거나 받아라! 우선 『스틸』!!!"

내가 어떻게 나올지 살펴보고 있는 그녀에게 스킬을 펼쳤다!

우선 검을 빼앗은 후, 단숨에……!

……달려들지는 않았다.

나는 흰색 정장 차림의 여성에게 작은 목소리로 사과했다.

"미안해요. 이거……, 돌려드릴게요……."

"……응? 어, 어엇……! 꺄아아아아앗?!"

검을 내팽개치더니 양손으로 하복부를 만져보고 있는 흰색 정장 차림의 누님에게, 나는 손에 쥐고 있던 흰색 속옷을 머뭇머뭇 내밀었다.

"너라는 녀석은! 정말 너라는 녀석은! 왜 매번 폼 나게 결판을 내지 못하는 것이냐!"

9

"저기……. 아까는 정말 죄송했습니다……."

흰색 정장 차림의 여성이 우리에게 사과했다.

왕녀님은 숨으려는 것처럼 그녀의 팔에 얼굴을 묻고 있었다.

흰색 정장 차림의 여성이 그렇게 말하자—.

"신경 쓰지 마세요. 저희도 잘못한 부분이 있습니다. 상처는 깔끔하게 나았으니, 아까 일은 없었던 일로 치는 게 가장 좋을 것 같습니다.

다크니스는 상냥한 미소를 지으며 그렇게 말했다.

그 모습을 본 그녀는 부끄러워하듯 볼을 붉혔다.

왕녀님도, 흰색 정장 차림의 여성도, 내가 어떻게 미츠루기에게 이긴 건지는 신경 쓰지 않는 눈치였다.

"……하지만 방금 그 상처를 순식간에 치료하다니……. 저 아크 프리스트는 엄청난 실력을 지녔군요."

흰색 정장 차림의 여성은 테이블에 엎드려 있는 아쿠아를 쳐다보면서 그렇게 말했다.

아까부터 계속 조용하다 싶더니 아쿠아는 술에 취해 잠들어 있었다.

다크니스의 상처를 고치기 위해 두들겨 패서 깨우기는 했지만 아쿠아는 그 상처를 치유하자마자 또 곯아떨어졌다.

뭐, 깨어있다간 상황을 엉망진창으로 만들 것 같으니 그냥 재워두자.

흰색 정장 차림의 여성은 계속해서 말했다.

"그리고 더스티네스 경의 방어력도 정말 엄청나더군요. 게다가 붉은 눈동자를 지닌 저 분은 홍마족인 것 같습니다만……. 이 파티라면 마왕군 간부를 격퇴한 것도 납득이 됩니다. ……뭐, 카즈마 님은 좀……."

그리고 그녀는 나만 미심쩍은 눈길로 쳐다보았다.

아까 팬티를 도둑맞았던 것 때문에 여전히 앙심을 품고 있는 것 같았다.

그리고 옆에서 우물쭈물하던 왕녀님은, 지금까지 꼼짝도 하지 않으며 침묵하고 있어서 존재감이 없었던 마법사 누님에게 귓속말을 했다.

"아이리스 님. 그건 직접 말씀하시는 편이 좋지 않을까요? 걱정하지 마세요. 아까부터 계속 지켜봤습니다만, 카즈마 님은 아이리스 님 같은 분에게는 매우 물러터진 분 같아요."

어이쿠, 초면인 사람한테 로리콤이라는 소리를 들은 것 같은데요.

왕녀님은 고개를 숙인 채 나를 향해 다가오더니—.

"……거짓말쟁이라고 해서 미안해요. ……모험담을 더 들려주겠어요?"

……나를 올려다보면서 부끄러움 섞인 목소리로 말했다.

"물론이죠!"

"—자, 그럼 왕녀님과 저희는 이만 성으로 돌아가겠습니다. 더스티네스 경, 그리고 여러분. 실례를 범해 죄송합니다."

마법사 누님이 그렇게 말했다.

옆에 있는 왕녀님은 아까와 달리 환한 미소를 짓고 있었다.

"저희야말로 만족스러운 대접을 해드리지 못해 죄송합니다. ……아이리스 님. 성에 가게 되면 찾아뵙겠습니다. 그때는 다양한 모험담을 들려드릴게요."

다크니스가 그렇게 말하면서 빙긋 웃자 왕녀님도 배시시 웃었다.

그런 두 사람은 왠지 동생을 잘 챙겨주는 언니와 그런 언니를 따르는 여동생 같았다.

마법사 누님은 그런 두 사람을 온화한 눈길로 응시하면서 텔레포트 마법을 영창하기 시작했다.

……자아.

"여러분이 지금까지 쌓아온 막대한 공적은 왕국의 기록에 남아, 후세에도 전해질 겁니다. 그런 여러분의 공적을 칭송하며 이것을 드립니다."

흰색 정장 차림의 여성은 그렇게 말하면서 상장과 함께 뭔가가 든 자루를…….

내가 아니라 다크니스에게 건넸다.

……뭐, 괜찮아!

"황공합니다. ……그럼 아이리스 님. 부디 건강하시길……!"

그것들을 받아든 다크니스는 상냥한 미소를 지었고 메구밍도 옆에서 손을 흔들었다.

"잘 가요, 왕녀님. 다음에 또 제 모험담을 들려드리러 갈게요."

내가 그렇게 말하면서 손을 흔들려고 한 순간이었다.

마법사 누님의 텔레포트 영창이 끝나갈 즈음, 왕녀님이

내 팔을 잡더니—.

"무슨 소리를 하는 거죠?"

왕녀님은 영문을 모르겠다는 표정을 지었다.

"『텔레포트』!"

그리고 마법사 누님의 목소리가 들린 순간, 왕녀님 일행과 함께 빛에 휩싸인 나는 눈을 감았다.

그리고 다시 눈을 떠보니…….

커다란 성 앞에 서 있는 왕녀님이 순진무구한 미소를 짓고 있었다.

왕녀님에게 손을 잡혔던 나는 아무래도 그녀와 함께 성에 와 버린 것 같았다.

""아이리스 님?!""

흰색 정장 차림의 누님과 마법사 누님이 경악한 가운데—.

"또 저한테 모험담을 들려주겠다고 했잖아요?"

왕녀님은 그렇게 말하면서 미소 지었다.

귀족 중의 귀족이라는 왕족답게 완전 자기 멋대로네요.

이 똑똑한 소녀에게 재교육을!

1

주위가 완전히 어둠에 휩싸였고 사람들이 슬슬 잠자리에 들 시간대.

하지만 그렇게 늦은 시간인데도 불구하고…….

"""다녀오셨습니까, 아이리스 님!"""

마치 미리 기다리고 있었던 것처럼 수많은 시녀들이 일제히 마중을 나왔다.

이곳은 이 왕도의 중심인 성이다.

나는 뇌가 반쯤 정지된 상태에서 시키는 대로 왕녀님의 뒤를 졸졸 따라갔다.

왕녀님과 흰색 정장 차림의 여성이 나를 안내한 곳은 성 상층부에 있는 호화로운 방이었다.

나를 그곳으로 안내한 흰색 정장 차림의 여성은 보고를 하러 가야 한다면서 어딘가로 가버렸고, 그 방에는 나와 왕녀님, 그리고 마법사만이 남겨졌다.

이곳에 오는 도중에 나를 봤던 사람들은 별말 없이 가볍게 인사만 한 후 갈 길을 갔다.

내 입으로 이런 말을 하는 것도 조금 그렇지만 나처럼 수상쩍은 녀석을 성에 놔둬도 괜찮은 걸까?

어쩌지. 엄청 돌아가고 싶다.

아까까지만 해도 공주님의 마음에 들어 전속 기사로 임명되면 어쩌지 라고 생각하면서 들떠있었는데 말이다.

왕녀님은 느닷없이 납치된 바람에 여전히 패닉 상태인 나를 쳐다보면서 마법사 누님에게 귓속말을 했다.

마법사는 고개를 끄덕인 후, 이윽고 나를 향해 밝은 목소리로 말했다.

"사토 카즈마 님, 이 성에 잘 오셨어요. 손님으로서 모시기는 했지만, 예의 같은 것은 신경 쓸 필요 없답니다. 부디 자기 집처럼 여기며 편히 지내 주세요. 이 방은 한동안 당신의 방입니다. ……그럼 모험담을 계속 들려주시죠! ……라고 말씀하셨습니다."

"잠깐만요. 죄송한데 마법사 누님? 이쪽으로 좀 와주실래요?"

나는 그 말을 듣고 방구석으로 가서 마법사에게 이쪽으로 와보라고 손짓을 했다.

"왜 그러시죠? ……아, 저는 레인이라고 불러주세요. 그리고 이 방에서는 존댓말을 쓸 필요가 없답니다. 저도 귀족이기는 하지만 더스티네스 가문과는 비교도 되지 않을 만큼

지위가 낮은 가문 출신이죠. 더스티네스 경의 지인인 당신들은 저보다 격이 높다고 해도 과언이 아니에요."

마법사 누님, 레인은 그렇게 말했다.

"그렇군요. 그럼 레인 씨. 좀 물어볼게 있는데요."

"저한테 존댓말을 쓸 필요는 없다고 방금 말했을 텐데요? 「씨」 같은 경칭을 쓰지 않아도 됩니다. ……그런데 물어볼 게 뭐죠?"

레인은 약간 유감스러워하면서 그렇게 말했지만 나는 초면인 연상 귀족 여성에게 반말을 할 만큼 간이 크지는 않았다.

게다가 방금 다크니스의 집에서 흰색 정장 차림의 여성에게 무례하다는 소리를 들었던 것이다.

상대가 괜찮다고 해도, 지금은 만일의 사태가 벌어졌을 때 나를 감싸줄 다크니스도 곁에 없다. 그러니 나도 말조심을 할 수밖에 없었다.

나는 심심해 보이는 왕녀님을 약간 신경 쓰면서 작은 목소리로 말했다.

"으음, 레인 씨. ……슬슬 상황을 설명해주면 좋겠는데요. ……왕녀님은 손님으로서 초대한 거라고 하셨지만…… 이거, 유괴 아닌가요?"

"아뇨. 손님으로서 초대한 겁니다. 유괴가 아니에요."

"에이, 유괴 맞잖아요."

레인은 내 태클을 무시하더니 몸을 살짝 숙이면서 낮은

목소리로 말했다.

"……항상 왕족답게 엄격하게 행동하라는 말을 따르며 다른 이들에게 부담을 주지 않으시던 아이리스 님께서, 태어나 처음으로 이런 행동을 하신 겁니다. 이 성에는 아이리스 님의 신분에 걸맞고, 연령이 비슷한 놀이 상대가 없죠. 부디 아이리스 님께서 처음으로 부리신 응석에 어울려 주지 않겠습니까? 한동안 왕녀님의 놀이 상대가 되어주시기만 하면 됩니다."

…………으음.

"아니, 그게 말이죠. 솔직하게 말해 제 모험담은 아까 거의 다 했다고요. 그걸 왕녀님께 전하고 돌아가면 안 될까요? 저한테는 왕녀님이 마음에 들어 할 만한 모험담이 남아 있지 않다고 전해주세요."

내가 그렇게 말하자 레인은 왕녀님에게 다가가 낮은 목소리로 내 말을 전해줬다.

잠시 후—.

"당신을 데려온 건, 제 뺨을 때린 라라티나에게 골탕을 먹이고 싶었던 것과……."

레인이 통역을 시작하자 옆에 서 있는 왕녀님은 풀이 죽은 표정으로 그녀의 말을 듣고 있었다.

"……당신들과 함께 있는 라라티나가 너무 즐거워보여서 부러운 나머지, 이런 짓을 저지르고 말았어요……. 느닷없이 응석을 부려 죄송해요. 잠시만, 하다못해 며칠만이라도 괜찮으니 저와 놀아주지 않겠어요? ……라고 말씀하셨습니다."

……조금 귀엽네.

즉, 한동안 왕녀님의 놀이 상대가 되라는 건가?

이걸 거절해서 다크니스의 평판이 떨어지는 것도 좀 그렇지…….

"……알았어요. 그럼 다크니스…… 라라티나에 관한 이야기라도 할까요? 레인 씨. 동료들이 걱정하고 있을 테니 한동안 여기서 지낼 거라고 전해줬으면 하는데요."

내가 그렇게 부탁하자 레인은 알았습니다 라고 말하며 방에서 나갔다.

그러자 이 호화로운 방에는 나와 왕녀님, 둘만이 남았다.

일단 문밖에는 왕녀님의 호위로 보이는 여성 기사 두 명이 대기하고 있었다.

하지만 왕녀님이 젊은 남성과 한방에 단둘이 있어도 괜찮은 걸까, 만난 지 얼마 안 된 수상한 인물을 느닷없이 왕성에 머물게 하는 건 좀 그렇지 않을까, 애초에 왕녀님의 응석 때문에 이런 사태가 벌어졌다는 걸 왕이나 높으신 분들이 알면 화내지 않을까 같은 나쁜 생각들이 계속 머릿속을 스쳤다.

내가 어떤 걱정을 하고 있는지 눈치챈 왕녀님은 미소를 지었다.

"아버님은 장군, 오라버니들과 함께 최전선으로 원정을 가셨어요. 그러니 웬만한 일로는 아무도 별말하지 않을 거예요……. 그리고 이렇게 단둘이 있을 때는 평소 라라티나…… 아, 여러분은 그녀를 다크니스라고 부르죠? 저기, 다크니스와 이야기할 때 같은 말투를 써도 괜찮아요. ……자, 저에게 성밖의 이야기를 해주세요."

그리고 왕녀님은 침대 가장자리에 걸터앉으면서 그렇게 말했다.

2

흰색 정장 차림의 여성은 각종 보고 및 수속을 마치고 돌아왔다.

"실례합니다. ……아이리스 님, 각종 수속을 마치고 돌아왔습니다. 이걸로 카즈마 님은 정식으로 초대된 손님이니 이 성에서 마음 편히 머무셔도……."

내가 왕녀님에게 해주고 있던 이야기가 클라이맥스에 도달했을 때 말이다.

"그때, 다크니스가 「으으……. 어, 어쩌다 이렇게 된 거지……」라고 말했어. 그리고 귀까지 새빨개진 다크니스는 수건을 꼭 움켜쥔 채 알몸으로 내 뒤편에 서더니, 부끄러워 하면서……!"

"부, 부끄러워 하면서……?! 부끄러워 하면서, 뭘 한 거죠……?!"

"부끄러운 줄도 모르고 무슨 짓을 하고 있는 것이냐! 아이리스 님께 뭘 가르치고 있는 거냔 말이다! 네 놈, 목이 달아나고 싶은 것이냐아아아아앗!"

흰색 정장 차림의 여성이 몸을 앞으로 쑥 내밀어, 내 이야기에 귀를 기울이고 있는 왕녀님을 감싸듯 내 앞에 서더니 검을 뽑아들며 고함을 질렀다.

"지, 진정해! 진정하라고! 이건 아이리스가 듣고 싶다고 해서……!"

"일개 모험가 주제에 아이리스 님의 이름에 경칭을 붙이지 않다니……! 왕녀님이라는 호칭을 써라! 그리고 아이리스 님께 반말을 하다니, 죽고 싶은 것이냐아아아앗!"

이 녀석, 진짜 골 때리네!

"멈춰요, 클레어. 제가 카즈마 님에게 이름으로 부르는 걸 허락했어요. 편한 말투를 쓰는 것도 허락했죠. 그, 그것보다 카즈마 님. 라라티나는……! 알몸인 라라티나는, 부끄러워 하면서 뭘 한 거죠?!"

"안 됩니다, 아이리스 님! 그건 들어선 안 되는 이야기입니다! 카즈마 님도 아이리스 님께 그런 이야기를 들려주지 마십시오! 그, 그리고 서민인 당신과 더스티네스 경이, 저기……. 하, 함께 목욕을 했다니……. 거, 거짓말이죠?"

침대 위에 있는 왕녀님은 아까부터 주먹을 꼭 말아 쥔 채, 내 이야기에 귀를 기울이고 있었다.

그런 왕녀님이 계속 재촉을 하는 가운데, 의자에 앉아있던 나는 왕녀님과 마찬가지로 내 이야기에 귀를 기울이는 클레어라는 여성에게 말했다.

"거짓말 안 했어. 이렇게 큰 성이라면 그것도 있지 않아? 큰 마을의 경찰서마다 있는 심문용 마도구 말이야. 거짓말을 하면 소리가 나는 그거. 있으면 가지고 와서 내가 거짓말을 하는지 확인해 보라고."

내가 그렇게 말하자 클레어는 거짓말을 하고 있는 게 아니라고 판단한 것 같았다.

"당신의 말을 믿죠. 아까 더스티네스 경의 저택에서도 당신을 의심했으니까 말입니다……. 하, 하지만, 앞으로 아이리스 님께 이런 이야기를 들려주지 말았으면 합니다!"

클레어는 일단 검을 집어넣더니 그렇게 말하며 나를 노려보았다.

"제 이야기를 들을지 말지는 아이리스 님께서 결정할 일입니다. 아이리스 님의 시종인 당신에게 그런 소리를 들을 이유는 없죠. 즐겁게 이야기를 나누고 있었는데 방해를 당하니 정말 김이 새네! 자, 나가요! 하던 이야기를 계속 해야

하니 빨리 나가라고요!"

"그렇게는 안 돼! 그리고 나는 시종이 아니다, 이 무례한 놈! 나는 카즈마 님이 가깝게 지내는 더스티네스 가문에 버금가는 가문인 심포니아 가문의 장녀, 클레어. 아이리스 님의 호위로서……."

나는 갑자기 자랑을 시작한 클레어를 깔끔하게 무시하고 왕녀님에게 말했다.

"흰색 정장이 이 이야기는 안 된다고 하도 땍땍 거리니 다른 이야기를 할까요?"

"희, 흰색 정장?! 정말 무례하기 그지없구나! 클레어 님이라고 불러라! 아아, 정말, 이 남자는 대체 어떻게 되어먹은 것이냐……. 더스티네스 경도 분명 이 남자 때문에 매일같이 고생하고 있는 게 틀림없어……!"

왕녀님은 계속 물고 늘어지는 클레어가 신경 쓰였는지 유감스러운 표정을 지으며 말했다.

"어쩔 수 없네요……. 유감이지만 방금 그 이야기는 다음 기회에 끝까지 들려주세요."

왕녀님이 그렇게 말하자 클레어는 안도 섞인 한숨을 내쉬었다.

오호라. 평소 남에게 부담을 주지 않았다는 건 사실 같았다.

"그럼 다른 이야기를 해줄까? 나와 다크니스가 진 쪽이 엄청난 짓을 당하기로 약속하고 승부를 한 결과, 내가 이겼을 때의 이야기라도……."

"부부, 부탁이에요! 그 이야기를 들려주세요!"

"아, 안 됩니다! 안 됩니다, 아이리스 님! 이 남자의 이야기를 들으면 안 돼요! 이 남자는 완전 몹쓸 인간입니다!"

3

어느새 한밤중이 되었다.

왕녀님과 함께 내 이야기를 듣던 클레어는 화내거나, 화내거나, 그리고 또 화내느라 바빴다.

하지만 계속 화만 내느라 지쳤는지 꾸벅꾸벅 졸던 클레어는 현재 왕녀님이 걸터앉은 침대에 드러누워서 자고 있었다.

왕녀님은 내 이야기가 마음에 들었는지, 졸린 기색조차 보이지 않으며 흥미로운 듯 내 이야기에 귀를 기울이고 있었다.

완전히 친해진 우리는 서로에게 편한 말투를 쓰고 있었다.

그리고 모험담과 동료들에 대한 이야기 소재가 다 떨어지자―.

"그래서요? 저기, 학교라는 곳의 문화제라는 것을 더 자세하게 가르쳐줘요!"

"자세하게……. 뭐, 아이리스와 비슷한 또래의 아이들이 카페를 비롯해 이런저런 가게를 운영해."

이제는 내가 원래 있었던 나라에 관해 이야기하고 있었다.

이세계라는 것을 밝히지 않고 머나먼 곳에 있는 나라라고만 설명했다.

학교에 다닐 때 이야기를 해줬을 뿐인데, 왕녀님은 부럽다는 듯 머나먼 곳에 있는 내 고국을 향해 상상의 나래를 펼쳤다.

몬스터도 없고 왕녀님과 비슷한 또래의 아이들이 매일같이 평화롭게 공부를 하거나 논다.

나에게 있어서는 심심하기 그지없던 하루하루가 왕녀님에게 있어서는—.

"그야말로 꿈만 같은 세상이네요. 정말……. 아, 하지만 저와 비슷한 또래의 애들끼리 가게를 차린다면, 돈을 내지 않는 나쁜 손님이 왔을 때는 어떻게 하죠? 그리고 많은 사람들이 힘을 합쳐 가게를 운영하는 거잖아요? 그들에게 충분한 급료를 줄 수 있을 정도로 이익을 얻을 수 있을까요……?"

—그것은 부럽기 그지없는 생활인 것 같았다.

나는 어린 왕녀님을 향해 미소 지었다.

"가게를 운영하는 것 자체를 즐기는 게 목적이거든……. 한몫 톡톡히 벌려는 생각 같은 건 안 해. 따지자면 가게 놀이를 하면서 즐기는 거라고나 할까? 다들 같은 유니폼을 입고 손님을 접대하거나 하는 게 재미있어서 그런 걸 하는 거야."

내가 그렇게 말하자 왕녀님은 진심으로 부러워하는 듯한, 그리고 약간 쓸쓸한 표정을 지었다.

그럴 만도 했다. 이 소녀는 왕녀인 것이다.

일반 서민인 친구가 있을 리 없고 학교도 가지 않는다.

애초에 높은 지성과 독자적인 문화를 지닌 홍마족의 마을을 제외하면 이 세계에는 의무교육이 존재하지 않았다.

그렇게 생각해보니, 규모가 작기는 하지만 어릴 적부터 학교에 다니게 하는 시스템을 구축한 홍마족은 역시 지력이 뛰어나다는 생각이 들었다.

……성격이 비정상이라는 점은 일단 제쳐두고 말이다.

왕녀님은 부러움 섞인 어조로 학교…… 하고 중얼거렸다.

나는 그런 왕녀님에게 별생각 없이 말했다.

"그렇게 마음에 들었으면 이곳에 학교를 만들면 되지 않아? 만든다고 해서 손해가 될 만한 시설은 아냐. 분명 이 나라에 도움이 될 걸?"

왕녀님은 내 말을 듣더니 무슨 말을 하려다 입을 다물었다.

……어?

내가 이상하게 생각하고 있을 때, 갑자기 한밤의 정적을 깨듯 시끌벅적한 종소리가 울려 퍼졌다.

자고 있던 클레어는 그 소리를 듣더니 벌떡 일어났다.

그녀는 방금 잠에서 깼는데도 금세 차분함을 되찾더니—.

"……뭐야. 또 온 건가."

—라고 중얼거리면서 침대에서 나온 후, 방 밖으로 뛰쳐나갔다.

또 왔다니, 뭐가?

내가 그 의문을 입에 담기도 전에 커다란 소리가 마을 안에서 울려 퍼졌다.

그것은 액셀 마을에서도 때때로 들었던, 긴급 퀘스트를 알리는 안내 방송이었다.

『마왕군 습격 경보, 마왕군 습격 경보! 기사단은 즉시 출격하십시오. 모험가 여러분은 마을의 치안을 유지하기 위해, 몬스터의 침입을 경계해 주십시오. 고레벨 모험가 여러분의 협력을 부탁드립니다!』

그 안내 방송이 들려온 후, 왕녀님은 쓸쓸함과 덧없음이 묻어나는 미소를 지었다.

"이런 세상이니까요. 느긋하게 공부하는 건 무리예요."

왕녀님은 그렇게 중얼거렸다.

그리고 나는 이 세계에 오기 전, 아쿠아에게 들었던 말을 떠올렸다.

아, 그러고 보니 이 세계는 마왕 때문에 위기에 처했다고 했지…….

4

『마왕군의 야간 기습은 진압됐습니다. 협력해주신 모험가 여러분에게 감사드립니다. 이번에 참전해주신 분들에게는 임시 보수가 지급되오니, 협력해주신 모험가 분들은 모험가 길드의 창구에…….』

이 안내 방송은 검을 든 클레어가 이 방에서 뛰쳐나가고 한 시간도 채 지나기 전에 들려왔다.

의외로 순식간에 상황이 해결된 것 같았다.

하지만 이 나라의 수도인 이곳이 야간 습격을 당하는 걸 보면 전황이 좋지 않은 걸지도 모른다.

일본에서 온 치트 보유자들은 뭘 하고 있는 걸까. 좀 제대로 해줬으면 좋겠다.

그들이 이 말을 듣는다면「아무런 힘도 없는 놈이 그딴 소리 하지 말라고」같은 소리나 하겠지만 말이다.

정말, 최전선에 인접한 이런 위험한 장소는 빨리 벗어나고 싶다.

그런 내 생각이 얼굴에 드러난 걸까.

"……재미있는 이야기를 들려줘서 고마워요. 해가 뜨면 액셀 마을로 돌려보내드릴게요. ……저를 대신해 라라티나에게 사과해주지 않겠어요? 멋대로 당신을 데려온 걸 말이에요……. 최전선은 아니지만, 이곳도 때때로 습격을 당하고 있죠. 위험하지 않다고 딱 잘라 말할 수 없는 장소예요."

왕녀님은 나를 생각해서 이렇게 말하고 있는 것이다…….

……그렇다. 내가 이곳을 지킬 수 있을 리가 없는데다, 도움이 될 리도 없다.

왕녀님에게는 미안하지만 이런 위험한 곳은 빨리 뜨도록 하자.

"오늘 제 응석에 어울려줘서 고마워요, 카즈마 님. ……언젠가 또 저에게 모험담을 들려주지 않겠어요?"

왕녀님은 자기 나이에 걸맞은 미소를 지으면서 그렇게 말했다.

……귀엽잖아.

이 넓은 성 안에서 항상 신하들에게 둘러싸여 지낼 뿐만 아니라, 비슷한 또래의 친구도 없는 이 여자아이에게 때때로 모험담을 들려주는 것도 나쁘지는 않겠지…….

정통파 미소녀의 순진무구한 미소를 보고 가슴이 뛰기 시작한 나는 그 사실을 들키지 않기 위해 마주 미소를 지었다.

"물론이야. 솔직히 말해 나는 꽤 소인배라서 빨리 돌아가고 싶긴 해. ……그래도 아이리스를 위해 모험담을 잔뜩 모아서 또 올게."

내가 그렇게 말하자 왕녀님은 진심이 묻어나는 미소를 지었다.

"후훗, 고마워요. 당신은 어린 시절의 오라버니 같아요. 저에게는 친 오라버니가 있는데, 왕족은 남매간이라도 어느 정도 나이를 먹으면 멀어지고 말죠. 친 오라버니와는 이제 이런 식으로 이야기를 나누지 않아요……. 실은 당신이 좀 더 남아 있어줬으면 좋겠지만, 더는 응석을 부릴 수……."

"방금 뭐라고 했어?"

왕녀님이 별 뜻 없이 그렇게 말한 순간, 나는 그녀에게 되물었다.

"……예? 저, 저기……. 실은, 좀 더 남아 있어줬으면 좋겠다고……."

그러자 왕녀님은 약간 부끄러워하며 대답했다.

하지만 내가 원한 것은 그 말이 아니었다.

"그 앞에 뭐라고 말했어? 그 말을 하기 전에, 내가 뭐 같다고 했었잖아……?"

왕녀님은 내 말을 듣더니—.

"으음……. 어린 시절의 오라버니 같다고……."

"부탁드립니다. 한 번만 더 말해 주세요."

약간 당황하면서도—.

"오, 오라버니 같아요."

"가능하면 좀 더 격식을 차리지 않는 표현으로, 한 번만 더……."

그 말을 입에 담았다.

"오빠 같아."

나는 이 성에 남기로 결심했다.

5

똑똑, 하고 듣는 이가 불쾌하지 않은 크기의 노크 소리가 들려왔다.

그 소리를 듣고 정신을 차린 나는 익숙하지 않은 방이 눈에 들어오자 약간 당황했다.

"카즈마 님, 일어나셨습니까? 아침 식사를 가져왔습니다."

나는 문밖에서 들려온 그 말을 듣고 어젯밤 일을 떠올렸다.

그렇다. 나는 오늘부터 이 성에서 살기로 했던 것이다.

"좋은 아침이에요. 이미 일어났어요."

나는 문밖에 있는 인물을 향해 그렇게 말했다. 그러자 실례하겠습니다, 라는 말과 함께 턱시도 차림의 백발노인이 문을 열었다.

내가 침대에서 몸을 일으키자 집사로 보이는 그 노인은 아침 식사가 놓인 이동식 트레이를 밀면서 방안으로 들어왔다.

그의 이름은 세바스찬인 걸로 해두자.

"오늘 아침은 레서 드래곤 베이컨과 달걀 프라이, 신선한 아스파라거스를 듬뿍 사용한 채소 샐러드입니다. 빵은 취향에 맞춰 골라 주십시오. 샐러드에는 오늘 아침에 수확한 신선한 채소를 사용했습니다. 아스파라거스는 공격력이 강하니 반격을 당하지 않도록 주의해주십시오."

그 노인은 태클 날릴 곳이 꽤 많은 발언을 입에 담으며 침대 옆에 아침 식사를 놓아둔 후 방에서 나갔다.

판타지 세계의 왕도라 할 수 있는 드래곤이 베이컨이 된 것도 충격이지만, 공격력이 뛰어난 아스파라거스도 신경 쓰였다.

무난하게 달걀 프라이만 먹을까…….

내가 침대에서 상체만 일으킨 상태로 옆에 놓인 달걀 프라이에 포크를 꽂자—.

"끄~."

……끄~?

달걀 프라이가 울음소리를 내는 현상을 보고 딱딱하게 굳어버린 내가 접시를 뚫어져라 쳐다보고 있을 때, 또 문 쪽에서 노크 소리가 들려왔다.

"들어오세요~."

내가 달걀 프라이를 먹는 걸 포기하고 문을 향해 그렇게 말하자 문이 살며시 열렸다.

그리고—.

"…………아, 안녕하세요……."

문 뒤편에 몸을 반쯤 숨긴 아이리스가 부끄러운지 가녀린 목소리로 그렇게 말했다.

—아이리스는 문 뒤편에서 나를 쳐다보며 몸만 배배 꼬고 있을 뿐, 안으로 들어오려 하지 않았다.

엄청 신선한 반응이었다.

내 주위에는 문 앞에서 울고불고 난리를 치거나, 문을 발로 걷어차거나, 안 나오면 마법으로 문을 박살내겠다고 협박하는 여성들뿐이었다.

"……아, 안녕하십니까, 아이리스 님. 어제 늦게까지 이야기를 나눴는데도 이른 아침에 일어나셨군요."

"저기, 성 안에서는 어제처럼 저를 편하게 대해줬으면 좋겠어요……."

우리는 어색한 인사를 나누고 서로를 응시했다.

분명 어제는 서로를 좀 더 편하게 대했다. 하지만 그건 한밤중이라 서로의 상태가 이상했던 탓이었다.

아이리스도 아침이 되자 마음이 좀 차분해졌을 것이다.

그녀는 약간 부끄러워하면서 나를 힐끔힐끔 쳐다보고 있었다.

"그래? 그럼 인사부터 다시 나눠볼까?"

"예! ……아, 안녕하세요, 오, 오, 오빠."

오빠라는 단어를 듣자 아침인데도 불구하고 텐션이 치솟았지만, 그걸 겉으로 드러냈다간 아이리스가 겁을 먹을지도 모른다.

나는 신사다운 태도를 취하기로 마음먹으며 침대에서 나온 뒤, 여유로운 미소를 지었다.

어른스러운 태도를 취하는 나를 보고 볼을 붉힌 아이리스가 정말 사랑스러웠다.

"안녕, 아이리스."

"……저기, 바지를 입어주세요……."

—옷을 입고 아침 식사를 마친 나는 아이리스와 함께 성 안을 산책했다.

"아냐, 아이리스. 오빠는 변태 같은 게 아니라고. 오늘은 잠옷이 없어서 속옷 차림으로 잔거야."

"알았어요. 알았으니까 그 이야기는 그만하세요, 오라버니!"

아침에 그런 일이 있었기 때문인지 아이리스는 나를 오빠라고 불러주지 않았다.

오라버니라는 호칭에 나와 거리를 두려는 마음이 담겨 있는 것 같아서 안타까웠다.

내가 이 성에서 뭘 하면 좋을지 물어봤더니, 아이리스가 모르는 것들이나 그녀가 관심을 가질 만한 것들에 대해 적당히 이야기해주면 된다고 했다.

"즉, 아이리스의 교육 담당 같은 거라고 생각하면 되는 거네."

"아, 아뇨. 제 교육은 클레어와 레인이 담당하고 있으니, 오라버니는, 저기, 제 놀이 상대라고나 할까……."

옆에서 걷고 있던 아이리스는 미안한지 목소리가 작아지더니 결국 고개를 푹 숙였다.

현재 이 성안에서 가장 지위가 높은 사람은 이 애다. 그러니 하고 싶은 일이나 부탁하고 싶은 일이 있다면 딱 잘라 말하면 될 텐데 말이다.

이 내성적인 성격을 어떻게 고칠 수 없으려나.

고등 교육을 받아온 이 애는 자기 또래에 비해 어른스럽기 때문에 주위 사람들을 지나치게 배려하는 것 같았다.

왕족이 지닌 권력을 잘 이해하고 있으며, 자신이 응석을 부리면 주위 사람들이 얼마나 우왕좌왕하게 되는지 알고 있는 것이다.

마법사인 레인은 나를 성으로 데려온 것이 그녀의 첫 응석이라고 말했다.

나를 데리고 온 것은 다크니스에게 한 방 먹여주기 위한 행동이겠지만, 그녀의 놀이 상대가 되어주는 것만으로 호화로운 의식주가 약속된다면 이 생활도 나쁘지 않았다.

그런 생각을 하는 사이, 나와 아이리스는 성의 안뜰에 도착했다.

그곳에는 양산과 함께 의자와 테이블, 그리고 보드 게임이 놓여 있었다.

"오늘은 수업을 쉬는 날이니 저와 같이 이 게임을 해주셨으면 해요……."

아이리스는 자신의 부탁을 거절당할까 걱정되는지 머뭇거리면서 말했다.

나는 의자에 앉은 후, 게임 판 위에 말을 놓으면서 말했다.

"나는 아이리스의 신하가 아냐. 접전을 벌이다 마지막에 져주는 접대 게임은 안 해. 그리고 그 어떤 게임이라도 전력을 다할 거라고. 참고로 나는 게임이라는 명칭이 붙은 걸로는 거의 져본 적이 없거든? 그래도 괜찮은 거지?"

"읏! 예! 바라던 바예요! 성안에 있는 사람들은 저와는 게임을 안 해요! 저는 져도 딱히 상관없어요! 제가 져도 괜찮으니 최선을 다해 저와 놀아줬으면 좋겠어요!"

"좋아! 마음에 들었어! 지더라도 엉엉 울지 말라고. 왕녀님을 울렸다간 골치 아플 것 같거든! 그럼 간다! 최선을 다하기로 했으니, 우선 게임 전에 인사부터 나누자. 잘 부탁합니다!"

"잘 부탁합니다!"

나는 게임 판 위에 있는 말을 쥔 후……!

"—저, 저기, 날이 어두워지고 있으니, 오늘은 이만 하는 게 어떨까요?"

"헛소리 하지 마! 이기고 도망치려는 거지?! 아까 전력을 다하기로 했잖아! 겨우 아이리스의 버릇을 파악했단 말이야! 조금만 더 하면 이길 수 있다고! 그리고 이제 그만 하려고 일부러 져주지도 마! 일부러 져주는 건 티가 확 난다고!"

"최선을 다해 놀아줬으면 좋겠다고 말한 제가 할 소리는 아니지만, 오라버니는 정말 골치 아픈 분이네요!"

"시끄러워~! 나는 이 게임을 싫어한다고! 내 동료 중에도 이 게임을 좋아하는 녀석이 있는데, 그 녀석이 텔레포트를 할 때마다 짜증이 솟구친단 말이야!"

"저한테 그런 소리 하지 말라고요!"

우리가 게임 판을 사이에 두고 말다툼을 벌이고 있을 때, 낯빛이 변한 클레어가 뛰어왔다.

"저녁 식사 준비가 끝났기에 와봤더니……! 네 이놈, 무슨 짓을 하고 있는 것이냐! 말투가 그게 뭐냐! 그리고 어리광 부리지 마라! 순순히 패배를 인정하고 요리가 식기 전에 식당으로 가라! 아이리스 님께 폐를 끼치지 말란 말이다!"

"젠장, 클레어가 방해했으니까 내일 계속하자! 내일은 내가 반드시 이길 거야!"

"어린애! 오라버니는 어린애예요!"

"오라버니?! 아, 아이리스 님, 이 남자를 오라버니라고 부르신 겁니까?!"

조용하고 기품이 넘치는 왕성에서 나와 클레어의 고함 소리가 울려 퍼졌다.

이 날부터, 나는 공주님의 놀이 상대가 되었다.

6

방안에서 레인의 목소리가 들려왔다.

"—이런 이유 때문에, 대대로 왕족 분들은 평범한 사람들보다 뛰어난 재능을 지니고 태어나신답니다. 마왕을 쓰러뜨린 용사를 남편으로 맞이하는 것은, 단순히 용사에게 주는 포상이 아닌 거죠."

아무래도 역사 수업 중인 것 같지만 나는 개의치 않고 문에 노크를 했다.

"……카즈마 님. 죄송하지만 현재 아이리스 님께서는 학업에 매진하고 계십니다. 나중에 다시 와주시지 않겠습니까?"

강사인 레인은 무표정에 가까운 얼굴로 그렇게 말했다.

"나중이라면 언제인데? 5분 후?"

"그, 그게, 오늘은 저녁때까지 역사 수업을 하기로 되어 있습니다만……."

방안을 쳐다보니 수업을 받고 있던 아이리스가 나를 쳐다보며 들뜬 표정을 짓고 있었다.

누군가가 자신에게 같이 놀자고 찾아오는 일이 처음이었는지 꽤 기뻐 보였다.

하지만 수업을 중단하겠다는 소리를 못하겠는지 약간 난처한 표정을 짓고 있었다.

"어쩔 수 없지. 그럼 밖에서 시간을 때우고 있을게."

"그래주시면 감사하겠습니다. 그럼 나가 주시죠."

레인이 한숨을 내쉬면서 그렇게 말하자 나는 순순히 그 방에서 나왔다.

그러자 아이리스가 약간 쓸쓸한 표정을 지었지만 어쩔 수 없었다.

안뜰로 이동한 나는 아이리스가 수업을 받고 있는 방 바로 아래쪽에서—.

“하~늘~을 자유롭게~ 날고~싶구나~. 에잇~, 프로펠러~!”

바닐에게 퇴짜를 당한 개발 상품, 장난감 프로펠러를 노래를 부르면서 날리자 창문이 세차게 열렸다.

“카즈마 님! 아이리스 님이 창밖에 온 신경이 팔려 집중을 못 하시니, 거기서 놀지 말아 주세요!”

—적당히 수업을 방해하면서 시간을 때우다 보니, 겨우 수업이 끝난 아이리스가 내가 있는 곳으로 뛰어왔다.

“오라버니, 방금 그 마도구는 뭐죠?! 엄청 재미있게 가지고 노시던데, 저기, 저한테도…….”

아이리스는 엄청 서둘렀는지 숨을 헐떡이고 있었다.

“아, 이거 말이야? 바람 마법을 건 고성능 마도구인데, 사용 횟수는 무제한이지. 이렇게 돌려주기만 해도 간단히 날릴 수 있어.”

“와아! 사용 횟수가 무제한인 마도구라고요? 거의 신기(神器)급의 물건이네요!”

내 말을 순진하게 믿은 아이리스에게 장난감 프로펠러를 넘겨주자—.

“지금부터 내가 말하는 조건으로 나와 게임을 해준다면,

이걸 선물할게."

"저, 정말인가요?! 좋아요! 할게요! 그 조건을 말해 보세요!"

―10분 후.

"자, 체크메이트! 얏호~! 내가 이겼어어어엇!"

"예, 제가 졌어요. 오라버니는 정말 어린애 같다니까요."

"어? 져놓고서 잘난 척 하는 거야? 뭐, 약속은 약속이니까 이 프로펠러는 너한테 바칠게."

"아, 고마워요! ……그런데 저는 장기말 하나를 빼고 게임을 했을 뿐인데, 이런 귀중한 마도구를 받아도 될까요……?"

아이리스는 양손으로 장난감 프로펠러를 소중히 안더니 미안해하는 목소리로 말했다.

……바로 그때, 누군가가 우리에게 말을 걸었다.

"아이리스 님, 여기 계셨군요. 호위인 저를 떼어놓고 혼자 행동하시면 어떻게 해요. 엄청 찾아다녔잖아요……. 아, 카즈마 님. 그건 프로펠러인가요? 예전에 만났던 이상한 이름을 지닌 모험가 분이 비슷한 걸 만들어준 적이 있어요."

레인은 수업이 끝나자마자 안뜰로 뛰어간 아이리스를 계속 찾아다녔던 것 같았다.

"레인은 이 마도구를 만든 사람을 알아? 이거 정말 엄청나! 신기에 필적할지도 모른다구……!"

"마도구, 라고요? 저기, 그건……. 대나무를 쪼개서 만든 어린이용 장난감 같은 거예요. 만드는 방법만 알면 누구라도……."

레인이 말을 끝까지 잇기도 전에 아이리스는 울상을 지으며 나를 노려보았다.

"오라버니는 거짓말쟁이! 이런 건 인정 못해요! 방금 대결은 무효라고요!"

"너무하네. 내가 어제 말했었지? 전력을 다할 거라고 말이야. 상대의 실력이 나보다 좋다면, 실력 이외의 무언가로 유리한 상황을 만들면 돼. 이번은 아이리스가 세상 물정을 모른다는 점을 정확하게 노린 내 작전의 승리라고 할 수 있지. ……져놓고 그걸 인정하지 않겠다는 걸 보니, 아이리스 님은 완전 어린애네요!"

"윽! 그, 그럼 한 번 더! 한 번 더 승부를 하죠! 아까와 같은 조건이라도 괜찮아요!"

"어이쿠, 곧 저녁 시간이네. 저기 좀 봐, 클레어가 우리를 데리러왔어. 오늘은 내 완승인걸."

아이리스는 재대결을 원했고, 나는 그걸 거절했다. 어제와는 상황이 정반대가 된 것이다.

그리고 저녁 식사 시간이 되어서 우리를 데리러 온 클레어는—.

"이기고 도망치려는 건가요?! 정말 약았어요! 한 번 더 해요! 클레어도 한마디 해줘! 응? 부탁이야!"

"어이, 클레어. 어제 나한테 했던 말을 아이리스에게 똑같이 해주라고! 순순히 패배를 인정하고 요리가 식기 전에 식당으로 가라고 말이야! 자, 빨리! 왕녀라고 응석을 받아주지 마!"

우리 사이에 끼인 채, 이러지도 저러지도 못했다.

"—아이리스는 성 밖으로 나가보고 싶다는 생각 한 적 없어? 액셀 같은 마을이 아니라 산이나 강 같은데 말이야. 이 세상에는 우리가 모르는 게 잔뜩 있어. 동네 아주머니들에게 인기가 좋은 괴짜 악마가 있을지도 모르고, 빵 끄트머리를 주식으로 삼는 우호적인 리치가 있을지도 몰라."

오늘은 아이리스의 수업이 오전에 끝났다. 우리는 성 최상층에 있는 그녀의 테라스에서 차를 마시며 게임을 하고 있었다.

"제가 성 밖으로 나가려고 하면 기사단이 호위로서 동원되어야만 해요. 제가 신하를 데리지 않고 홀로 왕도에 나가는 건 엄격히 금지되어 있죠……. 게다가 그런 악마나 리치가 있을 리 없잖아요. 제가 세상 물정을 모른다고 너무 바보 취급하지 마세요. ……이 칸으로 텔레포트 하겠어요."

아이리스는 게임 판 위의 말을 옮기면서 미심쩍은 눈길로 나를 쳐다보았다.

아무래도 어제 일 때문에 나를 경계하는 것 같았다.

옆에서 아무 말도 하지 않고 있던 레인이 빈 잔에 차를 따라줬다.

나는 장기 말을 움직이면서 말했다.

"내 말이라면 무조건 의심부터 하는 것 같네. 이 세상에는 상식으로 잴 수 없는 게 있어. 원래 물고기는 바다나 강에서 잡지만, 꽁치는 밭에서 잡히는 것처럼 말이야."

"그건 거짓말이 분명해요!"

"지, 진짜야! 내가 술집에서 일할 때, 뒤편에 있는 밭에 가서 꽁치를 잡아오라는 말을 들었다고!"

"저, 저기…… 오라버니가 괴롭힘을 당했던 게 아닐까요……?"

무례하기 그지없는 소리를 하는 아이리스에게 레인이 귓속말을 했다.

"아이리스 님. 카즈마 님의 말씀은 사실입니다. 꽁치는 밭에서 잡혀요."

"정말?! 맙소사……. 개가 하늘을 난다는 말이 더 신빙성 있을 것 같아요……."

"하늘을 나는 개가 있는지는 모르겠지만, 불을 뿜는 고양이라면 있어."

"그건 틀림없는 거짓말이에요! 거짓말쟁이! 당신은 역시 거짓말쟁이예요!!"

"진짜야! 내 동료가 기르고 있다고!!"

"카, 카즈마 님, 솔직히 그 말은 좀……."

"레, 레인도 안 믿는 거야?! 젠장, 거짓말이 아니란 말이야!!"

아이리스는 테이블을 두드리면서 분통을 터뜨리는 나에게—.

"집중력이 떨어졌군요, 오라버니. 제 계산 대로예요! 자, 이걸로 제가 이겼어요!"

그렇게 말하면서 체크메이트를 하더니 그녀의 나이에 걸맞은 미소를 지었다.

7

아이리스는 요즘 들어 요령이 좋아졌다.

처음 만났던 시절의 순수하고 얌전한 아이리스는 어디로 가버린 걸까.

……하아. 잘 웃게 된 건 기쁜 일이지만 요즘 들어 나를 완전 얕잡아보고 있었다.

아무튼 게이머를 자처하는 내가 게임으로 지고 가만히 있을 수는 없다.

오라버니로서의 위엄을 되찾기 위해서라도, 이쯤에서 상하관계를 확실하게 해두는 편이 좋을 것이다.

내가 이 성에 오고 곧 일주일이 된다.

아이리스가 나를 따르게 된 것과 마찬가지로 나 또한 이 성에서의 생활에 익숙해졌다.

—지금은 오후인가.

아이리스는 오늘 오후 세 시까지 공부를 하기로 되어 있다.

잠에서 깨어난 나는 폭신폭신한 침대에서 나오지도 않은 채, 상체만을 일으키고 손뼉을 쳤다.

그 소리를 듣고 나타난 이는 집사복을 깔끔하게 입은 백발의 노인이었다.

"카즈마 님, 부르셨습니까."

"응. 잠기운 좀 쫓게 커피를 부탁해, 세바스찬."

그렇다. 그는 바로 내 전속 집사인 세바스찬이었다.

"제 이름은 하이델입니다."

"부탁해, 하이델."

하이델인 것 같았다.

나는 하이델에게 커피를 부탁한 후, 다시 침대에 드러누웠다.

지금부터 또 하나의 일과가 나를 기다리고 있었다.

곧 메이드인 메어리가 침대 시트를 갈러 올 것이다.

하지만 간단히 시트를 갈게 해줄 수는 없다.

메이드가 자기 일을 하지 못하도록 다양한 방해공작을 펼친다.

그것이 귀족의 소양인 것이다.

일전에 다크니스에게 메이드 일을 시켰을 때, 그녀가 한 말이니 틀림없을 것이다.

아이리스의 공부가 끝날 때까지 메이드를 골리면서 시간을 때우자.

—이윽고 내 예상대로 문을 똑똑 하고 두드리는 소리가 들려왔다.

"안녕, 메어리. 내가 그렇게 간단히 시트를 갈게 해줄 거라고 생각하지 마. 자, 빨리 시트를 갈고 다른 일을 하고 싶다면 이렇게 말해. 『주인님, 부디……』."

방안에 들어온 이는 다크니스였다.

"……주인님, 부디……? 카즈마, 말해봐라. 자, 이 자리에 있는 모두가 듣고 있지 않느냐. 빨리 하던 말을 계속 해보란 말이다."

무시무시할 정도로 진지한 표정을 지은 다크니스의 뒤편에는 아쿠아와 메구밍이 어이없다는 표정을 짓고 있었다.

"주, 주인님. 부디 저에게, 주인님의 체취가 밴 시트를……."

"체취가 밴 시트를, 다음은 뭐지? 성희롱은 네 특기이지 않느냐. 부끄러워 하지 말고 빨리 말해봐라! 이 자리에 있는 모두에게 들리도록 말이다!"

"요, 용서해 주세요……! 자, 잠깐만, 다크니스가 왜 여기 있는 거야? 이 방은 나에게 주어진 성역이라고! 누구한테 허락을 받고 들어온 거야?!"

내가 발끈하면서 그렇게 외치자 다크니스는 미간을 더욱 찌푸리더니…….

"내가 왜 여기 있는지를 물은 것이냐?! 뻔하지 않느냐! 너를 끌고 가려고 온 것이다! 하아, 여기 사람들에게 폐 그만 끼치고 빨리 돌아가자! 너라는 녀석은 왜 항상 내 예상을 능가하는 행동을 취하는 것이냐! 메구밍은 네가 또 골치 아픈 일에 휘말려서 돌아오지 못하는 줄 알고 잠도 자지 않으면서 걱정했단 말이다!"

"따따, 딱히 그렇게 걱정하지는 않았거든요?! 요즘 들어 밤에 잠이 잘 오지 않은 것뿐이에요. 오해하지 말라고요!"

당황한 메구밍에게 질문 공세를 펼치고 싶었지만 그것보다 더 신경 쓰이는 말을 들었다.

"말도 안 되는 소리 하지 마! 나는 아이리스의 놀이 상대로 취임했다고! 이 성에서 재미있고 즐겁게 살 거야! 내 행복한 인생을 방해하지 마!"

"바보 같은 녀석! 이 나라에 그런 직책은 없다! 잘 들어라, 카즈마. 네가 이 성에 머무를 이유는 없다. 그리고 어디서 굴러먹던 개뼈다귀인지도 모르는 남자를 아무 이유도 없이 성에 놔두는 건 큰 문제가 될 수도 있단 말이다!"

"그럼 아이리스의 교육 담당이라도 할래! 세상 물정을 몰라 남한테 속아 넘어가기 쉬운 공주님을 내가 단련시켜주겠어! 겸사겸사 너도 같이 교육 받는 게 어때? 세상 물정 모르는 걸로 치면 너도 아이리스와 동급이잖아!"

"너, 너라는 녀석은, 정말……! 뭐가 교육 담당이냐! 클레어 님에게 다 들었다! 아이리스 님께서 네놈한테 이상한 영향을 받고 있다면서?! 군사 및 전투 수업 때 당치도 않은 짓을 벌인다든가, 약은 수법을 쓴다든가……! 왕족이나 기사단은 모험가와 달리 정정당당하게 싸워야만 한다! 너의 약아빠진 전투 방식을 아이리스 님께 가르치지 마라! 자, 아쿠아도 뭐라고 한마디 해줘라!!"

다크니스가 그렇게 말하자 분노에 차있던 아쿠아는 손을 허리에 대면서 입을 열었다.

"맞아. 카즈마만 혼자 성에서 살다니 약았어! 마왕군 간부를 쓰러뜨린 건 우리 모두가 힘을 합쳤기 때문이잖아?! 카즈마가 성에서 산다면 나도 성에서 살아야 공평하다구!"

"역시 아쿠아는 입 다물고 있어라. 네가 입을 벌리면 이야기가 더 골치 아파진다!"

다크니스는 엉뚱한 소리를 해대는 아쿠아를 밀쳐내더니 앞으로 쑥 나서며 말했다.

"어, 뭐야? 예전에 나한테 졌으면서 또 덤비려는 거야? 네 뇌가 근육으로 되어 있는 것 같다고 전부터 생각했지만, 학습 능력도 없는 것 같네. 나는 안전한 이 성에서 즐겁고 안락하게 살 거야. 자, 내가 눈물콧물 다 빼주기 전에 빨리 돌아가라고!"

"……좋다. 승부를 하자. 다들 잠시 동안 이 방에서 나가 있어다오."

원피스 드레스 차림의 다크니스는 무기도 들지 않은 채 그렇게 말했다.

그 말을 들은 아쿠아와 메구밍이 방에서 나가자 나는 자신만만한 미소를 지었다.

"진심이야? 무기도, 갑옷도 없이 나한테 이길 수 있을 것 같아? 오늘은 하늘거리는 드레스만 입고 있잖아. 인간 상대로는 필살의 위력을 자랑하는 내 스틸 한방에 대참사가 벌어질걸?"

"해봐라."

다크니스는 내 말을 허풍이라고 판단했는지 딱 잘라 그렇게 말했다.

"……너, 알고는 있는 거야? 내가 스틸을 세 번 정도만 쓰면 너는 알몸이 될 거라고. 용서를 빌면 봐줄……."

"해보라고 했을 텐데?"

다크니스는 내 말을 끊으면서 걸음을 내디뎠다.

"어, 어이, 장난치지 마. 괜찮겠어? 나, 진짜로 한다?"

"그러니까 해보라고 했지 않느냐! 이 방에는 나와 너, 둘밖에 없다! 자, 나를 벗길 테면 얼마든지 벗겨봐라!"

이 녀석, 완전 진심이잖아!

“잠깐만! 알았어! 대화로 풀자! 응?!”

“너 따위와 할 이야기는 없다. 나는 이미 각오를 다졌어! 가벼운 성희롱은 아무렇지도 않게 하지만, 선을 넘는 건 두려워하는 얼간이 자식! 벗길 테면 얼마든지 벗겨봐라! 나를 알몸으로 만들든, 덮치든, 얼마든지 해보란 말이다! 그럴 배짱이 있다면 말이야!”

“에로 담당! 역시 너는 에로 담당이야! 오늘부터 너를 에로니스라고 부를래! 아야야야, 부러져, 부러진다고! 죄송합니다! 방금 거짓말했어요! 누, 누가 좀 도와줘!”

다크니스에게 팔을 꺾인 나는 방바닥에 얼굴을 댄 채로 문밖에 있는 이들에게 도움을 청했다.

그 말에 답한 이는—.

“저, 저기……, 라라티나……! 부탁이에요! 너무 심한 짓은 하지 마세요……. 예?”

수업을 일찌감치 끝내고 놀러 온 아이리스였다.

아이리스는 오들오들 떨면서 다크니스를 올려다보더니 그렇게 말했다.

얼마 전에 다크니스에게 뺨을 맞았으면서도 내 여동생은 겁먹지 않고 나를 감싸줬다.

“아이리스 님, 이 남자가 멋대로 하게 두면 안 됩니다! 이 자는 사람 탈을 쓴 성욕 덩어리 짐승이에요. 툭 하면 여자와 같이 목욕하려 들고, 스킬로 여성의 속옷을 마구 훔쳐대

는 그런 남자란 말입니다. 제가 희생양이 될 테니, 아이리스 님께서는 밖에 나가 계십시오……!"

아이리스가 나가면 이 녀석에게는 자기 입으로 말한 것처럼 지옥을 보여주자.

구체적으로 말하자면 홀라당 벗겨버리는 것이다.

내가 언제까지나 얼간이일 거라고 생각하지 말라고……!

하지만 아이라스는 다크니스의 말을 듣더니…….

"……."

고개를 푹 숙인 채 쓸쓸한 표정을 지으며 침묵했다.

"윽……. 아, 아이리스 님……."

역시 다크니스도 아이리스에게는 세게 나가지 못했다.

쓸쓸함이 어린 아이리스의 얼굴을 본 다크니스는 나를 제압한 채 당황했다.

"아아~. 왕녀님을 슬프게 만들다니, 정말 나쁜 귀족, 아야야야야얏!"

"너는 입 좀 다물고 있어! ……아이리스 님, 제 말을 들어주십시오. 이 남자는 액셀 마을에 저택을 소유하고 있으며, 이름이 꽤 알려진 모험가입니다. 그 마을에는 이 남자의 친구도 있으며, 그의 행방이 묘연해진다면 걱정할 이들도 있습니다. 저희 또한 이 남자가 걱정된 나머지 이곳까지 온 것이죠. ……부탁드립니다. 이 남자를 놔주시지 않겠습니까?"

아이리스는 다크니스의 말을 듣더니 슬픈 표정을 지으며

살며시 고개를 끄덕였다.

"……알았어요. 응석을 부려서 죄송해요……."

힘내, 아이리스! 더욱 힘내라고!

포기하지 마! 너는 이 성의 최고 권력자니까 응석을 더 부려도 돼!

고개를 숙이고 있던 아이리스는 다크니스를 향해 고개를 들더니—.

"저기, 라라티나. 그럼 하다못해 하루만 더 묵고 가면 안 될까요……? 작별 만찬회를 열고 싶어요……."

머뭇거림과 미안함이 섞인 목소리로 그렇게 말했다.

8

귀족과 왕족의 만찬회.

그것은 너무나도 화려하고 호화로웠다.

"저기, 카즈마. 이 천연 떠돌이 멜론에 생햄을 얹은 거 말인데, 엄청 맛있어! 이건 정말 신선한 떠돌이 멜론 같네. 육즙이 가득 들어 있어."

"까으마, 까으마, 이거또 마디떠오. ……우물. 초밥에 고급 푸딩을 얹고 고추냉이 간장을 뿌린 요리예요! 달콤하면서도 끈기가 있고, 감칠맛이 있으면서도 산뜻한 게 정말……!"

나는 만찬회장에 준비된 요리를 마구 먹어대는 동료들을

보면서, 이곳은 우리 같은 일반인이 있을 만한 곳이 아니라는 걸 이해했다.

우리도 정장과 드레스를 빌려 입은 덕분에 겉모습은 이 만찬회장에 녹아들고 있었다. 하지만 우리에게서 흘러나오는 분위기와 태도는 다른 손님들과 명백하게 차이가 났다.

여러 명의 바텐더가 만찬회장 한편에서 손님이 주문한 칵테일을 만들고 있었다. 그리고 아쿠아는 술을 가지러 거기까지 계속 가는 게 귀찮은지 요리가 놓인 테이블을 바텐더 앞으로 옮긴 후, 거기서 먹고 마시기 시작했다.

그리고 내 옆에 있는 메구밍은 빈 용기를 얻어오더니 거기에 요리를 담고 있었다.

평소 같으면 이런 상황이 벌어지기 전에 한 녀석이 부끄러워하면서 말렸겠지만…….

"더스티네스 경. 파티를 싫어하는 걸로 유명한 당신이 이런 자리에 참가하다니, 신기한 일도 다 있군요! 이야, 오늘 만찬회에 참가하기를 정말 잘한 것 같습니다! 당신의 아름다운 모습을 이렇게 두 눈으로 봤으니까 말입니다!"

"더스티네스 경, 아버님이신 이그니스 님께서는 잘 계십니까? 저는 젊을 적에 이그니스 님을 모신 적이 있습니다."

"아아, 더스티네스 님! 오늘 밤, 이렇게 당신과 만나게 된 것을 행운의 여신 에리스 님께 감사드려야겠습니다! 당신의 미모에 관한 소문은 익히 들었습니다만, 이 정도로 아름다우실 줄이야……!”

“소문 따위는 믿을 게 못 된다는 걸 깨달았습니다! 당신의 아름다움에 비하면 백 년에 한 번 핀다는 환상의 일야초(一夜草), 월광화초조차 빛바래고 말겠죠! 실은 당신에게 잘 어울리는 가게가 있습니다. 이 파티가 끝난 후에 같이 가시지 않겠습니까?”

“귀공의 가문은 더스티네스 님을 에스코트하기에는 격이 떨어지죠. 그러니 제가…….”

다크니스는 귀족들에게 둘러싸여 온갖 찬사를 다 듣고 있었다.

당사자인 다크니스는 이런 상황에 익숙한지 온화한 미소를 머금은 채 그들의 제안을 상냥하게 거절하고 있었다.

“여러분은 이런 자리에 익숙하신가 보군요. 하지만 저는 익숙하지 않으니 모쪼록 잘 부탁드려요.”

너는 대체 누구냐, 같은 소리가 목 언저리까지 올라왔다.

온화한 여성을 가장하고 있는 다크니스의 볼 언저리는 경련이 일어난 것처럼 떨리고 있었다.

어쩌면 한계가 가까워 진 것일지도 모른다.

그건 그렇고, 저 녀석은 꽤 인기 좋네.

다크니스는 금발벽안의 젊은 미남들에게 둘러싸여 있었다.

………….

"이런 곳에 있었구나, 라라티나. 인기가 좋구나, 라라티나. 오늘은 평소보다 드레스가 잘 어울리는걸, 라라티나."

느긋하게 다가온 내가 갑자기 라라티나라는 말을 연발하자 다크니스는 입안에 있던 와인을 뿜었다.

"푸웁! 콜록, 자, 잠시 실례하겠어요!"

주위에 있는 귀족들이 흠칫한 눈길로 나를 쳐다보는 가운데, 와인이 기도에 들어가서 눈가에 눈물이 맺힌 다크니스는 손수건으로 입을 닦은 후 말했다.

"무슨 일이죠? 제 모험가 동료이신 사토 카즈마 님? 이런 자리에서 그 이름을 입에 담으시면 곤란하답니다. 여전히 장난을 좋아하시는 군요. 하지만 다른 분들이 저희 사이를 오해할 수도 있어요."

다크니스는 가식적인 미소를 머금더니 모험가 동료라는 부분을 강조하면서 말했다.

진짜로 너는 대체 누구야?

다크니스가 그렇게 말하자 귀족들의 분위기가 부드러워졌다.

"하하, 느닷없이 더스티네스 님을 이름으로 부르기에 놀랐습니다. 그러고 보니 더스티네스 님은 몬스터로부터 백성들을 지키기 위해, 그리고 취미를 겸해 모험가로 활동하고 계셨죠. 이야, 그렇고 그런 관계로 오해할 뻔했습니다."

"저도 그럴 뻔했습니다. 그건 그렇고, 더스티네스 경의 동료답게 농담도 잘하는 군요. 아무리 장난이라고 해도 더스티네스 경을 이름으로 부르다니, 정말 부럽습니다."

"예, 그래요. ……그런데 더스티네스 님은 약혼자를 정하셨습니까? 혹시 아직 정하지 않으셨다면, 제가 당신을 이름으로 부르는 행운을 거머쥐고 싶습니다만……."

"아, 예전부터 더스티네스 가문에 맞선 요청을 해온 저에게 먼저 기회를 주셔야……."

다시 다크니스를 꼬시기 시작한 귀족들은 서로를 견제하면서 이 자리를 떠나려 하지 않았다.

역시 권력과 부를 동시에 지닌 미남들이다.

이 녀석들은 자신감이 넘치는지 계속 다크니스에게 자신을 어필하고 있었다.

이렇게 되면 다크니스를 놀림 겸 폭탄발언이라도 해줘야겠다고 생각한 바로 그때였다.

"—최근 들어 수많은 공적을 쌓으신 더스티네스 님에게는 더욱 어울리는 상대가 있을 텐데? 귀공들은 비교조차 되지 않는 상대가 말이야."

그런 오만불손한 소리를 하면서 느닷없이 끼어든 이는 어딘가에서 봤던 남자였다.

털이 많지만 머리카락은 적은 편이며 몸집이 크고 뚱뚱한

중년 남성이었다.

"이런이런, 알다프 님은 여전히 말씀이 신랄하시군요……."

잊을 리가 없다. 이 자는 나에게 누명을 씌워서 처형하려 했던 액셀 마을의 영주다.

"네가 왜 이런 데에 있는 거야?"

"네, 네놈이! 네 놈이 디스트로이어의 코어를 워프시켜 박살낸 내 저택이 아직 재건되지 않았단 말이다! 액셀 마을의 저택이 완성될 때까지 왕도에 있는 별장에서 지내고 있지! 그리고 평민 주제에 무엄하구나! 알다프 님이라고 불러라!"

알다프는 내 말을 듣더니 침을 튀겨가며 화를 냈다.

이 아저씨는 별장도 있는 거야? 부자네.

"그런데 알다프 님. 더스티네스 님에게 어울리는 상대가 대체 누구죠? 소문에 따르면 당신도 더스티네스 님에게 마음이 있다던데, 설마……."

다크니스를 꼬시는 걸 방해당한 귀족 중 한 명이 그 아저씨에게 빈정거리는 어조로 말했다.

"물론 나는 아니다. 그리고 내 아들도 아니지. 가문뿐만 아니라 개인적으로 쌓아온 공적까지 고려해볼 때, 더스티네스 님에게 어울릴 만한 남자라면 한 명밖에 없을 텐데?"

알다프는 자신감에 찬 표정을 지으면서 말했다.

개인적으로 쌓은 공적을 고려해볼 때, 다크니스에게 어울리는 남자…….

"나 말이구나."

"이야기가 더 복잡해지니 너는 이제 입도 뻥끗 하지 마라! 저쪽에 가서 아쿠아나 메구밍과 놀고 있으란 말이다!"

여유가 없어진 탓에 가면이 벗겨지기 시작한 다크니스가 나를 향해 고함을 질렀다.

그런 우리를 깔끔히 무시한 알다프는 만면에 미소를 지으면서 말했다.

"현재 국왕 폐하와 함께 이 나라의 정규군을 이끌며 마왕군과 싸우고 계신 제1왕자 저티스 님이다. 본래 더스티네스 님은 데릴사위를 들여야 하겠지만, 두 사람 사이에서 아이가 여러 명 태어난다면 그 중 한 명에게 더스티네스 가문을 잇게 하면 되지."

귀족들은 그 말을 듣더니 벌레 씹은 표정을 지으며 입을 다물었다.

"예전부터 최전선에서 싸워 오신 저티스 님은 물론이고, 최근 들어 마왕군 간부를 차례차례 격파하고 계신 더스티네스 님도 이 나라의 영웅이라 할 수 있겠지. 더스티네스 님의 공적을 치하하는 의미에서 왕족으로 받아들인다면 문제될 것이 없다. 그리고 두 사람 사이에서는 강하고 아름다우며 뛰어난 아이가 태어나겠지. ……어때? 잘 어울리지 않나?"

이 아저씨는 다크니스에게 비정상적으로 집착한다고 들었다.

하지만 자신이 아무리 발버둥을 쳐도 다크니스를 손에 넣을 수 없다는 사실을 알고 결국 포기한 것일까.

“마, 맞는 말이긴 해…….”

“확실히 잘 어울리는 한 쌍이군…….”

귀족들이 알다프의 이야기를 듣고 마지못해 물러서고 있는 가운데—.

다크니스가 무슨 말을 하려고 한 바로 그 순간이었다.

“어이, 그럼 나와 너의 문란한 관계는 어떻게 되는 건데. 라라티나, 너는 나를 버리려는 거야?!”

“““윽?!”””

내가 그 말을 한 순간, 이 자리에 있는 이들 모두가 경악했다.

“무무, 무슨 소리를 지껄이는 것이냐……! 아, 아니지, 카즈마 님, 이번에는 또 어떤 장난을 치려는 거죠? 이런 자리에서 장난을 치면 곤란하다고 말씀드렸을 텐데요?”

다크니스는 그렇게 말하면서 방긋 웃더니, 친한 남성과 팔짱을 끼려는 것처럼 내 팔을 향해 손을 뻗었다.

나는 그 손을 슬며시 피했다.

“라라티나, 나와 함께 보냈던 달콤한 나날들을 떠올려봐! 매일같이 한 지붕 밑에서 지냈을 뿐만 아니라, 함께 목욕도 했잖아! 네가 내 등을 씻겨준 적도 있지?! 얼마 전에는 나를 주인님이라고 부르는 특수 플레이를…….”

“카즈마 님, 장난이 지나치시면 후회하게 될 겁니다!”

다크니스가 남들 시선을 신경 쓰지 않고 달려들자 나는 그녀와 손을 맞잡으며 힘겨루기를 시작했다.

"어이쿠! 라라티나, 괜찮겠어?! 귀족 분들이 보는 앞에서 네 괴력을 발휘해도 괜찮겠냐고! 내가 이런 소리를 하는 것도 좀 그렇지만, 너도 언젠가는 시집을 가야하잖아? 게다가 너는 귀족으로서 슬슬 시집가지 않으면 곤란할 나이지? 아가씨께서 타고난 괴력을 발휘했다간 아무도 너와 결혼하려고오오오오오옷?!"

"어머나, 카즈마 님. 여전히 연기를 잘하시는 군요! 저는 전혀 힘을 주지 않았는데, 진짜로 아파하시는 것처럼 보여요! 만약 제가 진짜로 전력을 다한다면 어떤 사태가 벌어질까요? 레벨이 올라간 저의 완력을 한번 느껴보시겠습니까?!"

"농담이 지나쳤습니다! 용서해주십시오, 더스티네스 님~!"

9

—나쁜 뜻은 눈곱만큼 밖에 없었다.

귀족들에게 인기 좋은 다크니스를 보고 짜증이 치솟은 나머지, 좀 괴롭혀주려고 했을 뿐이다.

친한 여자 사람 친구가 나와 사귀는 건 싫지만 타인의 여자가 되는 것도 싫었다.

얼마 전에는 보수에 눈이 멀어 다크니스의 맞선이 잘 되도록 도운 적도 있지만, 생활에 여유가 생기니 왠지 방해하고 싶어졌다.

내가 생각해도 정말 제멋대로다.

일단 명목상으로는 내 송별회인데 다크니스가 주목받는 바람에 나는 완전히 방치당하고 있었다.

……뭐, 귀족 형씨들에게 떠받들어져봤자 기쁘지도 않을 테고, 방치당한다고 해서 쓸쓸하지도 않지만 말이다.

아쿠아와 메구밍은 귀족 누님들에게 어떤 샴푸를 쓰느냐, 어떤 비누를 애용하느냐 같은 질문을 받고 있었다.

뭐, 저 녀석들은 겉모습이 반반한 편이니 관심을 받는 것도 무리는 아니다.

……아무튼, 나는 전혀 부럽지 않다……!

"—이런 데서 뭘 하고 있는 거죠?"

연회장 구석에서 몸을 웅크린 채, 귀족들에게 둘러싸여 있는 동료들을 쳐다보고 있는 나에게 아이리스가 말을 걸었다.

"아이리스, 역시 아이리스! 정말 배려심 많고, 상냥한데다, 귀여운 애라니깐! 이런 파티에서 혼자 이러고 있으니 엄청 쓸쓸하더라고! 그런 나를 신경써주다니, 역시 아이리스는 착한 동생이야!"

"그, 그렇지도 않아요……."

내가 마구 칭찬해주자 아이리스는 볼을 붉히며 고개를 숙였다.

어?

요즘 들어 나한테 편한 태도를 취하고 할 말 다하던 아이리스가 오늘은 어찌된 영문인지 얌전했다.

아이리스는 얼굴을 붉힌 채 내 옆에서 벽에 기대섰다.

성 내부에서 개최한 파티라 그런지 그 말 많은 클레어도 아이리스의 곁에 찰싹 달라붙어 있지는 않았다.

내가 화려한 연회장을 둘러보고 있을 때였다.

"내일부터는 이 성도 조용해지겠군요. 클레어를 화나게 하고, 레인을 곤란하게 만들던 누구누구 씨가 돌아갈 테니까요."

아이리스는 벽에 기댄 채 그렇게 말했다.

"그러고 보니 그 두 사람도 요즘 들어서는 나를 눈엣가시처럼 여겼지. 하지만 성이 조용해지는 건 좋은 일이잖아. 내 저택은 매일같이 시끌벅적하다고. 누가 내 소원을 들어준다면, 나는 평온한 일상을 달라고 할 거야."

벽에 기댄 채 나를 힐끔힐끔 쳐다보던 아이리스가 안타까운 미소를 지었다.

……왜 저런 쓸쓸해 보이는 모습만 봐도 가슴이 옥죄어드는 걸까.

나란 녀석은 이렇게 쉬운 남자였던 걸까.

"처음 만난 날부터 여동생 취급을 한 내가 이런 소리를 하는 것도 좀 그렇지만, 아이리스는 이 일주일 동안 나를 많이 따르게 됐네."

열두 살짜리 여자애에게 동요했다는 사실을 들키지 않기 위해 나는 이야기를 돌리려 했다.

"폐가 됐나요?"

하지만 아이리스가 부끄러움 섞인 눈길로 올려다보면서 그렇게 묻자, 내 가슴은 더욱 빠르게 뛰었다.

"아, 무, 물론 기쁘긴 했거든? 하지만 나 같은 녀석의 어디가 마음에 든 건가 싶어서 말이야."

긴장 탓에 목소리가 상기되는 것을 어찌어찌 억누르고 있을 때, 아이리스가 웃음을 흘렸다.

그리고—.

"당신 같은 사람은 지금까지 한 번도 본 적이 없어요. 누구나 제 앞에서는 고개를 조아리죠. 전혀 주눅 들지 않고, 무례하며, 거리낌이 없는데다, 왕족인 저한테 이상한 걸 가르쳐대고, 어른스럽지 못하게 전력으로 이기려드는……."

"어, 어이, 마음에 안 드는 부분을 물은 적 없거든? 어디가 마음에 들었는지 물었거든?"

내가 아이리스의 말을 듣고 당황하자—.

"예. 마음에 든 부분을 말한 거예요."

아이리스는 방긋 웃으면서 그런 소리를 했다.

젠장, 너무 귀엽잖아!

에리스 님도 그렇고, 아이리스도 그렇고, 왜 제대로 된 애들과 나 사이에는 벽이 존재하는 거냐고!

물론 아이리스는 동생으로 여기고 있을 뿐이지만 말이다.

열두 살 먹은 어린애에게 흑심 같은 건 품지 않는다고!

"그러고 보니 그 게임의 전적은 제가 앞서고 있으니, 제 최종 승리라고 생각해도 되죠?"

"무슨 소리를 하는 거야. 요즘 들어서는 거의 대등한 승부였잖아. 오히려 내가 압도하는 승부가 많았다고. 이대로 계속 붙으면 내 최종 승리로 끝났을걸?"

"이럴 때만이라도 순순히 패배를 인정하는 게 어때요? 역시 오라버니는 어린애예요!"

"어이쿠, 그런 어린애 상대로 발끈하면서 승리 선언을 하는 너도 어린애라고 생각하거든?!"

잠시 동안 말다툼을 하다 지친 나와 아이리스는 다시 벽에 등을 맡겼다.

정말, 마지막 순간까지 깔끔하게 끝내지를 못하네.

하지만 아이리스는 요즘 들어 나와 싸울 때도 즐거워 보였다.

그 후 나와 아이리스는 아무 말 없이 연회장을 지그시 지켜보고 있었다.

이 일주일 동안 함께 있을 때는 하염없이 별의별 이야기를 했다. 그러면서 서로를 화나게도 했고, 웃기기도 했지만, 지금은 둘 다 입을 다물고 있었다.

아쿠아와 메구밍은 여전히 음식을 먹어대고 있었고 다크

니스는 귀족들에게 둘러싸여 있었다.

"당신과 보낸 이 일주일은 저에게 있어 잊지 못하는 추억이 되겠죠……."

아이리스는 그 모습을 쳐다보며 혼잣말을 하듯 말했다.

"라라티나가 부러워요. 분명 하루하루가 즐거울 거예요……."

그리고 그녀는 쓸쓸한 미소를 지으면서 그렇게 말했다.

……겨우 일주일 만에 용케도 이렇게까지 친해졌다는 생각이 들었다.

내가 마을로 돌아가면 이 애는 내일부터 왕족으로서의 의무를 다하기 위해 자신을 억누르고, 응석을 부리지 않는 착한 아이를 연기하며 살아가리라.

……내가 이 성에 남을 방법은 없는 것일까.

기사로 임명해달라고 할까?

무리다. 아이리스와 다크니스의 연줄을 이용하더라도 체격이 빈약한 내가 기사단에 들어갈 수는 없을 것이다. 게다가 내가 쫓겨나는 이유는 아이리스에게 악영향을 끼치는데다 내가 이 성에 아무런 기여도 하고 있지 않기 때문이다.

……마왕군 간부가 쳐들어와주지는 않으려나.

그 녀석을 내가 멋지게 해치우면 내 필요성을 인정받을 수 있을 테니, 다소의 억지는 들어줄 것 같은 느낌이 들었다.

그런 거물이 아니라도 괜찮으니 왕도에서 공적을 세우고

싶다.

그러면 나에 대한 평가도 좋아질 텐데…….

내가 아무 말도 하지 않고 고민에 빠져 있을 때…….

"저도 라라티나처럼 모험가가 되고 싶어요. 왕족은 대대로 강한 마력과 소양을 지니고 있어요. 라라티나 같은 크루세이더가 되는 건 무리겠지만……. 마법사나 프리스트라면 어떨까요? 아니면…… 도적이 되어서, 요즘 항간에 소문이 자자한 의적처럼 되는 것도 괜찮을 것 같네요! 하지만 도적이 된다고 하면, 클레어가 화내겠죠?"

아이리스는 그렇게 말하면서 빙긋 웃었—.

"……어? 방금 뭐라고 했어? 항간에 뭐?"

내가 퍼뜩 고개를 들자 아이리스는 영문을 모르겠다는 듯 고개를 갸웃거리면서 말했다.

"오라버니는 요즘 화제가 되고 있는 의적을 모르나요? 평판이 나쁜 귀족의 집에 침입해서, 떳떳하지 않은 방법으로 모은 재산을 훔치는 도적이 있다고 해요. 그리고 귀족이 피해를 입은 다음 날에는 에리스 교단이 경영하는 고아원 앞에 고액의 기부금이 놓여 있대요……. 그래서 그 도적은 의적으로 불리고 있죠."

의적…….

"원래라면 왕족인 제가 도둑질을 하는 자를 의적이라 부르면 안 되겠지만……. 그래도 왠지 멋지지 않나요? 저는 왕족이니까 도둑질을 당하는 입장이겠지만……. 그래도 좀 동경하게 될 것 같아요."

그렇게 말하면서 눈을 반짝이는 아이리스를 보고, 얼굴도 모르는 그 의적을 상대로 질투심을 느낀 나는 그 녀석을 확 잡아버리고 싶었다.

……의적을 잡는다?

"……그거야아아아아아앗!"

10

"다크니스! 다크니~스! ……아, 클레어도 있구나! 마침 잘 됐어!"

"또, 또 온 것이냐……. 지금 바쁘니까 저쪽에 가 있으라고 했지 않느냐."

"무, 무슨 일입니까, 카즈마 님……."

나는 담소를 방해당해 짜증이 난 다크니스와 클레어를 향해 헐레벌떡 뛰어갔다.

"어이, 방금 들었어! 지금 왕도에서 큰일이 벌어지고 있다면서?!"

그리고 내가 느닷없이 그렇게 외치자 두 사람은 고개를 갸웃거렸다.

"큰일이라면 큰일이지. 일국의 왕녀가 일개 모험가를 오라버니라고 부른다는 게 폐하의 귀에 들어간다면, 네 목이 날아갈 거다."

"더스티네스 경의 말이 맞습니다. 참고로 저는 당신을 감싸줄 생각이 없습니다. 전선에서 돌아오신 폐하께 이 성에서 있었던 일을 솔직하게 보고드릴 겁니다."

"내가 말하는 건 그게 아니라고! 그리고 나는 부모님이 집을 비워서 쓸쓸해하고 있는 여자애와 놀아줬을 뿐이야! 아무튼, 그것보다……!!"

나는 다른 귀족들에게도 들리도록 큰 목소리로 말했다.

"내가 말한 큰일은, 이 왕도에서 의적이 암약하고 있다는 거라고! 방금 들었어! 왕도에서 살고 있는 귀족들을 주로 노린다면서?!"

"으, 음. 품행이 나쁜 귀족을 노린다더구나……."

"카즈마 님, 그게 어쨌다는 거죠?"

당황한 두 귀족이 쳐다보는 가운데, 나는 엄지로 내 가슴을 가리키며 말했다.

"그 항간에 소문이 자자한 의적을 내가 잡아줄게."

""뭐?""

다크니스와 클레어는 영문을 모르겠다는 표정을 지었다.

그와 동시에 주위에 있던 귀족들이 술렁거렸다.

"왕도의 기사단과 경찰이 수사를 하고 있는데도 단서 하나 찾아내지 못한 그 도적을 잡겠다고?"

"그것보다 아까부터 연회장 안을 어슬렁거리는 저 남자는 대체 누구지? 실은 아까부터 좀 신경 쓰였어."

"쉿! 저 시원찮아 보이는 남자가 더스티네스 경의 동료인 것 같아……."

"저 자가?! 모험가보다는 일반인 같아 보이는 저 남자가 정말?!"

"그는 아이리스 님의 놀이 상대라는 백수 같은데? 얼마 전에 메이드를 대동한 저 자가 성 안뜰에서 저녁때까지 낮잠을 자는 모습을 봤어……."

귀족 여러분, 하시는 말씀이 다 들리거든요?

하지만 나는 그 목소리들을 무시하면서 말했다.

"나는 귀족인 다크니스와 친밀한 사이잖아? 그런 내 입장에서 볼 때, 귀족의 재산을 훔치는 그 의적은 아무리 약자의 편이라고 해도 적이라고. 다음번에는 다크니스의 집을 노릴지도 모르잖아!"

"어, 어이! 우리 가문은 의적의 표적이 될 법한 짓을 하지 않았다!"

다크니스가 바로 반박하자 나는 주먹을 말아 쥐면서 외쳤다.

"어이, 다크니스! 마왕군 간부조차 해치운 우리라면 이 건도 해결할 수 있어. 우리는 액셀 마을뿐만 아니라 아르칸레티아와 홍마의 마을도 위기에서 구했잖아! 우리가 이런 시기에 왕도에 온 것도 다 인연인 걸지도 몰라. 의적이라고 해봤자 결국 도적이잖아. 눈감아 줄 수는 없다고!"

"그, 그건 그러하다만……. 너는 정의감 같은 것과는 인연이 없지 않느냐. 대체 무슨 바람이 분 거지? 무슨 꿍꿍이인 것이냐."

다크니스는 미심쩍은 시선으로 나를 쳐다보았다.

"그야 내가 의적을 잡는다면, 또 이 성에서 놀고먹으며 살 수 있잖아."

"다, 당신이라는 사람은 정말……."

내 말을 들은 클레어가 어이없어 하며 무슨 소리를 하려고 한 순간이었다.

"대단해!"

귀족 중 한 명이 나를 향해 박수를 쳤다.

그 뒤를 이어 다른 귀족들도 차례차례…….

"역시 더스티네스 님의 동료군요! 아, 물론 저는 의적의 표적이 될 만한 짓을 한 적이 결단코 없습니다."

"마왕군 간부들과 싸워온 남자답군. 그라면 그 도적을 잡는 것 정도는 식은 죽 먹기겠지."

"저도 딱히 꺼림칙한 짓을 한 적은 없습니다만, 그 도적이 잡힌다면 정말 기쁠 것 같군요! 도적의 표적이 될 만한 짓은 정말로 한 적이 없지만 말이죠!"

정말 알기 쉬운 녀석들이다.

……하지만 잘 됐다.

의적 체포를 이유로 이대로 성에 머무르는 것이다.

의적을 잡는다면 당당하게 이 성에 머무를 수 있고 포상도 받을 수 있으리라.

잡지 못하더라도 수사가 길어지면 길어질수록 내가 아이리스와 함께 있을 수 있는 시간 또한 늘어난다.

아이리스 또한 내 뒤편에서 기대에 찬 눈빛으로 나를 쳐다보고 있었다.

오호라, 사랑하는 오빠가 활약하는 모습을 보고 싶은 거구나!

맡겨만 달라고! 성에서 한동안 데굴데굴한 후에 그 도적을 잡아주겠어!

그런 나를 본 클레어는 잠시 동안 생각에 잠긴 후, 고개를 끄덕이며 손뼉을 쳤다.

"알겠습니다. 그럼 카즈마 님은 내일부터 도적이 침입 할 것 같은 귀족의 집에서 잠복해주십시오. 그리고 진짜로 도적을 체포한다면, 당신이 성에 머무는 걸 긍정적으로 검토해보겠습니다. ……여러분도 카즈마 님에게 최선을 다해 협력해주십시오!"

……뭐?

이 미남 의적에게 천벌을!

1

완전히 한방 먹었다.

나는 가능한 한 수사를 질질 끌면서 성에 머물 생각이었는데 말이다.

파티 다음 날 아침.

"정말, 카즈마는 귀찮은 일에 고개를 들이밀지 않으면 죽는 체질인 거야? 이런 일에 왜 우리를 끌어들이는 거야. 어쩔 수 없으니 협력하겠지만, 이래서야 나한테 잔소리를 할 자격은 없겠네. 하아, 카즈마는 정말 못 말린다니깐!"

"동감이에요! 앞으로는 저희한테 골치 아픈 일만 일으키는 트러블메이커라는 소리를 못하겠네요! 뭐, 저희는 동료니까 협력이야 하겠지만요!"

파티 때 하염없이 먹어재끼기만 했던 두 사람이 의기양양한 표정으로 그런 소리를 했다.

딱히 이 녀석들에게 의적 체포를 도와달라는 소리는 안했지만, 이 녀석들은 자초지종을 듣더니 기회를 잡은 것처럼 협력을 자처하고 나섰다.

이번엔 의적 체포이기 때문에 이 두 사람의 도움은 필요 없지만 평소와 달리 의욕이 넘쳤기에 그냥 도움을 받기로 했다.

그리고 우리는 의적이 노릴 것 같은 악덕 귀족 최고 유력 후보의 집에 찾아갔다.

"—그래서 주저 없이 나를 찾아온 것이냐."

이곳은 액셀 마을의 악덕 영주, 알다프의 별장이다.

의적은 품행이 나쁜 귀족만 노린다.

그렇다면 나쁜 소문을 잔뜩 달고 다니는 이 녀석을 노리지 않을 리가 없다고 생각해 이곳에 왔지만…….

호위로 보이는 남자들을 대동하고 나타난 알다프는 언짢은 기색을 드러내면서도, 다크니스의 몸을 핥는 듯한 눈빛으로 쳐다보고 있었다.

에로니스의 몸이 에로틱한 것은 인정하고, 막 목욕을 하고 나온 다크니스에게서는 나도 눈을 떼지 못하니 그의 마음은 충분히 이해가 되었다.

하지만 이렇게 남의 몸을 뚫어져라 쳐다보는 것은 좀 그랬다.

알다프는 내 시선을 눈치챘는지 나를 힐끔 쳐다보았다.

그는 차가운 눈빛으로 나를 쳐다본 후…….

나에게는 흥미가 없다는 듯 아쿠아를 향해 고개를 돌렸다.
그리고 그대로 시선을 고정했다.
아쿠아는 히익 하고 작게 비명을 지르며 내 등 뒤에 숨었다.
"……호오. ……호오! 더스티네스 님의 동료답게 아름답구나! 예를 들자면……, 그래! 마치 여신에 버금가는 미모야!"
"여신에게 버금가는 게 아니라, 여신이거든?! 진짜 여신이거든?!"
아쿠아는 내 등 뒤에서 고개만 쏙 내밀면서 항의했다.
"하하, 아름다울 뿐만 아니라 농담도 잘하는군!"
"두고 봐! 너한테는 반드시 천벌을 내려주겠어!"
아쿠아가 그렇게 외쳤지만 알다프는 그 말도 농담으로 여기는 것 같았다.
그리고 이번에는 메구밍을 향해 고개를 돌리더니—.
"호오, 이런이런……."
……무슨 말을 하려고 한 순간이었다.
영주의 옆에 있던 남성이 그에게 귓속말을 했다.
꽤 떨어져 있어서 잘 들리지는 않았지만—.
"……님, 발언…… 조심……. 저 자가, 그 유명한, 정신……."
"저 여자애가……! 그 위험한 ……나간……!"
귓속말을 나누던 영주의 안색이 확 변했다.
"어이, 나한테서 시선을 뗀 이유를 말해보실까. 대답 여하에 따라서는 내가 저 남자가 말한 대로의 인간인지 아닌지 똑똑히 가르쳐주지."

"아니, 저기……. 오오, 당신도 정말, 가련하고 아름다운……."

"호오, 그래서?"

메구밍이 계속 시비를 걸자 알다프는 도움을 요청하듯 나를 쳐다보았다.

"……어이, 액셀 마을을 몇 번이나 지켜낸 공로자에 대한 칭찬이 이것 밖에 안 되는 거야? 지금 이 자리에서 내 폭렬 마법이 얼마나 대단한지 보여줄 테니, 이 별장의 정원을 빌려주세요."

"다, 당신이 얼마나 대단한 분인지는 충분히 이해했소!"

……이대로 한동안 내버려두고 싶네.

"그, 그건 그렇고, 더스티네스 님은 제가 의적의 표적이 될 만한 악덕 귀족이라고 생각하는 겁니까? 하지만 당신은 저의 집에 발도 들이고 싶어 하지 않을 거라 생각했는데, 그 정도로 저를 싫어하는 것은 아닌가 보군요. 하지만 더스티네스 님이나 되는 분이 항간의 나쁜 소문만 믿고 저를 의심하는 건 뜻밖이군요. 만약 제가 진짜로 의적의 표적이 될 만한 남자라고 생각한다면 얼마든지 이 집에 머물러 주십시오."

알다프는 비아냥거림이 섞인 미소를 지으면서 다크니스를 견제했다.

“당신을 딱히 의심하는 게 아니라…… 이건 어디까지나 조사의 일환으로서…….”

나는 당황한 목소리로 변명을 늘어놓는 다크니스의 옆을 지나 별장 안으로 들어갔다.

“얼마든지 묵어도 된다는 말 들었지? 허락을 받았으니까, 나는 이 집에서 가장 큰 객실을 쓰겠어!”

“약았어, 카즈마! 그런 건 다 같이 의논을 해서 정해야 한다고 봐! 참고로 나는 식당에서 가까운 방을 쓸래!”

“저는 이 저택에서 가장 높은 곳에 있는 방이 좋겠어요! 뭣하면 다락방이라도 괜찮아요!”

차례차례 저택 안으로 들어가는 우리의 뒤편에서 다크니스는 부끄러워 죽겠다는 목소리로 중얼거렸다.

“……저기, 죄송합니다만 신세 좀 질게요…….”

“아, 괘, 괜찮습니다……. 저기, 더스티네스 님은 고생이 많으신 것 같군요…….”

알다프는 연민이 어린 목소리로 말했다.

—항간에 소문이 자자한 그 의적은 단독범이라고 한다.

평판이 나쁜 귀족의 집에 숨어들어가서 훔친 돈을 고아원에 가져다주는 전형적인 의적인 것 같았다.

게다가 어렴풋이나마 그 의적을 목격한 이의 증언에 따르면 그 자는 상당한 미남이라고 했다.

다크니스는 가라앉은 표정으로 중얼거렸다.

"의적이 하는 짓은 엄연한 범죄이며, 칭찬받을 짓은 아니다. 하지만…… 솔직히 말해 그 의적을 잡는 게 영 내키지 않는다……."

알다프의 저택.

내 방으로 쓰기 위해 확보한 가장 좋은 객실에 모인 우리는 예의 의적에 대한 대책을 짜고 있었다.

"그래도 도둑질은 도둑질이야. 나는 약자의 편이니, 핍박받는 서민을 구한다 같은 거창한 대의명분을 내세우는 미남 따위 딱 질색이라고."

내가 딱 잘라 그렇게 말하자 다크니스와 메구밍은 미묘한 표정을 지으며 이쪽을 쳐다보았다.

"……으음, 너도 그렇게 못생긴 건 아니니 너무 그러지 마라. 전부터 느낀 거다만, 미남이라는 말에 콤플렉스라도 가지고 있는 것이냐? 자, 나한테 솔직하게 말해봐라."

"저는 카즈마가 꽤 잘생겼다고 생각해요. 너무 자기 자신을 비하하지 마세요."

"그, 그만해. 왜 갑자기 나한테 상냥해진 거야. 너희가 그러니까 더 비참하다고. ……어이, 아쿠아. 너는 왜 진지한 표정으로 나를 쳐다보는 건데?"

아쿠아는 나를 향해 상냥한 미소를 지으면서 말했다.

"그대, 방황하고 있는 은둔형 외톨이여. 자신을 탓하지 말

거라……. 노력하지 못하는 건 세상 탓, 성격이 삐뚤어진 건 환경 탓, 외모가 못난 건 유전자 탓이니라. 스스로를 탓하지 말고, 타인을 탓하거라…….”

“헛소리 하지 마! 나는 그 정도로 나 자신을 비하하지는 않는다고! 외모는 그렇다 쳐도 성격은……. 어이, 왜 다들 미묘한 표정으로 나를 쳐다보면서 쓴웃음을 짓는 건데?! 내 외모는 표준 레벨을 유지하고 있다고! 그만……. 어이, 그만해. 나를 상냥하게 대하지 마!”

나는 평소보다 상냥한 세 사람을 향해 그렇게 외친 후, 의적 체포를 위한 작전을 짰다.

의적은 심야부터 아침 사이에 활동하고 있는 것 같았다.

이 세계에 와서 몇 번이나 위기를 극복하며 길러온 내 감이 다음 표적은 이 저택이라고 외치고 있었다.

아무래도 이 저택에 오랫동안 머물게 될 것 같았다.

2

—이 저택에서 머물게 된 다음 날.

배정된 방에서 나선 나는 저택 안을 돌아다녔다.

의적의 침입 경로와 목적지를 조사하기 위해서였다.

어이쿠, 1층 주방의 창문이 낡았네.

알다프가 수리비 가지고 쪼잔하게 굴었는지 부서진 창틀

에는 허술하게 못질만 되어 있었다.

음. 나라면 이곳을 통해 침입하겠지.

저택 주방으로 이동한 나는 창문을 통해 침입한 도적이 어떤 심정일지 상상해봤다.

만약 침입을 한다면 심야에 할 것이다.

그렇다면 복도도 어두컴컴하리라.

어둠 속을 꿰뚫어볼 수 있게 해주는 스킬인 천리안은 아처와 모험가만이 습득할 수 있다.

그렇다면 도적은 어둠 속에서 벽을 손으로 더듬어가며 천천히 나아갈 것이다…….

머릿속으로 도적의 행동을 시뮬레이션하면서 나아간 나는 조촐한 방 앞에 도착했다.

언뜻 보기에는 별것 없어 보이는 방이지만 내가 도적이라면 일단 내부를 살펴볼 것이다.

그렇게 생각하면서 문을 열어보니—.

"음? 너냐? 뭐하고 있는 거지? 여기는 아무것도 없다. 딱히 볼일도 없으면서 저택 안을 어슬렁거리지 마라."

어찌된 영문인지 알다프가 그 방안에 있었다.

확실히 알다프의 말대로 이 방에는 벽에 붙어있는 커다란 거울 외에 아무것도 없었다.

그렇다면 이 아저씨는 이런 방에서 뭘 하고 있었던 걸까.

그런 생각을 하다 알다프가 들고 있는 양동이와 걸레를

본 나는 그가 이 방을 청소하고 있었다는 사실을 눈치챘다.

고용인이 있는데도 직접 청소를……?

내가 그걸 이상하게 여기고 있을 때, 벽에 붙어있는 커다란 거울에 그림자가 비쳤다.

이건…….

"이 거울, 혹시 마도구야? 매직미러와 비슷한 것 같네."

거울에 비친 것은 이 저택의 메이드였다.

아무래도 옆방은 욕실인 것 같았다. 그리고 메이드는 욕실을 청소하러 온 것 같았다.

나는 메이드를 쳐다보고 있었지만 거울 너머에 있는 상대방은 내 존재를 눈치채지 못했다.

……어이.

"아저씨. 혹시 이 거울을 닦으러 왔던 거야?"

내가 그렇게 말하자 알다프는 거북한 표정을 짓더니 시선을 피하면서 말했다.

"……가, 같이 보겠느냐……?"

"내가 그딴 제안에 넘어갈 것 같아? 하아, 다크니스가 머물게 됐다고 이 거울을 손질하고 있었던 거구나. 남자로서 그 마음이 이해가 안 되는 건 아니지만……. 좋아. 내 동료들에게는 이 방에 대해 알려주지 않겠어. 하지만 우리가 머무는 동안은 이 방을 이용 못할 줄 알라고. 혹시 모르니 내가 이 방에서 머물 거야. 알았으면 빨리 나가. 나가라고."

내가 그렇게 말하면서 손을 내젓자 알다프는 고개를 푹 숙인 채 이 방에서 나가……려다, 갑자기 우뚝 멈춰 섰다.

"잠깐. 네가 이 방을 쓴다는 건……."

"어이, 적당히 해. 역겨운 의심 하지 말라고! 나를 너 따위와 동급으로 취급하지 마! 나는 동료들을 지키기 위해 이 방에서 머물려는 것뿐이야!"

"그럼 동료들이 목욕을 할 때만 나를 감시하면 되지 않느냐! 자, 네 놈도 이 방에서 나가라! 너 같은 꼬맹이에게 라라티나의 알몸을 보여줄 수는 없단 말이다!"

"미안하지만 나는 이미 다크니스와 같이 목욕을 한 적이 있다고! 아무튼 귀중한 시간을 할애해가면서 댁 같은 아저씨를 감시하고 싶진 않다고! 이런 방이 있다는 걸 다크니스뿐만 아니라 이 저택의 메이드들에게도 알려지고 싶은 거야?! 이건 서로가 행복해지기 위한 거래야. 이 저택의 여성들에게 미움 받고 싶지 않다면 입 닥치고 있어!"

"우리 메이드들에게 일러바칠 거면 얼마든지 해봐라! 그녀석들에게는 비싼 급료를 주고 있지! 그리고 성희롱을 당하는 것 또한 메이드의 업무라고 할 수 있다! 하지만 그 녀석들은 벗으면 끝내주지. 보고 싶지 않나? ……자, 나와 거래를 하지 않겠나? 너는 나와 같은 족속인 것 같구나. 어떠냐? 남자 대 남자로서 서로가 승리할 수 있는 길을 선택하는 거다."

“……그, 그렇게 끝내줘?”

“음. 말로 형용할 수 없을 정도지.”

………….

내가 아무 말 없이 손을 내밀자 알다프가 그 손을 잡으려―.

“재미있는 이야기구나. 대체 뭐가 그렇게 엄청난지 자세하게 말해주지 않겠느냐?”

……한 순간이었다. 문 쪽에서 귀에 익은 목소리가 들려오자 우리는 허둥지둥 손을 뺐다.

그리고 그 목소리의 주인이 누구인지 확인하기도 전에 나와 알다프는 서로를 손가락으로 가리키며 입을 열었다.

““이 자식이 욕실을 훔쳐보려고……!””

매직미러가 산산조각 났다.

―이 저택에 호위로서 머물기 시작하고 사흘이 지났다.

아직 의적은 나타나지 않았다. 그래서 우리는 액셀 마을에서와 마찬가지로 평온한 나날을 보내고 있었다.

왕도에 온 후로 아쿠아와 다크니스는 하루가 멀다 하고 외출했기 때문에 이 저택 안에서는 그녀들을 거의 보지 못했다.

아쿠아는 왕도에서 위세를 떨치고 있는 에리스교를 몰아내겠다면서 포교활동을 빙자한 민폐 행위를 반복하고 있었다.

다크니스는 매일같이 왕도에 사는 귀족들과 교류를 하고 있는 것 같았다.

그런 와중에 나는—.

"아, 카즈마. 좋은 아침이에요. 뭐, 이미 오후지만요."

잠에서 깬 내가 식당에 가보니 메구밍이 그곳에서 점심을 먹고 있었다.

"나는 도적의 침입에 대비해서 일부러 밤늦게까지 깨어있는 거야. 딱히 나태한 생활을 하고 있는 건 아니라고. ……게다가 메구밍도 내가 없는 동안 밤을 홀딱 샜다면서?"

"읏?! 바, 밤늦게까지 잠을 못잔 건 사실이에요! 하지만 저는 아침 일찍 일어났다고요! 그것보다 도적이 나타날 낌새라도 있나요?!"

당황할 대로 당황한 메구밍은 먹다 만 빵을 손에 움켜쥔 채 그렇게 외쳤다.

으음, 러브코미디의 한 장면이라도 찍고 있는 것 같네.

"왜 그렇게 당황하는 거야? 혹시 다크니스가 말한 것처럼, 진짜로 나를 걱정했던 거야? 메구밍한테도 의외로 귀여운 구석이 있네."

내가 히죽거리면서 놀리자 메구밍은 볼을 살짝 붉혔다.

"……거, 걱정하는 게 당연한 거 아닌가요? 카즈마는 약해빠진데다 골치 아픈 일에 쉽게 휘말리는 체질이니까요. 게다가 이야기 속의 주인공처럼 위기에 처했을 때 운 좋게 살아

남는 게 아니라 그냥 죽어버리잖아요."

"나, 나도 좋아서 골치 아픈 일에 휘말리는 게 아니고, 죽고 싶어서 죽는 것도 아니거든?! 그리고 네가 기특한 태도를 취하니까, 내가 어떤 반응을 보여야 할지 모르겠다고!"

내가 뜻밖의 역습을 당한 탓에 당황하자 메구밍은 웃음을 터뜨렸다.

"카즈마는 의외로 귀여운 구석이 있네요. 홍마의 마을에서는 저한테 그렇고 그런 짓을 하려고 했으면서."

메구밍은 나한테 놀림을 당한 걸 복수하듯 히죽거리며 그렇게 말했다.

젠장, 이 녀석도 연애 경험은 없을 텐데 왜 이렇게 간단히 나를 가지고 노는 걸까.

그러고 보니 우리는 지금 어떤 사이지?

메구밍이 나한테 했던 좋아한다는 말은 어떤 의미인 걸까.

말 그대로의 의미로 받아들이면서 나도 좋아한다고 말한다면 「그런 뜻이 아니라, 어디까지나 친구로서 좋아한다는 의미……」 같은 소리를 할 것이다.

일본에서 봤던 만화나 라이트노벨에서 이런 답답한 관계가 나오면, 너희 서로를 좋아하는 게 뻔히 보인다고 확 커플이 되란 말이다 같은 소리를 하면서 짜증을 냈다.

하지만 실제로 이런 처지가 되어보니 작품 속 인물들의 심정이 이해가 되었다.

지금까지 유지해 온 편안한 관계를 해치는 게 무서워서 한 걸음 더 나아갈 수가 없었다.

애초에 나는 이 녀석을 좋아하는 걸까.

사춘기 남자는 단순하다.

여자 쪽에서 손을 잡아주거나, 자신에게 마음이 있는 듯한 시늉만 해도 그대로 좋아하게 되는 것이다.

내가 그런 생각을 하면서 끙끙 앓고 있을 때, 어느새 식사를 마친 메구밍이—.

"카즈마. 식사를 끝낸 후에는 저와 데이트를 하지 않겠어요?"

—태연한 어조로 그렇게 말하면서 미소 지었다.

—메구밍의 목소리가 왕도 인근의 산악지대에서 울려 퍼졌다.

"『익스플로전』—!!"

이런 걸 줄 알았다고!

데이트 신청을 받은 나는 메구밍이 폭렬마법을 쏠 만한 장소를 찾기 위해 그녀와 함께 왕도 밖으로 나갔다.

"방금 제가 쏜 폭렬마법, 봤죠?! 파괴력은 물론이고, 마법의 효과범위도 끝내줬어요! 오늘도 완전 최고였다고요!"

"예이예이. 폭렬마법은 정말 엄청납니다. 어이, 내 등 위에서 날뛰지 말라고!"

"그건 무리예요! 돌로 된 산이 가루가 되는 광경을 보고 어떻게 흥분을 안 하냐고요……!"

홍마의 마을에서 돌아온 후, 폭렬마법을 향한 메구밍의 열정은 더욱 뜨거워졌다.

모아뒀던 스킬 포인트로 폭렬마법을 강화한 이 로리 꼬맹이가 날리는 마법의 위력은 인류의 재앙급에 도달했다.

액셀 마을 주민에게 있어 하루 한 번 들려오는 폭렬마법의 굉음은 이미 마을의 명물이 되었기에, 이제는 동요하는 사람도 없었다.

하지만 이곳 왕도는 그렇지 않았고 알다프에게 항의가 쇄도하고 있었다.

왕도에 오고 며칠밖에 지나지 않았는데도 메구밍의 이름은 도시 전체에 널리 알려진 것 같았다.

내가 홍마의 마을에서 메구밍의 모험가 카드를 조작한 후, 자신을 짓눌러오던 고민에서 해방된 이 녀석은 자제라는 것을 눈곱만큼도 하지 않았다.

나는 왜 홍마의 마을에서 그런 짓을 한 것일까.

나는 메구밍을 업은 채 한숨을 내쉬면서 중얼거렸다.

"역시 상급 마법을 익히게 할 걸 그랬어……."

"방금 그 발언은 흘려들을 수가 없군요! 그때 카즈마가 취한 행동과 말 덕분에 저는 정말 감동했단 말이에요!"

나는 내 등에 업힌 채 난리법석을 떨고 있는 메구밍을 대충 달래면서 알다프의 저택으로 돌아왔다.

—이 저택에 머무르기 시작하고 일주일이 지났다.

여전히 도적은 나타나지 않았다.

"앗! 물의 여신을 얕보지 말라구! 나, 술 보는 눈 하나는 끝내준단 말이야! 서재에 비싼 술을 모아뒀지?! 빨리 그걸 가져와!"

아쿠아는 일주일 동안 알다프가 소유한 술을 닥치는 대로 마셔버렸다.

"……바로 그때, 제 폭렬마법이 작렬한 거예요! 불쌍한 마왕군 간부 한스는 산산조각이 나버렸죠! 그 다음에 벌어진 마왕군 간부 실비아와의 싸움에서 제가 어떤 활약을 했냐면……."

메구밍은 저택 안의 고용인뿐만 아니라 알다프한테도 자신의 무용담을 한나절 동안 늘어놓았다.

그리고—.

"메이드 씨, 메이드 씨~! 평소처럼 마사지해줘! 아, 오늘 저녁에는 흰털 소로 만든 쇠고기 전골이 먹고 싶어. 그리고 주문해뒀던 킹사이즈 침대에 폭신폭신한 깃털 이불이 도착할 거니까, 내 방에 설치해줘!"

나는 이곳을 완전 자기 집처럼 여기면서 살고 있었다.

요즘 우리는 응접실에 모여 데굴거리며 하루하루를 보내고 있었다.

성에 돌아갈 수 없다면 그냥 쭉 이 집 신세를 지는 것도 괜찮을 것 같네.

……며칠 사이에 살이 쏙 빠진 알다프가 그런 우리를 망연자실한 눈길로 쳐다보면서 지친 목소리로 중얼거렸다.

"더스티네스 님……."

응접실 구석에서 몸을 웅크리고 있던 다크니스는 그 말을 듣더니 움찔했다.

"저기, 얼마든지 이 저택에 묵어도 된다고 말해놓고 이제 와서 이런 소리를 하는 것도 그렇습니다만……."

"하고 싶은 말이 뭔지 압니다! 곧 떠날 테니 걱정하지 마십시오!"

다크니스는 금방이라도 울 것 같은 표정을 지으며 고개를 푹 숙였다.

3

―초목도 잠드는 깊은 밤.

"큰일 났네……. 분명 이 집을 노릴 줄 알았는데……."

이때는 언데드와 백수가 가장 활발해지는 시간대다.

나는 낮에 수면을 충분히 취해서 잠이 오지 않았다. 그리고 배가 고파서 주방으로 향하고 있었다.

그건 그렇고 난처하게 됐다.

의적은 왜 나쁜 소문이 자자한 알다프의 집을 노리지 않는 걸까.

이 집에 숨어든 의적을 체포한 후, 그 공적으로 다시 성에 들어가는 게 내 계획인데…….

내일은 이 집을 나가기로 했으니 잠복은 오늘로 끝이다.

설마 우리가 이 집에서 잠복하고 있다는 걸 안 걸까?

그리고 내가 운이 좋다는 건 헛소리였던 걸까?

그러고 보니 에리스 님은 행운을 관장하는 여신이라고 한다.

혹시 에리스 교도인 다크니스를 너무 괴롭힌 나에게 에리스 님이 벌을 내리고 있는 것일까.

아니면 예의 그 의적이야말로 운이 엄청 좋은 걸까…….

주방으로 향하던 나는, 그곳에 나보다 먼저 온 손님이 있다는 사실을 눈치챘다.

주방에서 누군가의 기척이 느껴지지만 불은 꺼져 있었다.

그렇다면 이런 시간에 이곳에 있을 만한 이는—.

……나보다 암시 능력이 더 뛰어나고 나와 생활 사이클이 같은 아쿠아겠지.

아쿠아는 주방에 안줏거리를 찾으러 왔을 것이다.

내가 말을 걸려고—.

"보초도 없네. 내 생각이 지나쳤던 걸까? 왠지 불길한 예감이 들어서 이 저택은 계속 미뤘는데……."

어둠 속에서 작디작은 혼잣말이 들려왔다.

이곳에 머무는 마지막 밤, 표적이 이 집에 숨어든 것이다.

행운의 여신 에리스 님, 감사합니다!

"……응? 방금 묘한 기척이 느껴졌는데……."

어이쿠, 큰일 날 뻔했다. 상대는 의적이니 분명 도적 클래스이리라.

적 탐지 스킬을 사용해서 내 기척을 느낀 걸지도 모른다.

무의식적으로 잠복 스킬을 발동시킨 나는 벽 쪽에 찰싹 붙은 채 꼼짝도 하지 않았다.

"기분 탓인가……?"

침입자는 낮은 목소리로 그렇게 중얼거린 후, 어둠 속에서 살금살금 이동했다.

손으로 주위를 살피면서 이동하는 걸 보면 암시 스킬은 가지고 있지 않은 것 같았다.

"자, 『보물 탐지』……. 흠흠. 이쪽이구나……."

혼잣말이 많은 침입자를—.

"잡았다—!"

"윽?!"

내가 꼭 끌어안은 순간 손에서 부드러운 감촉이 느껴졌다.

그렇다. 이 침입자는 여자였다.

"—자, 꼼짝 마라! 후하하하하, 항간을 떠들썩하게 만들고 있는 이 도적 녀석아! 이번에는 상대가 나빴던 것 같구나! 다른 얼간이들이라면 몰라도, 마왕군 간부를 상대해온 나한테서 도망칠 수 있을 것 같으냐!"

"그, 그만해?! 어, 잠깐……?! 그 목소리, 너, 혹시……!"

……응?

나는 이 도적의 목소리가 왠지 귀에 익었다.

"혹시 카즈마 군?! 아니, 저기, 너, 지금 엄청난 부위를 움켜쥐고 있거든?!"

"아니, 침입자를 꼼짝 못하게 잡고 있는 건데……. 응? 너, 혹시……."

내 암시 능력으로 상대의 얼굴까지 알아볼 수는 없었다. 하지만 나는 상대가 누구인지 알아챘다.

"나야! 다크니스의 친구이고, 너한테 스킬을 가르쳐줬던 바로 나라구……!"

침입자는 입가를 천으로 가린 크리스였다.

4

나는 아쉬움을 느끼면서도 크리스에게서 떨어졌다.

위즈가 줬던 라이터로 불을 켜자, 어렴풋한 불빛 속에서 울상을 지은 채 자신의 몸을 양손으로 꼭 감싸고 있는 크리스의 모습이 눈에 들어왔다.

"으…… 흑……. 내 온몸을 마구 더듬어대다니……. 이제 시집은 다 갔어……."

"도적인 줄 알고 잡으려다 그런 거야. 나한테는 붙잡는데 사용할 적당한 스킬이 없다고. 재판까지 가더라도 무조건 내가 이길걸?"

"나중에 내가 바인드라는 편리한 스킬을 가르쳐줄게……."

나는 훌쩍거리고 있는 크리스를 다시 관찰했다.

검은색 스패츠와 검은색 셔츠 차림인 크리스는 검은색 천으로 입가를 감추고 있었다.

이런 꼴로 이 저택에 침입한 걸 보면—.

"크리스가 요즘 소문이 자자한 의적이었던 거야?"

"그래. 그런데 왜 네가 이런 곳에 있는 거야?"

내가 자초지종을 대략적으로 설명하자 크리스는 표정을 딱딱하게 굳혔다.

"다, 다크니스가 이 저택에 있는 거야?! 크, 큰일 났네! 이런 짓을 하고 있다는 걸 들키면 엄청 화낼 거야!"

"그야 어쩔 수 없지. 아무리 의적이라고 해도 하는 짓은 범죄잖아? 뭐, 순순히 잘못을 시인하면 다크니스를 봐서라도 네 목숨까지는 빼앗지 않을 거야. 나쁜 짓을 한 건 사실이니까 죄를 씻고 와."

"잠깐만! 내 말 좀 들어 봐! 내가 이러는 것은 다 이유가 있다구!"

크리스가 허둥지둥 그렇게 말했지만 나에게도 사정이 있었다.

나는 공적이 필요한 것이다.

게다가 크리스는 다크니스의 친구이니 처형을 당하지는 않을 것이다.

피해를 입은 귀족들도 떳떳하지 못한 방법으로 번 돈을 도둑맞았다. 그러니 공개적으로 재판을 하는 것은 곤란하리라.

그 점을 잘 이용하면 합의로 마무리될 것 같았다.

그런 생각을 하고 있을 때, 이쪽을 향해 뛰어오는 발소리가 들렸다.

아무래도 너무 떠들어댄 것이리라.

바닥에 주저앉아있던 크리스는 각오를 다졌는지 고개를 치켜들었다.

"어쩔 수 없네. 너한테는 사실대로 말해줄게. 그리고 다크니스한테도 솔직히 털어놓으면 이해해줄 뿐만 아니라 협력도 해줄 거야!"

결의에 찬 그녀의 얼굴을 본 순간, 나는 불길한 예감을 받았다.

그렇다. 바로 이 느낌은—.

"나, 실은 이유가 있어서 귀족들의 집에 도둑질을 하러 갔던 거야. 그 이유는 바로…….”

골치 아픈 일에 휘말릴 때마다 느꼈던 바로 그 느낌이다!

“잠깐만! 그만해! 듣기 싫어! 그리고 다크니스에게 말하지 마!”

내가 허둥지둥 말을 막자 크리스는 영문을 모르겠다는 표정으로 고개를 갸웃거렸다.

크리스가 다크니스에게 자초지종을 털어놓으면 곤란했다.

사고방식이 딱딱한 다크니스가 큰일이 벌어지고 있다는 사실을 안다면 그냥 보고만 있을 리 없다.

나는 현재 공적을 쌓고 싶지만 그 또한 리스크가 적고 안전이 확보된다는 전제하에서다.

이대로 있다간 분명 골치 아픈 이야기를 듣게 될 거라고, 몇 번이나 골치 아픈 일에 휘말렸던 내 감이 외쳐대고 있었다.

“어? 하, 하지만…….”

“됐어! 이대로 놔줄 테니까 딴 사람들이 오기 전에 도망가!”

나는 그렇게 말하면서 크리스를 주방 쪽으로 밀었다.

“아, 아니, 저기……. 네가 협력해줬으면 하는데…….”

“듣기 싫어! 듣기 싫다고! 그리고 잘 생각해봐! 지금 이곳으로 향하고 있는 건 악명 높은 호색한 영주라고! 나한테 잡힌 크리스를 보면 분명…….”

"오, 오늘은 이만 갈래! 자초지종은 나중에 설명해줄게!"
"안 해줘도 돼! 아, 그것보다 나한테 바인드를 걸어줘! 그러면 너를 일부러 놓아준 게 들통 나지 않을 거야!"
"아, 알았어! 그럼 건다?! 『바인드』!"
크리스가 로프를 쥐면서 그렇게 외치자 나는 로프에 꽁꽁 묶였다.
그 후, 크리스는 주방 창문을 통해 뛰쳐나가더니 그대로 밤의 어둠 속으로 사라졌다.

"—카즈마, 무사한 것이냐?!"

가장 먼저 뛰어온 이는 랜턴을 손에 든 다크니스였다.
그녀의 뒤를 이어 아쿠아와 메구밍도 왔다.
"아니……! 카즈마, 바인드를 당한 건가요?! 침입자는 어떻게 됐죠?!"
"아쉽게도 간발의 차이로 놓쳤어! 젠장, 방심하는 바람에 이런 실수를 하다니……!"
나는 로프에 꽁꽁 묶인 채 분통을 터뜨렸다.
"도망친 건가……. 하지만 어쩔 수 없지. 엄중하게 경비되고 있는 귀족의 저택을 차례차례 턴 녀석이니까 말이다. 그것보다 다친 데는 없느냐? 그 도적은 어떤 녀석이었지?"
다크니스는 나에게 다가와서 로프를 풀려고 했지만 스킬

로 묶여있기 때문인지 뜻대로 되지 않았다.

"그 도적은 수상한 가면을 쓴 남자였어. 엄청난 실력자더라고. 어쩌면 마왕군 간부조차 상대가 안 될지도 몰라."

"그, 그렇게 강한 상대였나요?!"

메구밍은 내 말을 듣더니 깜짝 놀랐다.

그리고 지금까지 침묵을 지키고 있던 아쿠아가 나한테 다가왔다.

"……그런데 카즈마. 너 지금 애벌레 같은 상태인데, 혹시 꼼짝도 할 수 없는 거야?"

그리고 나를 향해 몸을 숙이더니 그런 질문을 던졌다.

"보면 알잖아. 거의 다 잡았는데, 바인드 스킬에 걸리고 말았어. 아, 맞다. 네 마법으로 바인드를 해제할 순 없어? 너는 결계 같은 것도 해제한 적 있잖아."

"내가 누구인지 잊은 거야? 그 정도야 식은 죽 먹기라구."

아쿠아는 방긋 웃으면서 그렇게 말했다.

"역시, 아쿠아. 여차할 때는 도움이 된다니깐! 그럼 빨리 풀어줘. 꼼짝도 할 수 없어서 괴롭다고."

왠지 불길한 예감이 든 나는 평소보다 우호적으로 아쿠아에게 부탁했다.

"저기, 카즈마. 나, 실은 너한테 사과할 일이 있어."

"……그게 뭔데? 말해 봐."

진짜로 불길한 예감이 들었다.

"저기 말이야. 카즈마가 하도 성에서 돌아오지 않으니까, 심심풀이 삼아 네 방을 뒤져봤거든? 그러다 카즈마가 만들던 피규어 같은 걸 만지작거렸는데, 그게 툭 하고 부서지지 뭐야."

이 녀석, 남이 팔려고 만든 물건을 박살낸 거냐. 이 로프만 풀리면 확 쥐어박아줘야겠다.

하지만 지금은 여러모로 불리한 상황이니 어쩔 수 없었다.

"괘, 괜찮아. 다시 만들면 되거든. 솔직하게 사과했으니까 용서해 줄게. 그것보다, 빨리 로프를……."

"용서해 줄 거야? 그럼 이 기회에 다른 일들도 전부 털어놓을게! 실은 그때, 방주인인 카즈마가 없으니 괜찮겠다 생각하고 카즈마의 방에서 술을 마셨어. 자기 방에서 술을 마시면 안주나 술병 같은 걸 치워야 해서 귀찮잖아. 그리고 술기운에 피규어 말고 다른 것도 박살을 내버렸어."

아쿠아는 미안해하는 표정을 짓더니 고개를 살짝 갸웃거리며 이렇게 말했다.

"미~안~해!"

두들겨 패고 싶다.

내가 꼼짝도 못할 때 용서를 비는 걸 보면 이 녀석은 명백한 확신범이다.

하지만 이 상황에서 어른스럽지 못하게 화를 냈다간 무슨 짓을 당할지 알 수 없었다.

"괘, 괜찮아. 우리 사이에 그 정도 일로 화낼 리가 없잖아. 빨리 돌아가지 않은 나한테도 잘못이 있어. 자, 그것보다 빨리 이 로프를……."

바로 그때, 다크니스와 메구밍이 아쿠아를 옆으로 밀쳐내며 나에게 다가왔다.

"호오, 방금 눈치챘는데……!"

"이건 꽤 재미있는 상황이네요!"

그리고 랜턴 불빛에 비친 그녀들의 얼굴에 불길한 미소가 어렸다.

—소동이 발생했다는 사실을 안 알다프가 호위를 데리고 어둑어둑한 주방에 나타났다.

"이게 무슨 일이지?! 설마 예의 그 도적이 침입…… 대, 대체 뭐가 어떻게 된 것이냐?!"

그리고 우리의 모습을 본 그는 그 자리에서 딱딱하게 굳어버렸다.

나는 알다프를 보자마자 비명을 질렀다.

"살려줘~!"

다크니스는 그런 나를 내려다보면서 즐거워 죽겠다는 목소리로 말했다.

"뭐가 살려달라는 것이냐! 자, 말해봐라! 요즘 들어 계속 우쭐대서 죄송합니다, 하고 말해봐라! 다크니스 님한테 페를 끼쳐서 죄송합니다, 하고 말해봐라! 다크니스 님의 얼굴에 먹칠을 해대서 죄송합니다, 하고 말해보란 말이다!!"

"죄송합니다! 폐를 끼쳐서 죄송합니다! 얼굴에 먹칠을 해서 죄송합니다!!"

"카즈마가 자기 입으로 그 말을 한 번 더 해주세요! 그때 그 멋진 대사 말이에요! 이번에는 몇 점인가요? 제 폭렬마법은 몇 점인가요?"

"그만해! 그런 건 딱 한 번만 해줘야 의미가 있는 거라고! 또 해보라고 하지 마! 부끄러워 죽겠단 말이다!"

"쓸데없는 소리 하지 말고 빨리 말해 보세요. 자, 부끄러워하지 말고 해보라고요!"

"후하하하하, 때로는 반대 입장이 되는 것도 나쁘지 않구나! 자, 다음은……!"

나는 정말 싫어했던 남자에게 도와달라고 애걸복걸했다.

"알다프 니임~!!"

5

―다음 날 아침.

우리는 어제 일을 보고하기 위해서 성에 왔다.

그리고 우리는 현재 알현실이라 불리는 왕성의 중심부에 있었다.

"오호라. 그렇게 자신만만했으면서 결국 도적을 잡는 데 실패한 겁니까."

나는 그곳에서 클레어에게 신랄한 소리를 듣고 있었다.

알현실 안쪽에 있는 옥좌에는 원정 중인 왕을 대신해 아이리스가 앉아 있었다.

우리가 알고 지내는 모험가가 의적이었는데요, 라고 말할 수는 없었기에 나는 가공의 범인을 만들어낼 수밖에 없었다.

즉, 가면을 쓴 실력파 괴도를 말이다.

"으음, 실패라고 딱 잘라 말할 수는 없을 것 같은데? 내가 없었다면 지금쯤 알다프 아저씨는 보물을 도둑맞았을 거야!"

귀족들이 그 말을 듣더니 술렁거렸다.

그들은 낮은 목소리로 내가 별 거 아니라고 지껄여대고 있었다.

"……흠. 뭐, 좋습니다. 마왕군 간부와 싸워온 카즈마 님의 말씀이니 거짓말 탐지 마도구를 쓸 필요도 없겠죠. 예, 그 의적은 분명 엄청난 실력자일 겁니다."

이 녀석, 내 말을 미심쩍어 하는 게 분명해.

클레어가 은근슬쩍 나를 바보 취급하는 소리를 하자, 내 뒤편에 서 있는 메구밍의 분위기가 변했다.

발끈하려 하는 메구밍을 다크니스가 허둥지둥 말리는 가운데, 아이리스는 옥좌에서 일어서더니—.

"저기……. 아무튼 수고하셨어요! 당신은 의적 체포에 실패한 것이 아니라, 의적의 도적질을 막는 것에 성공했어요! 그러니 비난당할 이유는 없습니다!"

얼굴을 새빨갛게 붉히면서 그렇게 말했다.

내가 아이리스의 말을 듣고 감동하고 있을 때, 클레어가 인상을 쓰며 입을 열었다.

"원래라면 귀족들 앞에서 큰소리를 쳐놓고 실패했으니 벌을 받아야 마땅하겠지만, 관대한 아이리스 님께서 이렇게 말씀하신 만큼 불문에 부치도록 하겠습니다. 자비로우신 아이리스 님께 감사하도록 하세요. ……하지만 의적 체포에 실패한 당신을 성에 머물게 할 이유는 없습니다. 자, 돌아가세요!"

—알현실에서 나와 성을 빠져나가는 사이에 내가 봤던 메이드와 집사들의 태도가 왠지 떨떠름했다.

아무래도 그들 또한 내가 의적 체포에 실패했다는 사실을 안 것 같았다.

내가 별것 아닌 녀석이라는 게 완전히 들통 난 것이다.

"뭐, 이번 일은 신경 쓰지 마라. 너는 잘했다. 아이리스 님께서 말씀하셨다시피, 도적의 범행을 방지한 것은 사실이지 않느냐. 아무튼 이제 돌아가자. 액셀에 돌아가면 한동안은 일하자는 소리도 하지 않으마. 바닐 녀석에게서 거금을 받기로 했지? 그걸로 한동안 느긋하게 지내는 것도 좋겠지."

"카즈마, 이제 만족했죠? 자, 액셀 마을로 돌아가죠. 이 성이 아니라 액셀에 있는 저택에서 빈둥거려도 되잖아요."

다크니스와 메구밍은 그런 소리를 하며 나를 위로했다.

……나도 이 성에서 백수 생활을 하는 것에 집착하고 있는 것은 아니다.

하지만 열두 살짜리 어린애면서 고집이나 응석도 부리지 않으며, 항상 참기만 하는 아이리스가…….

그렇다. 휑뎅그렁한 성안에서 쓸쓸히 지내고 있는 아이리스가, 계속 눈에 밟혔을 뿐이다.

……하지만 신분에서 차이가 나는데다 별다른 접점도 없는 내가 왕도에 더 머무른다고 해서 그 애에게 뭘 해줄 수 있을까.

유감스럽게도 나는 타개책이 전혀 떠오르지 않았다.

우뚝 솟은 성을 돌아보며 자신의 무력함을 실감한 나는 한숨을 내쉬었다.

"……일단 돌아갈까……."

내가 그렇게 말하자 다크니스와 메구밍은 안도한 표정을 지었다.

……내가 왕도에 있으면 또 이상한 일에 휘말릴 거라고 생각한 걸까.

"저기, 카즈마. 기왕 이렇게 된 거 내일 돌아가면 안 될까? 선물을 좀 사고 싶거든. 왕도에는 좋은 술이 잔뜩 있어. 어차피 액셀로 돌아가 봤자 딱히 할 일도 없잖아? 같이 쇼핑이나 하자."

여전히 분위기 파악을 못하고 있는 아쿠아가 느닷없이 그런 소리를 했다.

6

"왕도의 술도 소문만큼 대단하지는 않네. 솔직히 말해 액셀 마을의 마이클 씨네 가게가 훨씬 좋은 술을 취급한다구."

"마이클 씨가 대체 누구야? 그리고 너, 액셀 마을에서 지인을 착착 늘려가고 있지? 얼마 전에는 푸줏간 아저씨가 저택에 찾아와서 상처를 치료해준 것의 답례라며 비싼 고기를 두고 갔어."

아쿠아가 고집을 부린 탓에 결국 나만 그녀와 함께 쇼핑을 했다.

다크니스와 메구밍은 오늘 묵을 숙소를 찾고 있었다.

이 녀석의 무신경함이 주위 사람들을 지나치게 신경 쓰는 아이리스에게 전염됐으면 좋겠다.

"그건 처음 듣는 소리거든? 나는 그런 고기를 받은 기억이 없거든?"

"그때 너와 메구밍은 저택에 없었어. 그리고 점심 전이라 마침 배가 고팠지. 그래서 다크니스에게 요리해달라고 해서 단둘이 먹었어."

그 말을 듣자마자 달려든 아쿠아와 내가 엎치락뒤치락하고 있을 때—.

"어? 아쿠아 님 아니십니까!"

뒤편에서 누군가의 목소리가 들려왔다.

그 목소리의 주인은 바로 마검을 지닌 소드마스터였다.

오랜만에 이상한 녀석과 만났군…….

그는 나와 마찬가지로 일본에서 온 미츠루기라는 이름의 남자다.

그는 여자애 둘을 들러리처럼 데리고 다녔는데 어찌된 영문인지 지금은 혼자였다.

아쿠아는 약간 당황하면서—.

"……누, 누구야?"

자신이 전생시킨 남자를 기억조차 하지 못하는 것 같았다.

미츠루기는 그 말을 듣더니 웃음을 터뜨렸다.

"아쿠아 님은 여전히 농담을 좋아하시는 군요."

하지만 아쿠아는 내 등 뒤에 숨더니—.

"저기, 카즈마. 나랑 엄청 친한 척 하는 이 사람은 대체 누구야?"

귓속말로 나에게 물었다.

"저, 저기, 접니다. 당신이 마검을 하사했던, 그리고 이 세상을 구하기 위해 선택받은 남자. 소드마스터인……."

"이 사람은 카츠라기 씨야. 전에 만난 적 있잖아?"

"무, 무슨 소리를 하는 거냐! 나는 미츠루기다! 사람 이름 정도는 똑바로 외워!"

이마에 핏발이 선 미츠루기가 고함을 질렀다.

아쿠아는 미츠루기라는 말을 듣고도 기억해 내지 못했다.

일단 디스트로이어와 싸울 때도 마주친 적은 있는데 말이다.

"미츠루기라고 하니 생각이 나지 않나 보네. 마검을 들고 다니던 녀석 말이야."

아쿠아는 그 말을 듣고서야 생각이 났는지 손뼉을 쳤다.

미츠루기도 아쿠아가 진짜로 자신을 잊고 있었다는 사실을 눈치챈 것 같았다.

"……어, 어이, 사토 카즈마……. 너는 내 이름을 진짜로 깜빡한 건 아니지? 혹시나 해서 그러는데 말이야. 나를 성이 아니라 이름으로 불러주지 않겠어?"

"우리는 서로를 이름으로 부를 만큼 친하지 않잖아."

"쿄야다! 기억 안 나면 안 난다고 그냥 말해! 미츠루기 쿄야다! 기억해 둬!"

미츠루기는 언성을 높이더니 관자놀이에 손을 댄 채 고개를 저었다.

이윽고 마음이 진정된 그는 한숨을 내쉬었다.

"……역시 너와는 결판을 내야 될 것 같군. 그 후로 나도 꽤 실력이 늘었지. 이번에는 지난번처럼 한심하게 당하지는 않을 거다! 자, 한 번 더……."

"너 지금 무슨 소리를 하는 거야? 결판이라면 옛날 옛적에 났잖아. 내 승리로 말이야. 그리고 나는 이제 너와 안 싸워. 풋내기 모험가 시절에 너한테 이겼다는 사실과 함께 영원히 승자로 남아주지."

"……너는 정말……."

미츠루기는 약간 쓸쓸한 표정을 지었다. 하지만 정정당당하게 싸워서 마검을 가진 상급 직업에게 이길 수 있을 리가 없다.

한편, 한숨을 내쉬던 미츠루기는—.

"……뭐, 좋아. 그것보다 마침 잘 만났어. 너희에게 할 이야기가 있거든."

갑자기 진지한 표정을 지으며 말했다.

—나와 아쿠아는 이 도시 안에 있는 카페에서 미츠루기와 마주 앉아 있었다.

주문을 끝낸 미츠루기는 테이블 위에 양손을 올리더니 몸을 앞으로 살짝 내밀었다.

"그럼…… 아, 그 전에 아쿠아 님께 드릴 게 있습니다."

미츠루기는 그렇게 말하면서 뭔가를 꺼냈다.

그것은 귀엽게 포장이 된 조그마한 상자였다.

……어?

미츠루기는 냅킨을 접어서 뭔가를 만들고 있는 아쿠아를 향해 그것을 내밀더니—.

"아쿠아 님. 당신은 평소에 액세서리 같은 것을 안 하시더군요. 그런 걸 하지 않아도 당신은 충분히 아름답습니다만……. 혹시 괜찮다면, 이걸……."

—같은 느끼한 소리를 했다.

아마 이 녀석은 일본에 있을 적에도 리얼충[#1]이었을 것이다.

"……응? 뭐야? 나 주는 거야?"

"예. 받아 주시죠. 비싼 건 아니니 아쿠아 님의 마음에 들지 않을지도 모릅니다만……."

미츠루기는 그렇게 말하면서 상큼한 미소를 지었다.

그야말로 미남 그 자체였다.

그래서 짜증이 치솟았다.

"너는 평소에 들러리를 둘이나 달고 다니잖아. 그런 녀석이 헌팅 같은 걸 하고 다녀도 괜찮은 거야?"

"그녀들은 들러리가 아니라 소중한 동료야! 그녀들은 현재 옆 나라에서 레벨을 올리고 있어. 나와 같이 다니면 내가 적을 가장 많이 해치우거든. 그래서 나는 이곳에서 때때로 쳐들어오는 마왕군만 격퇴하고 있는 거야."

우리의 대화는 안중에도 없는 아쿠아가 그 상자를 열자,

#1 리얼충 일본에서 자주 사용되는 속어로 일본어로는 리아쥬(リア充)다. 벌레 충이 아닌 가득할 충을 쓴다. 지금은 「연애나 일에 충실한 사람」이라는 뜻으로 굳어졌다.

안에 들어있던 조그마한 반지가 모습을 드러냈다.

그것은 꽤 고급스러워 보이는 반지였다.

방금 비싼 건 아니라고 겸손을 떨었지만 꽤나 진심어린 선물을 준비한 것 같았다.

하지만 이 녀석은 아쿠아의 손가락 사이즈를 알고 있는 걸까?

내가 그런 생각을 하고 있을 때—.

"……어? 사이즈가 작아서 안 들어가네."

아쿠아는 한번 껴보려다가 바로 포기했다.

그 모습을 본 미츠루기는 쓴웃음을 지었다.

"그 반지에는 사이즈를 조절할 수 있는 마법이……."

그리고 그가 무슨 말을 하려고 한 바로 그때였다.

"카즈마, 카즈마, 잘 봐~."

아쿠아는 그렇게 말하면서 냅킨으로 반지를 덮더니—.

"짜잔~."

그렇게 말하면서 냅킨을 치웠다.

그러자 방금까지 있었던 반지가 감쪽같이 사라졌다.

"……대단하네. 그런데 반지는 어디 간 거야?"

내 질문에 아쿠아가 답했다.

"……응? 없애버렸는데? 없애버린 게 어디 가는지 내가 어떻게 알겠어."

"어."

미츠루기는 그 말을 듣더니 얼빠진 소리를 냈다.

……좀 불쌍한걸.

"나한테 안 맞는 싸구려 반지라서 그냥 장기자랑용 소품으로 썼어. 고마워."

아쿠아가 그렇게 말하며 구김 없는 미소를 짓자 미츠루기는 괜한 소리를 할 수가 없었다.

"아, 아뇨……! 그런 식으로라도 아쿠아 님께 도움이 되었다니 저도 기쁩니다."

미츠루기는 메마른 미소를 지으며 그렇게 말했다.

…………진짜 불쌍한걸.

—아쿠아는 아무 일도 없었다는 듯이 콧노래를 부르면서 냅킨을 계속 접었다.

그런 아쿠아를 따뜻한 눈길로 쳐다본 후, 미츠루기는 나를 향해 고개를 돌렸다.

"그럼 이야기를 시작할까. 이건 너한테 있어서도 남 일은 아닐 거야."

그 후 미츠루기가 한 이야기를 정리하면 이렇다.

마왕군 간부 베르디아가 액셀에 파견된 것은 그곳에 거대한 빛이 쏟아졌다고 마왕성의 예언자가 말했기 때문이었다.

애초에 마왕은 그 말을 반신반의하면서도 베르디아를 파견했다.

하지만 베르디아는 토벌 당했고 다음으로 보낸 바닐은 행방불명이 되었다.

게다가 홍마의 마을을 공략하던 실비아까지 최근 들어 토벌 당했다.

이런 일들에 항상 어떤 모험가 파티가 관여하고 있다는 소문이 마왕군 사이에서 돌고 있다고 한다.

현재 마왕은 그 모험가 파티에게 흥미를 가지고 있다.

그 파티가 거점으로 삼고 있는 액셀 마을을 공격하러 올지도 모르며, 어쩌면 또 누군가를 파견할지도 모른다.

……잠깐, 그 파티는 바로 우리를 말하는 거잖아.

"그런데, 액셀 마을에 쏟아진 거대한 빛이라면……."

나는 옆에서 뭔가를 만들고 있는 아쿠아를 힐끔 쳐다보았다.

미츠루기 또한 덩달아 아쿠아를 향해 고개를 돌렸다.

"……나는 그게 아쿠아 님을 가리킨다고 생각해. 처음엔 마왕이 경계하는 거대한 빛이란 바로 내가 아닐까 라고 생각했지. ……그, 그런 눈으로 쳐다보지 마……."

내가 우와아……. 머릿속에 꽃밭이 펼쳐진 해피 착각 자식이네, 라고 말하는 눈길로 쳐다보자 미츠루기는 인상을 썼다.

그런 미츠루기에게—.

"다 됐어. 자, 반지에 대한 답례로 이걸 줄게. 작품명은 변형 합체 에리스 님. 흉부 장갑이 착탈식 3단계 변형을 해."

아쿠아는 영문 모를 소리를 하면서 들고 있던 냅킨을 건넸다.

미츠루기는 쓴웃음을 지으며 그것을 받았다.

"하하. 감사합니다, 아쿠아 님. 소중히……."

그는 웃음을 흘리면서 그 냅킨을 쳐다보았다.

그리고 나 또한 미츠루기와 마찬가지로 그것을 보았다.

""우, 우와?!""

에리스 님을 닮은 그 냅킨은 종이접기의 영역을 넘어 그야말로 예술의 경지에 도달해 있었다.

"……어이, 아쿠아. 나도 이거 만들어줘."

"싫어. 나는 똑같은 건 안 만들어. 고속 기동 동장군이라면 만들어줄게."

"그, 그럼 그걸로 부탁해."

내가 부탁을 하자 아쿠아는 묵묵히 냅킨을 접기 시작했다.

그 모습을 본 미츠루기는 웃음을 흘리며 자리에서 일어났다.

"사토 카즈마. 내가 좀 더 강해질 때까지 아쿠아 님을 잘 지켜줘. ……그럼 여신님. 저는 이만 실례하겠습니다. 이 냅킨은 소중히 간직하겠습니다."

미츠루기가 그렇게 말하자 아쿠아는 「응?」 하고 말하며 고개를 들었다.

"……아, 응. 또 봐. ……저기, 카즈마. 변형기능은 필수지?"

"당연하잖아. 상식적으로 생각해보라고."

미츠루기는 그런 대화를 나누는 우리를 약간 쓸쓸한 표정으로 쳐다보았다.

"너는 아쿠아 님과 정말 마음이 잘 맞구나."

그런 말을 남긴 후, 이만 가보겠다면서 돌아갔다.

—여관으로 돌아가는 길.

"그러고 보니 나, 오랜만에 여신님이라고 불린 것 같아. 그 카츠라기라는 사람, 그렇게 나쁜 사람은 아닐지도 모르겠네."

그렇게 생각하면 이름이라도 제대로 외워주라고.

뭐, 가장 먼저 그 녀석을 카츠라기라고 부른 나한테도 잘못은 있지만 말이다.

나는 들뜬 표정으로 그런 소리를 하는 아쿠아를 쳐다보면서 생각했다.

마왕이 이딴 녀석을 신경 쓴다고?

……에이, 그럴 리가 없잖아.

그래. 말도 안 돼~.

"그것보다 오늘 저녁은 뭐로 할래? 왕도는 액셀보다 격전지라서 그런지 강력하고 신선한 몬스터 고기를 잔뜩 구할 수 있대. 그리고 왕도의 여관은 숙박객이 식재료를 가지고 오는 게 기본이라잖아. 그 재료들을 가지고 경험치를 잔뜩 얻을 수 있는 맛있는 요리를 만들어준다더라고. ……나, 엄청 기름진 게 먹고 싶어. 오늘은 비싼 고기를 가지고 가서 불고기를 해달라고 해야지~."

"나는 좀 담백하고 가벼운 게 먹고 싶거든? 신선한 채소와 겉만 살짝 익힌 고기를 안주 삼아 독한 술을 쫙 들이켜고 싶은 기분이거든?"

미츠루기는 나와 아쿠아가 마음이 맞는다고 했지만 벌써부터 의견이 갈리고 있었다.

"그럼 승부를 하자. 그러고 보니 미츠루기 덕분에 네가 여신이라는 게 생각났어. 너는 여신이니까 좀 유리하게 해줄게. 세 번 승부해서 네가 한 번이라도 이기면 오늘 저녁에는 네가 좋아하는 요리를 먹자고."

"어머~, 정말? 카즈마답지 않게 엄청 저 자세로 나오네. 그럴 거면 그냥 내 말에 따르는 게 낫지 않아? 그럼 해보자! 가위~ 바위……!"

상대가 가위 바위 보를 잘한다는 걸 까맣게 잊을 정도로, 학습 능력이라는 게 결여된 여신을 데리고 나는 비싼 고기를 한 손에 든 채 여관으로 향했다.

7

—그날 밤.

여관에서 자고 있던 나는 누군가의 기척을 느끼고 잠에서 깼다.

"……어나……. 저기, 일어나라구."

어둠 속에서 귀에 익은 목소리가 들려오더니, 내가 누워있는 침대 옆에서 누군가가 나를 쳐다보고 있었다.

"수상한 자다~!"

"우와아아아아! 잠깐만, 나야, 나! 크리스라구! 그만해! 어디를 만지는 거야?! 그만하란 말이야! 다크니스! 다크니스, 도와줘어어어엇!"

침입자를 잡고 보니 그 사람은 바로 크리스였다.

"뭐야. 크리스잖아. 어이, 한밤중에 몰래 찾아온 걸 보면 다른 애들한테 들려줄 수 없는 이야기를 하러 온 거지? 그런 녀석이 다크니스한테 도움을 청하면 어떻게 하냐고."

"너, 너란 애는! 저기, 침입자가 나라는 걸 확신하면서도 덮친 거지?! 그냥 잡기만 할 거였으면 이상한 데는 안 만져도 되잖아!"

크리스는 어둠 속에서 거친 숨을 내쉬고 있었다.

방금 그 소리를 듣고 다크니스가 뛰어올지도 모른다고 생각했지만 다른 이들의 기척은 느껴지지 않았다.

"정말 한순간도 방심하면 안 된다니깐……. 너 같은 애한테 기대야 한다는 게 유감스러워."

"남자를 보쌈하러 와서 주물럭주물럭 좀 당했다고 비명을 질러? 완전 꽃뱀이네."

"보쌈하러 온 거 아냐! 꽃뱀도 아니라구! 내가 저택에서 나중에 자초지종을 설명해주겠다고 했었잖아! 아, 잠깐! 너, 안 들리는 척 하지 마!!"

내가 양손으로 귀를 막으며 이불 안으로 들어가려 하자 크리스가 허둥지둥 나에게 매달렸다.

"알다프의 저택에서 자초지종을 듣기 싫다고 했었잖아! 왕녀님과 헤어진 바람에 안 그래도 기분이 안 좋다고! 그딴 이야기는 나중에 해! 구체적으로 시기를 정하자면 내년 즈음에 말이야!"

"지금 이야기해야만 한다구! 잘 들어! 내가 귀족의 저택에 침입한 건, 피치 못할 사정이 있기 때문이야……!"

크리스는 이불을 뒤집어쓰면서 격렬하게 저항하는 나에게 자초지종을 이야기했다—.

이 세계에는 신기라고 불리는 엄청 강력한 장비와 마도구가 있다.

신기라고 불리는 만큼 그런 물건들은 손쉽게 구할 수 없다.

하지만 그런 신기를 소유한 자들에게는 공통되는 점이 있었었다.

그것은 검은 머리카락과 검은 눈동자를 지녔으며 이름이 독특했던 것이다.

"즉, 신기라고 불리는 것은 너처럼 이상한 이름을 가진 사람만 지닐 수 있는 물건이야."

"이상한 이름이라고 하지 마. 나를 홍마족과 같은 선상에 두지 말라고."

필사적으로 저항했는데도 불구하고 이불을 빼앗긴 나는 크리스의 알쏭달쏭한 설명을 듣고 있었다.

신기라는 것에 대해서는 일전에 아쿠아에게서 들은 적이 있었다.

내가 이세계로 가는 대가로 얻게 되는 힘 카탈로그에 적혀 있던 치트 아이템이다.

"하지만 어떤 경위인지는 몰라도 소유자가 없어진 두 개의 신기를 한 귀족이 산 것 같아."

"호오."

즉, 신기의 본래 소유자가 죽으면서 그것이 남의 손에 들어간 것이다.

그 두 신기 중 하나는 랜덤으로 몬스터를 소환해서 대가 없이 사역할 수 있는 치트 아이템이다.

그리고 다른 하나는 타인과 자신의 몸을 교환할 수 있는 신기라고 한다.

몬스터를 사역하는 아이템은 확실히 강력해 보이지만, 몸을 바꾸는 아이템을 고른 녀석은 대체 그걸 어디에 쓸 생각이었던 걸까?

내가 그런 생각을 하고 있을 때, 침대에 걸터앉은 크리스가 다리를 앞뒤로 흔들면서 말했다.

"그리고 내 도적 스킬 중에는 희귀한 보물의 소재를 알 수 있는 『보물 탐지』 스킬이 있거든? 그 스킬로 왕도에 있는 집들을 샅샅이 뒤지고 있는 거야."

"그리고 희귀한 보물이 모여 있던 곳이, 돈이 남아도는 악덕 귀족들의 집이었던 거구나."

"바로 그거야! 침입해봤는데 신기는 없더라구. 그리고 전부터 의적 같은 일이 하고 싶었거든? 그래서 겸사겸사 그 귀족들의 검은 돈을 꿀꺽한 거지!"

이 녀석, 별생각 없이 의적질을 했던 거구나.

"그리고 네가 있던 저택에서 엄청난 보물의 기운이 감지됐어. 그래서 숨어들었던 거야."

"아하. 뭐, 저택에 숨어든 이유는 알았어. 왜 신기를 찾는 건지는 모르겠지만 말이야."

내가 그렇게 말하자 크리스는 난처한 표정을 지으며 볼에 난 상처를 긁적였다.

"내가 신기를 찾는 이유는……. 뭐, 나중에 기회가 되면 말해줄게. ……그런데, 그 저택에서 신기 같아 보이는 보물은 못 봤어? 그 알다프라는 아저씨가 엄청난 마도구를 쓰진 않은 거야?"

"욕실에 설치된 매직미러 이외에는 딱히 엄청나 보이는 마도구는 없었어. ……아, 크리스가 느낀 보물의 기운 말인데, 아쿠아의 날개옷에서 난 것 아닐까? 그 녀석, 저번에 자기 날개옷이 신기라고 했었거든."

크리스는 그 말을 듣더니 고개를 푹 숙였다.

"뭐, 뭐어, 그럼 됐어. ……그리고 오늘 내가 너를 찾아온 것은 다 이유가 있어서야."

이딴 소리 할 줄 알았다니깐!

"하지 마! 나는 골치 아픈 일에 휘말리고 싶지 않아! 게다가 엄청 위험한 일을 부탁받을 것 같은 느낌이 든다고!"

"아, 잠깐! 일단 내 말 좀 들어 봐! 저기 말이야. 실은 성에서 보물의 강렬한 기운이 느껴져. 그것도 일전의 그 저택에서 느껴진 것에 버금갈 만큼 엄청난 기운이야!"

"……성에 엄청난 보물이 있는 건 당연한 것 같은데……. 뭐, 좋아. 그래서?"

"너는 천리안이라는 암시 스킬을 지녔지? 그리고 내가 가르쳐준 잠복과 적 탐지 스킬도 지녔잖아! 그걸로 나와 같이 성에 숨어들……."

"나한테 범죄에 협력하라는 거냐?! 알다프의 저택에서 만났을 때부터 불길한 예감이 들었다고! 그딴 일에 협력할 수는 없어!"

"너무 그러지 말고 내 부탁 좀 들어줘! 이 신기를 회수하지 않으면 큰일이 날 거란 말이야!"

"그런 중대한 일은 나 같은 놈 말고 용사 같은 녀석한테 부탁해! 맞다! 지금 이 마을에는 미츠루기라는 녀석이 있거든?! 그 녀석은 「행방이 묘연한 신기가 악용되기라도 하면 큰일이 벌어질 거야……!」라는 말로 약간 부추기기만 하면 바로 도와줄 거라고!"

"정말 매정하네! 나는 네가 도와줬으면 한다구! 이제 됐어! 다크니스를 깨워서 도와달라고 할래!"

"인마, 멈춰! 다크니스도 귀족이야! 크리스가 의적이라는 게 알려지면 그 녀석도 입장이 곤란해질 거라고!"

"하지만, 하지만……!"

"알았으면 빨리 돌아가라고! 안 돌아간다면 어젯밤에 직접 당해보고 익힌 바인드로 너를 꽁꽁 묶은 후에 성희롱을 할 거야! 내가 너 때문에 어제 어떤 꼴을 당했는지 알기나 해?!"

"자, 잠깐만! 아, 알았어! 오늘은 이만 돌아갈래! 그리고 내일 또 상의하러 올게!"

"이제 오지 말라고! 『바인……』."

"오, 오늘은 이 정도로 봐주겠어~!"

울먹거리면서 창밖으로 몸을 날린 크리스는 밝아 오기 시작한 마을로 사라졌다.

하아, 골치 아픈 일은 이제 완전 사절이란 말이다.

진짜로 내가 운이 좋다는 건 순 헛소리가 아닐까, 라는 생각이 들었다.

행운을 관장하는 여신, 에리스 님. 액셀 마을에 돌아가면 에리스교에 입교할 테니, 부디 저에게 평온한 생활을 주십시오.

나는 기도를 드리면서 다시 이불을 뒤집어썼고…….

—마치 그 순간을 노리기라도 한 것처럼 경보가 들려왔다.

제4장 이 온실 안의 왕녀에게 악우를!

1

『마왕군 습격 경보, 마왕군 습격 경보! 현재, 마왕군으로 추정되는 집단이 왕도 인근의 평원에 출현했습니다! 기사단은 출격 준비를 해주십시오. 이번에는 마왕군의 규모가 크니, 왕도에 계신 모험가 여러분도 참전해주시길 부탁드립니다! 고레벨 모험가 여러분은 서둘러 왕성 앞으로 모여 주십시오!』

그런 내용의 안내 방송이 이른 새벽의 왕도에 울려 퍼졌다.

그와 동시에 조용하던 여관이 시끌벅적해졌다.

"카즈마, 일어났느냐?! 방금 그 안내 방송을 들었겠지?! 서둘러 장비를 챙겨라!"

다크니스는 당황한 목소리로 그렇게 말하면서 방문을 두들겼다.

"카즈마 씨는 현재 꿈나라 여행 중입니다."

"바보, 지금은 농담할 때가 아니란 말이다! 마왕군이 나타났으니 우리도 빨리 참전해야 한다!"

나는 이불 안에서 얼굴만 쏙 내민 후, 문 너머에 있는 다크니스를 향해 외쳤다.

"너야말로 농담하지 마! 안내 방송을 제대로 듣기는 한 거야?! 「고레벨 모험가 여러분은 서둘러 왕성 앞으로 모여 주십시오」라고 말했다고. 내 레벨은 아직 17이거든? 중레벨 모험가 수준이라고. 그리고 이 왕도에는 미츠루기를 비롯해 뛰어난 모험가가 잔뜩 있잖아? 우리가 나서지 않아도 알아서 잘 해결할 거라고."

"너, 너라는 녀석은! 이제 됐다! 아쿠아, 메구밍만 데리고 참전하겠다! 저레벨 모험가는 이불속에서 떨고 있어라!"

문을 두드리던 다크니스는 거친 발소리를 내며 멀어져갔다.

이윽고—.

"싫어! 왜 내가 그렇게 위험한 곳에 가야 하는데?! 나는 왕도에 놀러온 거야! 마왕군과 싸우기 싫다구!"

"아쿠아, 우는 소리 하지 마라! 회복마법을 쓸 수 있는 사람은 많을수록 좋단 말이다! 메구밍을 봐라! 저렇게 의욕을 불태우고……!"

"다크니스, 저는 성이 아니라 마왕군이 있는 곳으로 향할게요! 전투가 시작되어서 적과 아군이 뒤엉켜버리면 제 마법을 쓸 수 없거든요! 제가 돌격대장 역할을 맡을게요! 아니다, 파워업한 제 마법으로 마왕군을 일망타진하고 말겠어요!"

"기다려라, 메구밍! 말도 안 되는 소리 하지 마라! 아쿠아도 이제 그만 침대에서 떨어져라! 아아, 정말! 카즈마, 부탁이니까 어떻게 좀 해다오!!"

거 되게 시끄럽네!

나는 액셀에 돌아가면 평생 돈 걱정 안 해도 된단 말이다.

그러니 전혀 득 될 것이 없는 전투에 참가해서 위험에 처할 필요가—.

"……윽?!"

나는 이불을 박차며 벌떡 일어났다.

이 전투에 참가해서 받게 되는 보수는 전혀 매력적이지 않았다.

하지만 멋지게 활약해서 공적을 쌓는다면……?

그렇다. 의적을 잡는 것에는 실패했지만 그 이상의 공적을 쌓는다면……!

게다가, 왕도에는 미츠루기를 비롯한 치트급 모험가가 꽤 있다고 들었다.

웬만해서는 질 리가 없고 이쯤에서 내 존재감을 과시하여 성의 수호신 같은 지위를 손에 넣을 수 있다면, 다시 성에서 지낼 수 있을지도 모른다.

딱히 마왕군을 쓸어버릴 필요도 없는 것이다.

적당히 눈에 띄기만 하면 된다.

"하지 마, 다크니스! 나, 왠지 불길한 예감이 들어! 여신의 감이야! 방금 산 아이스크림을 땅에 떨어뜨리거나, 열심히 모은 추첨권이 전부 꽝이었을 때도 이런 예감을 느꼈어! 분명 무슨 일이 벌어질 거야! 그러니까 부탁이야! 내일 아침 식사 때 비엔나 하나 줄 테니까, 나를 좀 내버려두라구!"

"다크니스, 놔주세요! 「전장에 도착한 왕국군이 본 것은 무참하게 괴멸한 마왕군, 그리고 유유히 이 자리를 벗어나고 있는 마법사였다……」 같은 상황을 전부터 연출해보고 싶었어요! 지금이 찬스라고요! 보내주세요!"

"카즈마! 나한테는 무리다! 이 두 사람을 어떻게 좀 해봐라!"

완전 무장을 하고 방에서 나온 나는 여전히 떠들어대고 있는 세 사람에게 말했다.

"이 나라가 위험에 처했는데 뭐하고 있는 거야? 자, 가자! 지금이야말로 우리가 나설 때야!"

""""…………."""

—우리가 성 앞에 가보니, 그곳에는 중무장을 하고 줄 맞춰 정렬해 있는 기사단과 수많은 모험가들로 넘쳐나고 있었다.

"모험가 여러분은 이쪽에 모여 주십시오! 여러분에게는 따로 지시를 내리지 않겠습니다! 여러분은 집단 전투 훈련을 받지 않았으니, 기사단과는 별개로 행동해주십시오! 자유롭게 싸우셔도 됩니다! 전투에 참가하기 전에 모험가 카드를 체크하겠습니다. 전투 후에 기재된 몬스터 토벌 숫자에 따라 특별 보수를 드릴 테니 최선을 다해 주십시오!"

왕도 길드 직원으로 보이는 사람이 확성기 같은 마도구로 지시를 내리고 있었다.

우리가 지정된 장소에 가자 직원 중 한 명이 모험가 카드를 보여 달라고 했다.

내 모험가 카드를 본 직원은 난처한 표정을 짓고 미안한 어조로 말했다.

"사토 카즈마 씨? 죄송합니다만 레벨 30 이하의 상급 직업이 아닌 분들은 위험하기 때문에 이 전투에 참가시키지 못하게 되어 있습니다. 당신에게는 마을 경비를 부탁……."

"괜찮다. 이 남자는 수많은 공적을 쌓은 실력자다."

어느새 나타난 클레어가 그 직원의 말을 끊었다.

성 앞에는 기사단과 모험가들을 격려하기 위해서인지 클레어를 비롯한 귀족들이 모여 있었다.

그리고 귀족들이 나를 쳐다보는 눈빛에는 기대가 어려 있었다.

의적 체포에는 실패했지만 마왕군 간부를 격퇴한 내 실력에 기대하고 있는 것 같았다.

그리고 성 발코니에서 이쪽을 내려다보고 있는 이가 눈에 들어왔다.

기대에 찬 눈동자로 나를 유심히 쳐다보고 있는 이는 바로 아이리스였다.

그 모습을 보니 의욕이 끓어올랐다.

나만 믿어! 이 오빠의 진짜 실력을 보여줄게!

……바로 그때, 옆에 있던 아쿠아가 내 소매를 잡아당겼다.

"카즈마 씨, 카즈마 씨. 나, 머리가 좋은 편이라 이제 학습했어. 이 전투에 참가하면 무시무시한 꼴을 당할 거라고 생각해. 예를 들자면 정신 나간 애가 효과범위 안에 내가 있는데도 폭렬마법을 쓴다든가, 뇌가 근육으로 된 애가 몬스터들을 유인한 후에 내 쪽으로 끌고 오든가 할 거야. 저기, 아직 늦지 않았으니까 액셀 마을로 돌아가자. 응?"

"아쿠아만이 아니라 저도 학습 능력을 갖췄어요! 그런 일은 절대 벌어지지 않을 거예요!"

"어, 어이, 아쿠아. 뇌가 근육으로 됐다고 하지 말아줬으면 좋겠다. 왠지 우리 넷 중에서 내가 가장 머리가 나쁘다는 이미지가 생길 것 같거든……."

나는 불안해하는 아쿠아를 향해 자신만만한 미소를 지으며 말했다.

"걱정하지 마. 상대는 숫자만 많았지 전부 오합지졸이라고. 슬슬 내 진짜 실력을 보여주겠어!"

""""오오!""""

내가 딱 잘라 그렇게 말하자 주위에 있는 귀족들의 눈동자가 더욱 빛났다.

그리고 클레어가 정렬한 기사단과 모험가들을 향해 지시를 내렸다.

"—마왕군 토벌대, 출진하라!"

2

"……안녕하세요. 오랜만이에요, 에리스 님."

"………………."

정신을 차리고 보니 나는 낯익은 신전의 한가운데에 서 있었다.

나는 이걸로 몇 번이나 죽은 걸까.

동장군에게 살해당했었고 나무에서 떨어져 죽기도 했었다.

그리고—.

"죄송해요. 솔직히 말해 저도 레벨이 17이나 되어서 코볼트에게 맞아 죽을 거라고는 꿈에도 생각 못했어요……."

코볼트 무리에게 포위당한 나는 그대로 뭇매를 맞고 죽었다.

코볼트.

그렇다. 코볼트다.

맛있는 부류에 속하는 몬스터라 불리며, 이 세상에서도 오합지졸의 대명사인 몬스터에게 나는 살해당한 것이다.

나는 아무 말이 없는 에리스를 쳐다보며 말했다.

"그게 말이죠, 에리스 님. 초반 분위기는 꽤 나쁘지 않았어요. 아쿠아가 지원 마법을 걸어줬고, 다크니스의 등 뒤에 딱 붙어 다녔던 데다, 흉악한 몬스터는 다른 모험가들이 솔

선해서 해치웠거든요. 그래서 저는 숫자로 승부하자는 생각이 들더라고요."

"………………."

그렇다. 초반 분위기는 좋았다.

다크니스의 뒤에 숨어 활을 마구 쏴대면서 차근차근 공을 쌓았다.

이윽고 적과 아군이 뒤섞인 난전이 벌어졌고 나는 코볼트에게 물려 엉엉 우는 아쿠아를 구한 후—.

"「코볼트 정도는 식은 죽 먹기야. 나도 성장했다고」라는 생각이 들어서, 적을 계속 쫓아다니다 보니……."

기세가 등등해져서 약해 보이는 코볼트를 쫓다보니 어느새 적진 깊숙한 곳까지 들어가고 말았다. 그리고 정신을 차려보니 코볼트 무리에게 둘러싸여 역습을 당했던 것이다.

우와. 너무 부끄러워서 되살아나기가 싫어.

전투 전에 그렇게 잘난 척을 하면서 승리선언을 해놓고 코볼트에게 두들겨 맞아 죽은 것이다. 너무 한심해서 웃을 수도 없었다.

에리스가 아까부터 아무 말도 하지 않는 것은 실망했기 때문이리라.

"저, 저기, 에리스 님? 방심한 나머지 꼴사나운 죽음을 맞이한 건 반성하고 있으니까, 이제 그만 화 푸세요. 예?"

내가 머뭇거리면서 말하자 에리스는 볼을 붉혔다. 그리고—.

"……성희롱은 나쁜 짓이에요."

나를 향해 도끼눈을 뜨면서 그런 소리를 했다.

내 등을 타고 땀이 흘러내렸다.

그러고 보니 에리스는 지상에서 벌어지고 있는 일들을 파악하고 있었다.

그리고 얼마 전, 나는 경건한 에리스 교도인 도적 아가씨에게 성희롱을 마구 해댔다.

에리스는 내가 소중한 자신의 신자를 가지고 놀았기 때문에 화가 난 것 같았다.

"저기, 에리스 님, 제 말 좀 들어보세요. 그건 어쩔 수 없는 일이었어요. 처음에 그 녀석을 잡았을 때, 가슴 언저리가 너무 납작해서 남자인 줄…… 아, 죄송해요. 잘못했어요. 이제 변명 안 할게요!"

에리스가 눈에 보일 정도로 언짢아하자, 나는 무릎이라도 꿇는 심정으로 부리나케 고개를 숙였다.

"……정말. 당신은 성희롱을 너무 많이 해요. 다음부터는 절대 용서 안 할 거예요."

에리스는 한숨을 내쉬더니 난처하다는 듯이 볼을 긁적였다.

"고마워요, 에리스 님! 이야, 귀중한 왕도파 히로인 에리스 님에게 미움 받으면 어쩌나 걱정했다고요."

"말 하나는 정말 청산유수라니까요……. 요즘은 여동생이 생겨서 매우 기뻐했다면서요?"

에리스 님, 대체 어디까지 알고 계신 건가요.

내가 대답을 하지 못하자 에리스는 웃음을 터뜨렸다.

"짓궂은 소리는 이쯤 하죠. 그리고 당신에게 부탁하고 싶은 일이 있어요."

"……부탁이라고요?"

에리스는 고개를 끄덕였다.

"어젯밤에 카즈마 씨가 성희롱을 한 제 신자에게서 대략적인 이야기를 들었죠? 아쿠아 선배가 전생한 이들에게 하사한 신기가 다른 이에게 넘어갔다는 이야기 말이에요."

"아, 예. 들었어요. 하지만 신기는 소유자를 고르지 않나요? 제가 전에 치트급 마검을 얻은 적이 있는데, 소유자 이외의 사람이 써봤자 평범한 검과 별반 다르지 않다고 들었어요."

그렇다. 옛날에 미츠루기에게서 마검을 빼앗았을 때 내가 쓰려고 했더니 그런 말을 들었다.

"그건 사실이에요. ……신기는 하사받은 사람이 쓸 때만 본래의 힘을 발휘하죠. 뭐든 다 베는 강력한 마검은 평범한 검이, 무한한 마력을 자아내는 마법의 지팡이는 마력 회복이 조금 빨라지게 하는 지팡이가 되어요. 대부분의 신기는 그렇기 때문에 악용되더라도 큰 문제는 없지만……."

그 후 이어진 에리스의 설명에 따르면, 행방이 묘연한 두 신기는 본래의 힘을 발휘하지 못하더라도 이 세상에 상당한 영향을 끼칠 수 있다고 한다.

우선 랜덤으로 몬스터를 소환해 대가 없이 사역할 수 있는 신기는, 불러낸 몬스터를 뜻대로 조종하기 위해서 대가가 필요해진다고 한다.

그리고 타인과 자신의 몸을 바꿀 수 있는 신기는 영원히 몸이 바뀌는 것이 아니라 바뀐 상태로 있는 시간이 제한된다고 한다.

두 신기는 사용할 때 키워드를 말해야만 하므로 남의 손에 들어가더라도 악용될 가능성이 낮았다.

하지만 만일의 사태가 벌어질 수도 있는 것이다.

누군가가 우연히 그 키워드를 입에 담는 바람에 마을 안에서 몬스터가 소환되기라도 하면 큰일이다.

만약 개를 산책시키던 사람이 신기의 힘으로 개와 몸이 바뀌기라도 한다면 신종 코볼트가 탄생하는 것이다.

"회수한 신기는 아쿠아 선배에게 넘기면 봉인해 줄 거예요. 이건 딱히 보수가 걸린 일도, 그렇다고 명예를 얻을 수 있는 일도 아니죠. 신뢰할 수 없는 사람에게 신기에 대해 발설할 수도 없어요. 소유자 이외의 사람도 약하게나마 신기를 사용할 수 있다는 게 알려지면, 나쁜 꿍꿍이를 꾸미는 사람도 나오겠죠."

에리스는 진지한 표정으로 나를 쳐다보며 내 손을 감싸쥐더니—.

"신기의 회수를 부탁드려도 될까요?"

3

—눈을 떠보니 아쿠아가 만면에 미소를 지은 채, 내 얼굴을 뚫어져라 쳐다보고 있었다.

"코볼트에게 살해당한 카즈마 씨, 어서 오세요!"

확 죽여 버리고 싶네!

"너, 죽었다 되살아난 사람에게 그딴 소리를 해야겠냐?! 에리스 님의 여신다움을 좀 보고 배워!"

내가 아쿠아한테 한 소리 하면서 주위를 둘러보니 전투는 이미 끝난 상태였다.

"……어이. 되살려준 사람한테 이런 소리를 하는 것도 좀 그렇지만, 좀 더 빨리, 그러니까 내가 아까 전의 치욕을 만회할 여지가 있을 때 소생시켜 줄 수는 없었던 거야?"

"코볼트한테 맞아죽은 사람을 왜 전투 중에 소생시켜야 하는데? 되살아나자마자 또 죽어버리면 귀찮잖아."

간단히 죽어버린 건 사실이기에 뭐라 반박을 할 수가 없었다.

"……저기, 물어볼 게 있는데. 너한테서 술 냄새가 나는 것 같은데? 설마 전투를 내팽개치고 술을 퍼마신 거야?"

"아냐. 전투에서 활약을 한 나한테 사람들이 술을 잔뜩 권해줘서 술 냄새가 나는 거야. 카즈마가 죽은 동안, 다들 얼마나 엄청났다구. 내가 턴 언데드와 회복 마법으로 활약하는 모습을 카즈마한테도 보여주고 싶었다니깐!"

……그랬구나.

그래서 주위 사람들이 존경심이 어린 눈길로 아쿠아를 우러러 보고 있는 것이다.

"그럼 마지막으로 하나만 더 묻겠는데 말이야. ……왜 내 몸에 커다란 돌이 매달려 있는 거야?"

"그건 말이지. 다크니스가 전투에 휘말려서 카즈마의 시체가 손상되면 곤란하니, 방해가 되지 않도록 구석에 옮겨놓으라고 했어. 그런데 카즈마를 구석에 옮겨뒀더니 몬스터가 카즈마를 물고 가려고 해서……."

"그만해. 더는 듣고 싶지 않아! 그러니까, 몬스터가 내 몸을 못 가져가게 하려고 바위를 달아둔 거지?! 정말 고마워! 하지만 전부터 생각했던 건데, 너희는 시체를 너무 함부로 다루는 거 아냐?!"

나는 자초지종을 파악한 후 다시 주위를 둘러보았다.

마왕군의 이번 습격은 상당한 규모였던 것 같았다.

나는 풋내기라서 정확한 숫자는 알 수 없었지만, 그래도 이번에 퇴치당한 몬스터의 숫자는 네 자릿수를 가볍게 넘는 것 같았다.

그런데도 부상을 입은 자는 거의 없었고 인간의 시체 또한 보이지 않았다.

"아쿠아 씨, 소생에 힘쓰느라 수고 많으셨습니다. 자, 이쪽으로 오시죠!"

"아크 프리스트답게 실력이 정말 대단하시군요! 설마 리저렉션까지 쓰실 수 있을 줄은 꿈에도 몰랐습니다……!"

"당신 덕분에 부상을 입은 자들이 깨끗하게 완치되었습니다! 아쿠아 씨, 정말 감사합니다!"

나를 소생시킨 아쿠아에게 여러 기사들이 감사 인사를 했다.

아하, 아쿠아가 부상자들을 전부 치유했구나.

평소에 얼간이 짓만 하던 녀석답지 않게 엄청 활약한 것 같았다.

"카즈마, 살아났구나! 괜찮으냐? 안 좋은 데는 없느냐?"

얼굴과 갑옷에 그을음이 묻은 다크니스가 기사 몇 명을 데리고 왔다.

갑옷이 상처투성이가 된 걸 보니 이 녀석도 꽤 열심히 싸운 것 같았다.

"더스티네스 님! 아까 보여주신 활약은 정말 멋졌습니다!"

"예, 그렇습니다! 더스티네스 님께서 마왕군이 날린 마법을 태연히 견뎌내며 적진 중앙을 향해 돌격하는 모습을 보고, 정말 가슴이 뛰었어요!"

"그 모습을 보고 너무 놀라 눈이 까뒤집어진 마왕군 지휘관의 얼굴을, 아마 한동안은 잊지 못할 겁니다!"

"더스티네스 님께서 몸으로 적들의 공격을 막아주신 덕분에, 중상을 입은 사람이 없습니다! 정말 감사합니다!"

기사들은 다크니스를 동경하듯 쳐다보면서 입 모아 그녀를 칭송했다.

아하. 이런 대규모 전투에서라면 다크니스의 미끼 스킬, 디코이가 꽤 도움이 될 것이다.

그것도 그럴 것이, 다크니스는 공격이 젬병이지만 방어 하나만큼은 액셀 제일이다.

이 녀석이 활약하는 보기 드문 장면을 못 봤다니 좀 아쉬웠다.

그러고 보니 메구밍은 어디 갔지?

……그녀를 찾기 위해 주위를 둘러보던 내 눈에, 들것에 실린 메구밍이 신줏단지처럼 조심조심 옮겨지고 있는 광경이 들어왔다.

그 들것 앞에서 걷고 있던 기사들이 흥미를 보이며 몰려드는 모험가들을 쫓아냈다.

"이번 전투의 MVP께서 지나가신다! 길을 비켜라!"

"메구밍 씨는 피곤하시니 빨리 비켜라! 폭렬마법을 맞고 싶으냐!"

"액셀 제일의 마법사이자, 모든 것을 재로 만드는 자, 메구밍 씨께서 지나가신다! 길을 비켜라!"

……뭐가 어떻게 된 거야.

유심히 보니 한참 떨어진 곳에 거대한 구덩이가 있었다.

"처음에는 혼전 상태라서 메구밍이 마법을 쓸 수 없었거든? 그래서 메구밍도 엄청 짜증이 났었어. 그런데 불리해진 마왕군이 후퇴하기 시작한 거야. 마지막으로 적 지휘관이 「이번 전투는 어디까지나 전초전이다. 언젠가 지금의 몇 배나 되는 대군을 이끌고 와서, 이 왕도를 잿더미로 만들어주마!」 같은 헛소리를 하며 도망치려고 한 순간……."

아쿠아는 설명을 하면서 메구밍을 쳐다보았다.

"이야~. 정말 속이 다 시원했어요, 메구밍 씨!"

"정말이에요! 그 지휘관, 예전부터 진짜 짜증났거든요! 그 자식, 매번 위기에 몰리면 헛소리를 하면서 도망쳤다고요."

"그건 그렇고 정말 최고였다니깐! 후퇴하는 마왕군의 한가운데에 마법을 날린 후 「내 이름은 메구밍! 액셀 제일의 마법사이자, 폭렬마법을 펼치는 자! ……아무래도 잿더미가 된 건 당신들 같군요……!」라고 메구밍 씨가 말했을 때 말이야!"

"그래. 진짜로 속이 뻥 뚫리는 것 같았어! 모든 마력을 다 쥐어짜서 그런 대마법을 펼치실 줄은 몰랐다고!"

마치 신줏단지처럼 소중히 옮겨지고 있는 메구밍은 그런 융숭한 대접을 받는 게 딱히 싫지 않은 눈치였다.

"그런가요, 그런가요! 뭐 제 오의를 그만 소인배가 견뎌낼 수 있을 리 없죠. 왜냐하면 제 폭렬마법은 마왕군 간부를 해치웠을 뿐만 아니라, 전설의 현상범, 디스트로이어까지 파괴했거든요!!”

들것 위에 있는 메구밍의 콧대는 하늘에 닿을 정도로 높았다.

“그 디스트로이어가 파괴됐다는 게 사실이었구나!”

“정말 위대한 대마도사야! 메구밍 씨, 폭렬마법 이외의 마법을 보여주시지 않겠습니까?!”

“오오, 나도 보고 싶어! 메구밍 씨의 상급 마법이 어느 정도의 파괴력을 지녔는지 알고 싶다고!”

“……그런가요. 보여드리고 싶은 마음은 굴뚝같지만, 지금은 모든 마력을 다 써버렸거든요. 그러니 유감이지만…….”

“물론 내일 보여주셔도 괜찮아요, 메구밍 씨!”

“이야, 내일 아침이 기대되는걸!”

“나, 다른 녀석들에게도 알려 줄래!”

“……그, 그런가요. 하지만, 저기, 내일은 좀 바쁠지도……. 아, 카즈마! 다행이에요! 살아났군요! 소생한지 얼마 안 되어서 몸이 좋지 않죠? 내일은 제가 카즈마를 간호해줄게요……!”

……메구밍이 잘난 체를 너무 하다 골치 아픈 상황에 처했지만 재미있어 보이니 그냥 내버려두자.

4

"기사단과 모험가들이 개선했다~!"

누군가가 그렇게 외친 순간, 왕도는 환성에 휩싸였다.

마을 사람들이 성에 보고를 하러 가는 우리를 칭송했다.

깊이 고개를 숙이는 이도 있었고 주먹을 치켜들며 환희에 젖어있는 사람도 있었다.

그런 그들을 본 기사와 모험가들은 당당한 표정을 지으며 성으로 향했다.

이윽고 성에 도착하자 아이리스와 클레어를 필두로 기분 좋아 보이는 귀족들이 그들을 맞이했다.

여전히 흰색 정장 차림인 클레어는 앞으로 나서면서 말했다.

"기사단, 그리고 모험가 제군! 이번에는 수고 많았다! 그대들은 이번에도 왕도를 지켜냈다. 이 나라를 대표해, 그대들에게 진심으로 감사한다고 아이리스 님께서 말씀하셨다. ……보수를 기대하도록!"

모험가들은 그 말을 듣더니 환성을 질렀다.

"그리고! 그대들을 치하하기 위해 현재 연회를 준비하고 있다. 전투를 치르느라 많이 지쳤을 것이다. 저녁때까지 휴식을 취한 후 다시 성에 오도록. 그리고 이번 전투에서 특히 활약한 이들에게는 특별 보수가 주어질 것이다! 이상이다! 이번에는 정말 수고 많았다!"

환성이 최고조에 달한 모험가들의 얼굴에는 희색이 넘쳤다. 그리고 그들은 저녁까지 시간을 보내기 위해 뿔뿔이 흩어졌다.

"더스티네스 경, 성에서 상세한 이야기를 들려주시죠……!"

"들었습니다! 엄청난 활약을 하셨다면서요?!"

"더스티네스 님의 활약상을 듣고 싶군요!"

다크니스는 순식간에 귀족들에게 둘러싸이더니 그대로 성으로 끌려갔다.

성에 끌려가면서 도와달라는 시선을 보내왔지만, 코볼트에게 살해당한 한심한 남자인 나는 가능하면 눈에 띄고 싶지 않았다.

"저기, 카즈마. 연회가 시작될 때까지 오늘 내가 치료해준 사람들에게 아쿠시즈교에 들어오라고 권유하고 올게. 기왕 치료해줬으니까 생색 좀 내도 될 거야."

"치료해주고 생색을 내지 않으면 더 감사할 거라고. 네가 사사건건 그러니까 신자가 늘어나지 않는 거 아냐?"

아쿠아는 내 말을 흘려 넘기더니 기사들을 향해 걸어갔다.

그 모습을 지켜보고 있을 때, 내 등 뒤에서 목소리가 들려왔다.

"아, 저는 이쯤에서 내려주시면 돼요. 동료가 업어줄 거거든요."

메구밍이 그렇게 말하자 신줏단지를 옮기듯 들것으로 메

구밍을 옮기던 기사들이 들것을 지면에 내려놓았다.

메구밍은 나를 향해 손짓을 했다.

나는 메구밍의 어부바 요원이 아닌데 말이다.

"너, 아까 되살아난 나를 간호해주겠다고 말하지 않았어?"

"내일부터 성심성의를 다해 간호할 테니, 오늘은 좀 봐주세요. 카즈마, 내일 액셀에 돌아가요. 가능하면 아침 일찍 말이에요."

메구밍은 나한테 업히더니 익숙한 동작으로 내 목에 손을 두르면서 그렇게 말했다.

그런 우리를 향해 아이리스가 순진무구한 미소를 머금은 채 뛰어왔다.

"무사해서 다행이에요, 오라버니! 어서 오세요!"

"오라버니?!"

"아, 아이리스구나. 실은 무사하지 않아. 한 번 죽었다가 살아났거든."

아이리스는 그 말을 듣더니 깜짝 놀란 표정을 지으며 걸음을 멈췄다.

"한 번 죽었다고요?! 오라버니, 괜찮으신 건가요?! 연회가 시작될 때까지 성에서 쉬세요. 오라버니가 쓰시던 방은 아직 치우지 않고 그대로 있어요!"

"또, 오라버니!"

"고마워. 하지만 너무 걱정하지 마. 깔끔하게 부활했거든."

나한테 업힌 메구밍이 아까부터 귓가에서 떠들어대고 있었다.

어찌된 건지 오라버니라는 말을 들을 때마다 흥분하고 있었다.

"그럼 다행이지만……. 참, 오라버니. 성에 남을 수 있을 정도의 공을 세웠나요?!"

그리고 갑자기 아이리스가 환한 표정을 짓더니 기대에 찬 목소리로 물었다.

"아, 아니, 그게……. 실은 운 나쁘게 실수를 했거든? 이번에는 컨디션이 좋지 않아서 공을 세우지 못했어……."

"그런가요……. 하지만 이렇게 무사히 돌아오셔서 다행이에요! 그리고 공을 쌓지 못했더라도 왕도를 위해 싸운 것은 사실이잖아요. 클레어에게 오라버니를 이 성에 살게 해달라고 한 번 더 부탁해볼게요!"

"……."

"고마워, 아이리스. 하지만 이번에 너무 한심한 꼴을 보였으니 무리일 거야……. 아무튼, 밤에 보자."

아이리스는 내 말을 듣더니 쓸쓸한 표정을 지었다.

"……잠시 안 본 사이에 아이리스라는 애의 마음에 든 것 같네요."

아이리스가 클레어와 만나기 위해 성에 돌아간 후, 내 등에 업힌 메구밍이 말했다.

"그렇지? 염원하던 여동생이 생겼어. 나는 연하가 취향일지도 몰라."

"……액셀 마을에 돌아가면, 저도 카즈마를 오빠라고 불러줄까요?"

"너는 소중한 로리 캐릭터라고. 그리고 나는 그것과는 별개로 여동생이 가지고 싶단 말이야."

"어이, 나를 계속 로리 캐릭터로 취급하는 건 그만둬라!"

메구밍이 업힌 채 내 목을 졸라대는 가운데, 우리는 방으로 향했다.

5

나는 저번에 내가 지냈던 방으로 가서 메구밍을 소파에 내려놓았다. 그러자 메구밍은 방안을 둘러보며 말했다.

"호오, 꽤 좋은 방이네요. 메이드와 집사에게 시중을 받으면서 이 방에서 뒹굴뒹굴한 거죠? 뭐, 돌아가고 싶지 않은 것도 이해가 돼요."

"그렇지? 밥은 맛있는데다, 남들에게 떠받들어지면서 살 수 있다고. 메구밍도 여기서 살아보면 액셀 마을에 돌아가고 싶다는 마음이 싹 사라질 거야. ……아아, 결국 공도 세우지 못했으니 내일 돌아갈 수밖에 없겠네……."

장비를 푼 나는 그렇게 말하면서 침대에 걸터앉았다.

그대로 다리를 흔들고 있을 때, 아직 마력이 충분히 회복되지 않은 메구밍이 나른해 하면서 말했다.

"……하지만 저는 액셀 마을에서의 생활이 더 좋아요. 왕도에서 화려하게 활약하는 것도 기분 좋지만……. 다 같이 퀘스트를 하고, 때때로 다투면서도 시끌벅적하게 지낸 액셀에서의 생활이 저는 가장 좋다고요. 내일부터는 다시 넷이서 살 수 있겠네요."

메구밍은 그렇게 말하며 진심에서 우러난 미소를 지었다.

"그, 그, 그래. 뭐, 나도 진짜로 이 성에 남고 싶다고 생각한 건 아냐!"

메구밍의 말을 듣고 어찌된 영문인지 약간 당황한 나는 얼버무리듯 그렇게 말하면서 다리를 흔들어댔다.

"정말인가요? 말은 그러지만 아이리스라는 애한테도 꽤 마음이 있는 것 아닌가요?"

메구밍은 내 반응을 즐기려는 건지 나를 놀리는 어조로 말했다.

무슨 소리를 하는 거야. 나는 아이리스를 여동생 같은 존재로만 여기고 있다고.

그렇다. 왠지 그 애를 내버려둘 수가 없었다.

융융과는 다른 타입의 외톨이 같다고 할까…….

바로 그때였다.

"오라버니. 잠시 실례해도 될까요……?"

문밖에서 아이리스의 목소리가 들려왔다.

"—죄송해요. 오라버니를 성에 머물도록 해달라고 클레어에게 부탁해봤지만……."

아이리스는 메구밍의 옆에 앉더니 고개를 푹 숙이면서 말했다.

"뭐, 어쩔 수 없지. 나야말로 못난 꼴을 보여서 미안해."

"오라버니께서 사과할 필요는 없어요. 오라버니께서는 말 그대로 목숨을 걸고 싸우셨잖아요……."

눈가에 눈물이 맺힌 아이리스는 나를 쳐다보며 그렇게 말했다.

그런 그녀를 보자, 나는 자만에 빠져 적을 무턱대고 뒤쫓다가 코볼트 집단에게 죽도록 두들겨 맞았다는 소리를 할 수 없었다. 결국 나는 침묵에 잠긴 채 아이리스를 응시했다.

그리고 우리는 아무 말 없이 서로를 응시했다.

"……저기, 두 사람 다 제가 여기 있다는 걸 잊었나요?"

"아, 아뇨?! 그, 그런 적 없어요!"

"아이리스의 말이 맞아! 메구밍이 있다는 걸 깜빡한 적 없다고! 나는 로리콤이 아니니까, 미심쩍은 눈으로 쳐다보지 마! 아이리스는 여동생 같은 존재니까, 이상한 분위기 같은 게 생길 리가 없잖아! ……아, 아이리스? 왜 그렇게 슬픈 눈으로 쳐다보는 거야? 네가 그러면 메구밍은 더 오해할 테고, 나 또한 괜한 착각을 할 거라고!"

내가 당황할 대로 당황한 사이, 뭔가를 눈치챈 메구밍이 입을 열었다.

"……어? 왕녀님답게 엄청난 마도구를 지니고 계시군요. 느껴지는 마력량이 웬만한 마도구와는 격이 달라요. 그 목걸이, 혹시 신기급의 마도구인가요? 보아하니 홍마의 마을에서 만든 건 아닌 것 같네요. 대체 어디서 만든 거죠?"

메구밍은 아이리스가 목에 걸고 있는 목걸이에 관심을 보였다.

아이리스는 다른 장식품에 비해 심플한 디자인의 목걸이를 목에 걸고 있었다.

"이것 말인가요? 이건 제 친 오라버니께 헌상된 목걸이랍니다. ……하지만 오라버니께서는 현재 원정 중이시기 때문에 왕족을 대표해 제가 맡아두고 있죠."

메구밍은 눈을 반짝이면서 그 목걸이를 향해 몸을 쑥 내밀었다.

"그런데 그 마도구는 어떤 힘을 지니고 있죠? 범상치 않은 마력을 보니, 강력한 힘을 지니고 있을 것 같군요! 이 세상을 멸망시킬지도 모를 정도로 강력한 힘이에요!"

인마, 자기 취향을 너무 드러내지 말라고.

"아니, 그게……. 실은, 이 마도구의 사용법은 아직 해명되지 않았어요. 정해져 있는 키워드를 외치면, 마도구의 힘이 발동하지 않을까 라고 추정됩니다만……. 목걸이에 키워드로 보이는 문자가 새겨져 있기는 한데, 왕도의 학자들도 좀처럼 해독하지 못하고 있어요……."

아이리스는 목에 건 목걸이의 뒷면을 보여줬다.

거기에는 아이리스가 말한 것처럼 문자가 새겨져—.

"어? 이건 일본어잖아. 『네 것은 내 것. 내 것은 네 것. 네가 되어라~!』…… 누가 이딴 걸 키워드로 정한 거야?! 사람을 바보 취급 하는 거 아냐?"

잠깐만, 이 대충 지은 티가 풀풀 나는 키워드—.

이 신기를 일본인에게 줬을 그 녀석이 의심스러웠다.

"어? 저, 저기, 카즈마. 왕녀님의 목걸이가 반짝이고 있는데요?!"

"오, 오라버니?! 혹시, 마도구의 힘이 발동되는 것 아닐까요……?!"

"뭐? 자, 잠깐만, 그거 버려! 아이리스, 빨리 그걸 벗어서 창밖으로 던져!"

내가 허둥지둥 아이리스에게서 목걸이를 벗기려고 한 순간, 목걸이의 중앙에 박힌 마석이 섬광을 뿜으면서—!

"……응? 아무 일도 안 일어났네요."

메구밍의 목소리가 들려오자 나는 무심코 감고 있던 눈을 떴다.

그러자 눈앞에 내가 있었다.

앞으로 손을 뻗은 채 경악에 찬 표정을 짓고 있는 내가 내 쪽을 뚫어져라 쳐다보고 있었다.

"언제까지 서로를 응시하고 있을 거죠? 아까도 말했다시피 제가 있다는 걸 잊지 말아달라고요."

이상 사태가 발생했는데도 불구하고, 메구밍은 어이없다는 투로 그렇게 말하면서 한숨을―.

"뭐가 아무 일도 안 일어났다는 거야, 메구밍! 완전 큰일이 벌어졌다고!"

"가, 갑자기 뭐하는 거죠? 제가 언니이니까 함부로 반말을 하지 마세요, 왕녀님. 카즈마를 오라버니라고 부르니까, 저는 『메구밍 언니』 혹은 『언니』라고 불러 주세요. ……그리고 그런 말투는 쓰지 않는 편이 좋을 거예요. 클레어라는 사람한테서 왕녀님이 카즈마에게 악영향을 받고 있다는 이야기는 들었지만, 이미 손쓰기에는 늦은 것 같네요."

메구밍은 어찌된 영문인지 불쌍한 애라도 쳐다보는 눈길로 나를 쳐다보았다.

바로 그때, 눈앞에 있는 내가 머뭇거리면서 손을 들더니―.

"저, 저기……. 제가 아이리스인데요……."

이 자리에 있는 모두가 침묵에 잠겼다.

“……나나나나, 나, 지금 아이리스가 된 거야?! 그렇게 된 거냐고! 아아아아앗! 진짜다아아아아앗! 드레스야! 나, 하늘거리는 드레스를 입고 있어! 맙소사, 자는 사이에 누가 나한테 여장이라도 시킨 것 같아!”

“오라버니?! 제 안에 있는 사람은 오라버니인가요?! 오라버니, 그런 조신하지 못한 행동은 하지 마세요!”

“그, 그렇지만, 아이리스의 옷차림에는 문제가 많다고! 치마가 이렇게 불안한 옷이었어?! 하반신이 완전 허전하네! 여자들은 정말 대단해! 이런 무방비한 옷차림으로 길거리를 돌아다니는구나!”

내가 드레스자락을 펄럭이자 나, 아니, 내가 된 아이리스가 울먹거리면서 매달렸다.

“오라버니, 안 돼요! 더는 안 된다고요! 그만 하세요!”

“당신이야말로 그만해요! 뭐가 어떻게 된 건지 감은 오지만, 그 모습으로 스커트를 펄럭이는 카즈마에게 매달리니, 보는 사람 입장에서는 문제가 너무 많다고요!”

바로 그때, 누군가가 문을 두드렸다.

“아이리스 님?! 아까부터 비명이 들립니다만, 무슨 일 있습니까?!”

그 뒤를 이어 클레어의 목소리가 들려왔다.

그녀는 아이리스를 호위하기 위해 방밖에서 대기하고 있는 것 같았다.

나는 클레어가 방 안에 들어오는 걸 막기 위해 문을 막아서면서 말했다.

"크, 클레어, 아무것도 아니에요! 오라버니와 이야기를 하다 조금 흥분한 것뿐이랍니다!"

"그, 그런가요? 그럼 다행입니다만, 그 남자와 너무 오랫동안 이야기를 하진 마십시오. 또 이상한 소리를 할지도 모르니까요."

"저, 저는 괜찮답니다. 계속 경호에 힘써 주세요!"

문 너머에 있는 클레어에게 그렇게 말한 나는 드레스 차림으로 여자 말투를 사용하면서 묘한 감각을 맛봤다. 그리고 문에 기댄 채, 그대로 무너지듯 주저앉았다.

—방 중앙에 셋이서 동그랗게 둘러앉은 우리는 현재 일어난 일에 대해 생각했다.

"자, 이제 어떻게 하지? 나는 앞으로 미소녀로서 사는 것도 나쁘지 않지만, 태어나서 지금까지 쭉 함께 해온 내 몸도 버리기 아까워. 어떻게 하면 원래대로 돌아갈 수 있을까?"

"방금 은근슬쩍 무시무시한 소리를 했네요. 그것보다 두 사람 다 이상한 곳은 없나요? 몸 어딘가가 아프다든가, 기분이 좋지 않다든가요."

"저는 아무렇지도 않아요. 굳이 꼽자면, 저기……. 남성의 몸은 큼지막하고 힘이 넘치네요. 이대로 모험을 떠나고 싶은 기분이랍니다."

"왕녀님. 죄송한데 그 얼굴로 그런 말투를 쓰지는 말아줬으면 좋겠어요……."

메구밍은 아이리스를 향해 울상을 지으면서 말했다.

"하지만 골치 아프게 됐네. 아까 그 키워드를 또 말해봤지만 목걸이가 빛나기만 할 뿐 다시 원래대로 돌아가지 않는 걸 보면……."

또 목걸이의 힘을 발동시켜봤지만 두 사람이 다시 바뀌지는 않았다.

"이 상태를 해제하는 키워드 같은 게 따로 있는 걸까요. 하지만 서로의 몸을 바꾸다니, 정말 엄청난 물건이네요. 이렇게 강력한 마도구는 본 적도 들은 적도 없어요."

메구밍이 그렇게 말하자 아이리스는 고개를 푹 숙인 채 입을 열었다.

"어쩌죠……. 이대로 되돌아가지 못하는 걸까요? 저는 이대로 모험가로서 살아야 하는 걸까요……. 성에서 쫓겨나 자유분방한 모험가로서……. 신뢰할 수 있는 모험가들과 함께, 제 앞을 막아서는 몬스터들을 차례차례 쓰러뜨리면서, 아직 가보지 못한 마을을 향해 여행을……! 오라버니, 어쩌죠?! 저는 원래대로 돌아가지 못해도 상관없을 것 같아요!"

"왕녀님, 진정하세요! 당신 지금 엄청 바보 같은 소리를 하고 있다고요!"

아이리스는 푹 숙이고 있던 고개를 느닷없이 치켜들더니 환한 표정을 지으며 그렇게 외쳤다. 아이리스는 저렇게 말했지만 이대로 있을 수는 없었다.

이 마도구의 힘이 일종의 저주라면 아쿠아가 풀 수 있을지도—.

……아쿠아를 떠올린 순간, 생각났다.

그렇다. 몸을 바꾸는 마도구는 아쿠아가 일본인에게 준 신기인 것이다……!

"걱정하지 마! 이 마도구의 정체를 알았어! 이건 신기야. 이 신기를 하사받은 정식 소유자 이외의 누군가가 이걸 썼을 때는 효과가 영원히 지속되지 않아. 이 상태가 얼마나 가는지는 모르지만, 쭉 이 상태가 유지되지는 않을 거야."

메구밍은 내 말을 듣더니 안도의 한숨을 내쉬었다.

아이리스는 왠지 표정이 밝지 않았다.

"그러니까 이대로 얌전히 있으면 원래대로 되돌아갈 거야. 밤에 열리는 승전 파티 전에 되돌아가면 좋겠지만……."

내가 침대로 이동해서 파티 때까지 잠이나 잘까 생각한 바로 그 순간…….

"오, 오라버니! 저기……, 부탁이 있어요!"

아이리스는 무릎을 꿇더니 진지한 표정으로 말했다.

아이리스가 내 몸으로 저러고 있으니 왠지 내가 괴롭힘을 당하고 있는 것 같았다. 그러니 그만 좀 해줬으면 좋겠다.

"왜, 왜 그래? ……아하. 아이리스도 남자의 몸에 흥미가 있는 거구나? 어이어이, 내 몸을 멋대로 가지고 놀지 말라고."

"그, 그런 짓 안 해요! 오라버니야말로 제 몸에 이상한 짓 안 할 거죠?! ……저, 저기, 딱 한 번만이라도 좋으니, 신하들을 데리지 않고 성 밖에 나가보고 싶어요……."

아이리스는 혼나는 것을 두려워하는 어린애처럼 머뭇거리면서 나를 올려다보았다.

평소에는 항상 신하가 따라다니기 때문에 자신이 태어나서 자란 마을을 제대로 둘러본 적이 없으리라.

설령 둘러볼 기회가 있다 하더라도 호위를 대동하고 있을 때는 가게들도 마음 편히 살펴볼 수 없을 것이다.

하지만 지금 모습으로는 당당하게 성 밖을 돌아다닐 수 있다.

……하지만 세상 물정 모르는 아이리스를 혼자 보내도 괜찮을까?

내가 대답을 못하자 지금까지 입을 다물고 있던 메구밍이 한숨을 내쉬었다.

"하아, 어쩔 수 없죠. 지금 상태의 카즈마가 따라갈 수는 없을 테니, 제가 같이 가겠어요. 아, 걱정하지 마세요. 저는 신하들처럼 잔소리를 할 생각은 없어요. 마음에 안 드는 상대에게 싸움을 걸어도 지켜보기만 할 거예요."

"그럴 때는 말려! 너 대체 뭐 하려고 따라가는 건데?!"

아이리스는 환한 표정을 지으며 벌떡 일어났다.

"그럼 가요, 언니!"

"저, 저기……. 아까 제 입으로 언니라고 부르라고 해놓고 이런 소리를 하는 것은 좀 그렇지만, 역시 메구밍이라고 불러주세요……."

……이 녀석에게 호위를 맡겨도 괜찮으려나.

"메구밍 씨, 잘 부탁해요!"

"맡겨만 주세요. 제가 물건 값을 팍팍 깎는 법부터 남이 걸어온 싸움을 받아주는 방법까지 다 가르쳐줄게요."

진짜로 괜찮으려나!

6

아이리스와 메구밍을 배웅한 후, 나는 클레어와 함께 성 안을 걸어 다니고 있었다.

두 사람이 성 밖으로 나갔는데 왕녀가 혼자 내 방에 있는 것도 이상할 것이다.

아이리스와 메구밍이 무사히 돌아올 때까지 적당히 시간을 죽이고 있을 생각이었는데…….

다들 당당히 걷고 있는 나를 향해 고개를 숙였다.

그리고 나는 거만하게 고개만 까딱했다.

우와, 이거 기분 좋네. 중독될 것 같아.

"……아이리스 님, 그 남자의 방에서 무슨 일이 있었습니까? 아까부터 분위기가……. 혹시 또 이상한 소리를 하던가요?"

내 뒤편에서 걷고 있는 클레어가 무례하기 그지없는 소리를 했다.

"클레어, 카즈마 님은 그러실 분이 아니에요. 그 분은 정말 대단하신 분이세요. 분명 머지 않아 이 나라의 교과서에 그 분의 이름이 실릴 거예요."

"아이리스 님, 도대체 무슨 이야기를 들은 겁니까?! 역시 서둘러 그 남자를 처리하는 편이 좋을 것 같군요……."

본인의 등 뒤에서 그런 무시무시한 소리를 하지 말았으면 좋겠다.

성안을 어슬렁거리다 보니 곳곳에 있는 모험가들이 눈에 들어왔다.

밤에 열리는 승전 파티에 참가하기 위해 성안에서 시간을 죽이고 있는 것이리라.

유심히 보니 거기 있는 이들은 이번 전투에서 특히 활약한 이들이었다.

머리카락과 눈동자가 검은색인 사람들이 많았다. 아마 나와 마찬가지로 일본인이리라.

같은 고향 출신인 그들과 이야기를 나누고 싶었지만 지금 모습으로는 무리였다.

"아, 아이리스 님과 클레어 씨 아닙니까."

그들 중에서 눈에 익은 모험가가 말을 걸어왔다.

그 모험가를 본 클레어는 반가운 목소리로 말했다.

"아, 미츠루기 님. 이번에도 멋지게 활약하셨다고 들었습니다! 항상 위험하기 그지없는 최전방에서 싸워주시는 당신께는 매번 감사드리고 있습니다."

말을 걸어온 모험가는 바로 미츠루기였다.

미츠루기는 상큼하기 그지없는 미남 스마일을 지었다.

"아뇨, 그 정도는 별것 아닙니다. 게다가 이 나라의 사람들과 아이리스 님을 지키는 것이야말로 제 사명이라고 생각합니다."

그렇게 말한 미츠루기는 내 머리에 손을 얹더니 상냥하게 쓰다듬었다.

"클레어. 함부로 제 머리를 쓰다듬은 이 남자를 사형에 처하세요."

"예엣?!"

"아이리스 님, 아까부터 정말 이상하시군요. 대체 어떻게 되신 겁니까?!"

이 녀석은 분명 여러 여자애들 상대로 머리를 쓰다듬어 주거나 미소를 지어 보이면서, 무의식중에 공략하고 있는 게 틀림없다.

천연 바람둥이인 미츠루기와 헤어진 후, 나는 계속 성안을 탐색했다.

내가 성안을 어슬렁거리는 데에는 이유가 있었다.

"저기, 클레어. 라라티나는 어디 있죠? 여러모로 괴롭히……는 게 아니라, 이번 전투에서 활약한 그녀를 직접 치하해 주고 싶군요."

"더스티네스 경이라면 전투 도중에 화염 마법을 맞고 그을음투성이가 되었기 때문에, 지금 목욕을……."

"클레어, 빨리 안내하세요! 제가 그녀의 등을 씻겨 주겠어요!"

"아이리스 님?! 정말 어떻게 되신 겁니까? 왕족이 신하인 귀족의 등을 씻겨 준다니, 아무리 그 상대가 더스티네스 님일지라도……."

"평소 저 때문에 고생하는 클레어의 등도 제가 감사의 마음을 담아 씻겨 주겠어요. 싫은가요?"

"당치도 않습니다, 아이리스 님! 가시죠! 자, 빨리 가시죠!"

평소 아이리스에게 지나칠 정도로 충성하던 클레어는 약간 위험해 보이는 표정으로 앞장섰다.

목욕탕 탈의실에 들어간 우리는 이미 목욕을 마친 듯한 다크니스와 딱 마주쳤다.

아쉽게도 그녀는 이미 옷을 다 입은 상태였다.

"아이리스 님, 이런 곳에서 뵙는군요. 혹시 파티 전에 몸을 정갈하게 하러 오신 겁니까?"

다크니스는 수건으로 머리카락을 닦으면서 미소 지었다.

"아뇨. 이번 전투에서 대활약한 라라티나의 등을 씻겨 주고 싶어서……. 하지만 한발 늦은 것 같군요. 아쉬워요……."

내가 그렇게 말하면서 고개를 푹 숙이자 다크니스는 당황했다.

"아, 아뇨! 아이리스 님의 호의를 헛되이 할 수야 없습니다! 아직 시간이 있으니 함께 목욕하시죠!"

다크니스는 그렇게 말하면서 다시 옷을 벗었다.

"다크……! 라, 라라티나, 잠깐만. 나는 아직 마음의 준비가 안 되었으니까, 눈앞에서 훌렁훌렁 옷을 벗는 건 좀……!"

"아, 아이리스 님, 왜 그러시죠? 얼굴이 붉어지신 것 같습니다만……."

옷을 벗다 만 다크니스는 걱정스러운 표정으로 나를 쳐다보았다.

얼굴이 가까운 데다 속옷도 보였……, 앗, 이 녀석, 브래지어를 안 한 것 같네!

맞다. 파티에서 드레스를 입어야 하니 브래지어를 하면 속옷 라인이 드러나는 구나!

내가 다크니스를 뚫어져라 쳐다보고 있자, 어느새 옷을 벗고 수건 한 장만 걸친 클레어도 걱정스러운 표정으로 나를 쳐다보았다.

"아이리스 님, 몸이 좋지 않으십니까? 그러고 보니 아까부터 평소와 달라 보입니다만……."

클레어는 그렇게 말하면서 약간 서늘한 두 손을 내 볼에…….

……이 순간, 나는 이해했다.

나보다 먼저 일본에서 이 세상에 전생한 사람이 이 신기를 고른 이유를 말이다.

원래대로 되돌아간다면, 아이리스가 비누 냄새 같은 것으로 내가 목욕했다는 사실을 알아챌지도 모른다. 하지만 그딴 나중 일 같은 건 이제 내가 알바 아니다.

일본의 위대한 선현들께서는 말씀하셨다.

내일 일은 내일 생각하라, 고 말이다.

행운의 여신 에리스 님. 제가 강한 행운을 타고 나게 해주신 걸, 진심으로 감사드립니다…….

반라의 미녀 두 명에게 둘러싸인 채 기도를 드린 후, 내가 걸치고 있는 드레스를 향해 손을 뻗은 순간…….

느닷없이, 의식이 멀어졌—.

"—좋다. 이 자식, 형님에게 그딴 소리를 한 대가를 톡톡히 치르게 해주마!"

"이, 이 녀석, 감히 형님한테 그딴 소리를 해?! 형님이 완전 충격 받았잖아!"

"머, 멍청한 소리 하지 마! 딱히 충격 받은 건 아니라고! 이렇게 심한 독설을 들은 건 처음이라 조금 놀란 것뿐이다!"

내 눈앞에는 인상 나쁜 삼인조 남성이 서 있었다.

……에리스 님, 천국 코앞에서 지옥으로 떨어뜨리는 건 너무하잖아요.

7

"바로 그거예요! 말 한번 잘했어요! 그럼 마지막으로 멋들어진 대사를 날려주죠! 「……자, 잡담 시간은 끝났어. 나도 시간이 남아도는 사람은 아니거든. 너희는 이 자리에서 내 경험치가 되어줘야겠다……!」라는 말을 하면 합격이에요. 그 다음에는 이 녀석들을 마구 두들겨 패주세요!"

내 등 뒤에 있는 메구밍이 흥분한 목소리로 그렇게 말했다.

……잠깐만. 뭐야? 대체 뭐가 어떻게 된 거냐고.

원래대로 되돌아온 건 좋지만 아이리스와 메구밍은 대체 무슨 짓을 하고 있었던 거야? 까딱 하면 싸움이 벌어질 것 같은 분위기잖아!

"감히 나를 바보 취급하다니……! 작살을 내주마!"

무슨 말을 들은 건지는 모르겠지만 눈물을 글썽거리고 있는 한 남자가 주먹을 치켜들며 나에게 달려들었다.

"으윽?! 이, 이 비겁한 자식! 사람을 업고 있는 사람한테 달려드는 거냐?! 하다못해 이 녀석을 내려놓을 시간이라도 달라고!"

"비겁한 자식?! 이, 이 놈이! 「너희 같은 졸개 상대로 전력을 다할 수야 없지. 이건 핸디캡이다. 그리고 겸사겸사 셋 다 한꺼번에 상대해주겠어」라고 말한 건 너잖아!"

"대체 우리 형님의 얼굴에 얼마나 먹칠을 해야 분이 풀리는 거냐! 대체 우리 형님이 너한테 무슨 짓을 했는데!"

"다 귀찮으니, 이 녀석들 전부 작살을 내버리자고! 느닷없이 남을 양아치라고 부른 대가를 톡톡히 치르게 해주마!"

삼인조는 내가 한 말을 듣더니 더욱 분노하면서 달려들었다.

"카즈마, 원래대로 돌아왔군요! 저도 도울 테니 드레인 터치로 마력을 나눠주세요!"

"애초에 네가 저 녀석들에게 싸움을 걸어서 이딴 상황을 만든 거지?! 네가 알아서 해!"

나는 두들겨 맞은 볼을 문지르면서 메구밍에게 마력을 주입했다—!

"—진짜로 약해빠진 양아치였군요. 뭐, 압도적인 힘을 지닌 제가 상대이니 어쩔 수 없겠지만 말이죠."

"너, 마법사라고는 해도 고레벨 모험가잖아. 일반인을 상대로 전력을 다해 싸우지 말라고."

일단 그 세 사람한테 이긴 후, 구경꾼들이 몰려왔기에 그 자리에서 벗어난 우리는 성으로 향했다.

"실은 왕녀님이 활약했으면 했는데 그 타이밍에 원래대로 되돌아가 버릴 줄은 몰랐어요. 그게 좀 아쉬워요."

"어이, 아이리스에게 무슨 일 있으면 어쩌려고 그래. 연약한 공주님을 싸움에 휘말리게 하지 마."

내가 그렇게 말하자 메구밍은 어이없다는 표정을 지었다.

"무슨 소리를 하는 거예요. 왕족은 강하다고요. 왕가 사람들은 원래 재능을 타고나는 데다, 어릴 적부터 자신의 몸을 지키기 위해 영재교육을 받아요. 그 공주님은 솔직히 말해 카즈마보다 강할걸요? 설령 카즈마의 몸으로 싸우더라도 쉽게 이겼을 거예요."

아하. 그래서 싸움을 벌이려고 한 거구나…….

"그리고 아까 같은 상황에서 저 같은 여자애를 보면 「좋은 여자 데리고 있네. 걔는 우리가 귀여워해 줄 테니까 두고 가」 같은 소리를 하며 시비를 걸어야 정상이잖아요? 그런데 힐끔 쳐다만 보고 말을 걸지 않기에, 근성 없는 놈들이라고 마구 독설을 퍼부어줬죠."

"너야말로 양아치잖아! 죄 없는 사람들에게 시비 걸지 말라고~!"

어, 어쩌지. 돌아가서 사과할까…….

“뭐, 도발한 건 사실이지만 먼저 폭력을 휘두른 건 상대방이잖아요. 만약 재판을 하게 되더라도 이길 수 있으니 걱정하지 마세요. 한 소리 들었다고 바로 폭력을 휘두르는 쪽한테 잘못이 있다고요.”

“평소에 한 소리 들으면 절대 안 참는 네가 그런 소리 하지 말라고! 하아, 정말! 다음에 만나게 되면 사과해야지…….”

내가 골머리를 썩이는 사이, 우리는 어느새 성에 도착했다.

“뭐, 이런저런 일이 있기는 했지만, 왕녀님은 정말 즐거워하셨어요. 노점 음식도 처음 먹어보셨는지 엄청 기뻐하더라고요.”

“으음……. 그럼, 뭐 다행……이라고 봐도 되겠지? 또 나한테 악영향을 받았다는 소리를 하진 않겠지?”

“……카즈마는 왜 그 애한테만 그렇게 무른 거죠? 연하인 점을 비롯해 저와 캐릭터가 많이 겹쳐서 그런지, 미묘하게 불안하네요.”

“너, 너, 얌전한 성격의 고귀한 미소녀와 네가 캐릭터가 겹친다고 주장하는 거야?”

메구밍과 그런 이야기를 나누면서 성문을 통과한 나를…….

완전히 열 받은 상태인 다크니스와 클레어가 좌우로 서서 팔짱을 낀 채 기다리고 있었다.

8

눈에 띄지 않도록 연회장 구석에 있는 나에게 비싸 보이는 술병을 소중히 안아든 아쿠아가 다가왔다.

"저기, 카즈마. 너는 왜 그렇게 바보인 거야? 너는 항상 나를 바보 취급하지만, 지금이라면 딱 잘라 말할 수 있어. 저기, 카즈마 씨는 완전 왕 바보 천치지?"

나는 술병을 보물처럼 안고 있는 바보의 말을 딱 잘라 부정하지 못했다.

"아냐. 나도 처음에는 그런 짓을 할 생각이 없었어. 하지만 뭐랄까……. 성안에 있는 사람들이 나한테 고개를 넙죽넙죽 숙이는 모습을 보니, 왠지 무슨 짓을 해도 용납될 것 같아서……!"

"역시 바보 맞네. 컴퓨터로 『바보』라는 단어를 검색해보면 카즈마의 이름이 가장 먼저 나올 만큼 바보네."

이 녀석이 안고 있는 술병을 확 빼앗아서 울려주고 싶지만 그럴 수 없었다.

내가 원래 몸으로 돌아온 순간, 당연히 아이리스는 욕실 탈의실에 있었을 것이다.

그리고 갑자기 흐트러진 모습을 보이는 아이리스에게 클레어와 다크니스가 자초지종을 물었고—.

"아이리스도 그렇게 화내다니……. 젠장. 이 오빠는 더 이상 살아갈 수 없어……."

"……하아, 오늘은 구석에서 눈에 띠지 않게 조용히 있어. 내가 맛있는 요리를 가지고 올게."

아쿠아가 평소와 달리 상냥하게 대해주자 마음에 난 상처가 아무는 것 같았다.

이러쿵저러쿵 해도 이 녀석은 여신이다. 진짜로 괴로울 때는 믿음직하다니깐…….

원래 몸으로 돌아오기 직전, 내가 뭘 하고 있었는지 안 메구밍은 다크니스와 마찬가지로 나와는 말 한마디 섞지 않았다.

"역시 가장 오랫동안 알고 지낸 녀석답다니깐. 아쿠아의 넓은 마음을 다른 애들도 보고 배웠으면 좋겠어. 그리고 아까부터 신경 쓰인 건데, 네가 들고 있는 그 술은 뭐야? 그러고 보니 어젯밤에 나와 같이 마을을 돌아보면서 좋은 술이 없는지 찾아봤었잖아. 혹시 선물이라도 산거야?"

"실은 말이야. 이 성의 사람들이 우리의 활약을 치하하기 위해 뭔가 특별한 보수를 주고 싶어 하더라구. 혹시 원하는 게 없습니까, 하고 묻던데 다들 바빠 보이지 뭐야. 그래서 내가 파티를 대표해 술을 달라고 했어."

이 녀석, 우리의 보수를 멋대로 정한 거냐.

아쿠아가 가지고 있다간 술병을 깰 것 같았다.

저택에 돌아갈 때까지 내가 대신 맡아둬야겠다고 생각하며 손을 뻗었다.

"어쩔 수 없지. 뭐, 액셀에 돌아가면 다 같이……."

마시자, 라고 말하려 하면서 뻗은 내 손을 아쿠아는 찰싹 소리가 나게 쳐냈다.

"……어이, 뭐하는 거야? 너라면 넘어지면서 깨뜨리거나 두고 가서 모처럼 받은 비싼 술을 날려버릴 게 뻔하잖아. 네가 산 술이라면 그래도 되지만, 그건 우리 활약을 인정받아서 받은 술이라고. 자, 내가 들고 있을 테니까 넘겨."

"싫어. 내가 받았으니까 아무한테도 안 줄 거야. 그리고 이걸 준 사람이 「여러분 모두가 멋지게 활약하셨지만, 그 중에서도 아쿠아 님의 공적이 가장 눈부십니다!」라고 말했단 말이야. 이번에는 내 덕분에 사상자가 나오지 않았다면서 엄청 좋아했어. 그러니까 이 정도 포상은 받아도 된다고 봐."

"어이, 그건 우리 모두가 이룬 노력의 결실 같은 거잖아?! 꽤 비싸 보이는 술이니까 나도…… 앗, 이 녀석!!"

아쿠아는 술병을 꼭 끌어안더니 소중한 술을 빼앗기지 않겠다는 듯 허둥지둥 도망쳤다.

덕분에 나는 혼자가 되고 말았다…….

—회장 곳곳에는 이번 전투에서 활약한 모험가들을 중심으로 사람들이 몰려 있었다.

그리고 그들과 떨어져 있는 귀족들도 이번 전투에 대해 흥겹게 이야기하고 있었다.

"이야 이번 전투는 정말 낙승이었군요! 더스티네스 님이 이끄는 파티가 대활약을 한 덕분이에요!"

"맞습니다! 적의 공격을 홀로 막아내는 더스티네스 경, 대량의 언데드를 손쉽게 정화하고, 그 어떤 중상도 순식간에 치유하는 아쿠아 님, 그리고 후퇴하는 마왕군을 한 방에 쓸어버린 메구밍 님! 이 세 사람이라면 마왕조차도 쓰러뜨릴 수 있지 않으려나요?"

"확실히 그 세 분이라면 마왕과도 대등하게 싸울 수 있겠죠! 그 세 분은 이미 마왕군 간부를 몇 명이나 해치웠다고 들었습니다. 이야, 역시 대단하다고 할까요……."

"게다가 왕국이 자랑하는 마검의 용사, 미츠루기 님도 있지 않습니까! 그가 그 세 분과 힘을 합친다면 마왕조차 압도하는 최고의 파티가 되지 않을까요……? 그의 파티에는 아처와 창을 쓰는 소녀도 있는 걸로 알고 있습니다. 완벽한 밸런스를 갖춘 파티가 되겠군요."

""""오오!""""

어이쿠, 그 편성이라면 한 명만 왕따 당할 것 같은데요?

뭐, 나도 알고는 있었다.

이번에 전혀 활약을 못했을 뿐만 아니라 하필이면 코볼트에게 살해당한 것이다.

그런 나를 향한 시선은 당연히—.

"저 사람이, 바로 그……."

"예. 저 녀석이 클레어 님이 말했던 입만 산……."

"듣자하니 직업은 최약체 직업이라는 모험가에, 레벨도 낮다더군."

"하아, 더스티네스 님도 왜 저런 자를 동료로……."

"아마 아부를 잘하는 남자겠지. 아이리스 님을 꼬드겨서 이 성에서 살 꿍꿍이라던데……."

멋대로 지껄여대기는. 하지만 사실이 섞여 있기 때문에 불평을 할 수가 없었다!

연회장 구석에 멀뚱히 서 있는 나와는 달리, 다른 녀석들은 귀족들뿐만 아니라 모험가들에게도 둘러싸여 칭찬을 듣고 있었다.

메구밍의 주위에는 마법사로 보이는 이들이 몰려 있었다.

그리고 아쿠아의 주변에는 그녀가 상처를 치유해준 사람들이 모여 있었다.

미츠루기는 왕도의 얼굴 마담인지 익숙한 느낌으로 사람들에게 인사를 건네고 있었다.

그의 주위에는 여성들이 많았다.

유심히 보니 메구밍은 칭찬을 너무 들어서 콧대가 하늘을 찌르는 것 같았고, 아쿠아는 여전히 술병을 꼭 안아든 채 다가오는 사람들을 쫓아내고 있었다.

아무래도 그들이 자신의 술을 노리는 줄 알고 경계하는 것 같았다.

그리고—.

"뭐, 이러쿵저러쿵 해도 저 녀석은 알아주는 귀족 가문의 영애가 맞네."

일전의 파티와 달리 오늘은 일반 모험가들도 참가한 승전 파티라서 그런지, 드레스 차림의 다크니스는 왕족이나 일부 상류 귀족과 함께 특별한 테이블에서 환담을 나누고 있었다.

그 주위에는 근위병으로 보이는 이들이 경호를 하고 있어서 도저히 다가갈 수 없었다.

이제 와서 신분의 벽의 느낀 나는 아주 약간 쓸쓸한 기분을 맛봤다.

—바로 그때, 그 테이블에 있는 아이리스와 시선이 마주쳤다.

아이리스는 아까 엄청 화를 냈지만 지금은 나를 향해 쓸쓸한 표정을 짓고 있었다.

내일이 되면 나는 돌아가야만 한다.

마지막으로 보는 것이 아이리스의 화난 얼굴이 아니라 다행이다.

실은 그녀의 미소를 보고 싶었지만…….

"뭐냐. 아직도 이 성에 있었던 것이냐."

외톨이가 된 나에게 누군가가 갑자기 말을 걸었다.

그 사람은 바로 클레어였다. 파티에 흰색 정장 차림으로 참가한 그녀는 한 손에 술잔을 든 채 나를 노려보고 있었다.

이번 전투에서 전혀 도움이 되지 못했을 뿐만 아니라, 아까 나와 아이리스의 몸이 바뀐 사건 탓에 나를 대하는 말투가 처음 만났을 때와는 완전히 달라졌다.

이것도 내 악영향이라고 할 수 있으려나?

"이 파티의 주빈인 더스티네스 경과 다른 분들은 성에 묵어 달라고 하겠지만, 네놈은 돌아가도 된다."

"……아니, 화난 건 이해하거든? 나도 좀 심했다고 생각해. 하지만 마지막에는 좀 상냥하게 대해달라고. 너도 아이리스와 같이 목욕하게 되었다고 좋아했었잖아."

"네, 네 이 놈, 무슨 헛소리를 하는 것이냐! 아이리스 님과 목욕하게 되어서 좋아했다니, 그럴 리가……, 그럴 리가……. 뭐, 그건 이제 됐다. 그 일은 불문에 부치도록 하지."

이 녀석, 아이리스에게 충성 이상의 감정을 품고 있는 게 분명해.

특이한 성적 취향을 지닌 다크니스도 그렇고, 알다프 아저씨도 그렇고, 귀족이라는 녀석들은 왜 하나같이 요 모양 요 꼴인 걸까.

"너는 의적 체포에도 실패하고, 이번에도 그 어떤 공도 세우지 못했다. ……하아, 네놈은 진짜 입만 산 남자구나. 듣자하니 마왕군 간부를 쓰러뜨릴 때, 그들에게 최후의 일격을 날린 건 더스티네스 경과 저 마법사라면서?"

거 되게 신랄하네.

"내 역할은 저 녀석들을 보조하는 거야. 그리고 저 녀석들한테도 결점이 있다고."

"그 결점에 대한 것도 이미 들었다. 하지만 이 나라에서 저 분들을 지원하면 해결될 문제다. 저 분들에게는 미츠루기 님과 파티를 짜달라고 요청할 예정이다. 그러면 마왕 토벌도 무리는 아니겠지. 네놈은 먹고 살기에 충분한 돈이 있다면서? 파티에서 빠진 후, 액셀 마을에서 느긋하게 살아줬으면 좋겠는데 말이다."

이 녀석, 무슨 소리를 하는 거야.

"느긋하게 사는 건 찬성이지만, 멋대로 우리를 떼어내려고 하지 말라고. 일전에도 너와 비슷한 소리를 하던 양아치가 있었는데, 저 녀석들과 파티를 짜더니 울며불며 돌아갔다고. 너희가 저 녀석들에게 맞춰줄 수 있겠어?"

"이번 전투처럼 집단으로 지원하면 된다. 한 가지 분야에 특화된 그녀들의 힘은 대규모 전투에서야말로 큰 힘을 발휘할 수 있지. 그리고 네놈은 그녀들처럼 누구에게도 뒤지지 않는 특기가 있느냐? ……뭐, 잘 생각해봐라. 아무튼, 네놈이 미츠루기 님이나 그녀들보다 뛰어난 능력을 발휘할 수 있다면 내 이야기를 듣고 코웃음을 쳐도 된다."

내가 코볼트에게 맞아죽은 당일에 실력 발휘를 해보라고 말하는 이 사디스트는 여자는 어떻게 되어먹은 걸까.

뭐, 좋아. 이딴 성에 더 있을 것 같냐고! 나는 돌아갈 거야!

……아, 맞다.

"그것보다 아이리스가 걸고 있던 그 목걸이는 어떻게 됐어? 그런 걸 하고 다니게 두지 말라고. 그건 신기 같거든. 내 동료인 아쿠아에게 주면 봉인해줄 거야. 그러니까 그 녀석에게 맡겨 주지 않겠어?"

내가 충고를 하자 클레어는 뜻밖의 말을 했다.

"그럴 수는 없다. 그건 원래 제1왕자인 저티스 님에게 바쳐진 헌상품이다. 아직 저티스 님께서 돌아오시지 않았으니, 멋대로 처분할 수 없지. ……그리고 짧은 시간 동안만 몸이 바뀌는 신기이니, 그렇게 위험하지는 않을 텐데?"

클레어는 그렇게 말하더니 얼굴을 살짝 붉히면서 고개를 돌렸다.

……이 녀석, 오늘 소동 덕분에 그쪽 취향에 눈뜬 것 같았다.

뭐, 괜찮겠지. 키워드만 입에 담지 않는다면 평범한 장식품이니까 말이야.

게다가 몸이 바뀌는 시간 또한 매우 짧다.

바로 그때, 클레어가 옅은 웃음을 머금으면서 말했다.

"그것보다 네놈은 내일 안으로 왕도를 떠나줘야겠다. 이 왕도는 너를 필요로 하지 않는다. 어떻게든 왕도에 남으려 한다면 힘으로라도 쫓아내주마. 뭐, 오늘은 파티를 계속 즐기도록. ……네가 이 승전 파티를 즐길만한 공적을 쌓았다면 말이야."

9

울면서 여관으로 돌아온 나는 어두운 방안에서 홀로 분통을 터뜨려댔다.

"분해 죽겠네! 그 여자, 대체 뭐야? 끝까지 밉살스러운 소리만 해대기는! 아니 뭐, 나도 잘못했지만 말이야! 오히려 내 잘못이 더 크기는 해!!"

다크니스 일행은 사람들이 한사코 놔주지 않아서 끝까지 파티에 참가한 후, 성에서 묵기로 한 것 같았다.

……그 녀석들, 진짜로 미츠루기네 파티에 가겠다고 하지는 않겠지?

이 소외감은 대체 뭐지.

지금까지는 빨리 그 녀석들을 떨쳐낸 후, 제대로 된 파티에 들어가고 싶었다. 하지만 실제로 그렇게 될지도 모른다는 생각이 들자, 왠지 불안이…….

젠장, 될 대로 되라고!

액셀에 돌아가서 실비아 토벌 상금과 바닐에게 받을 보수로 놀고먹어 주겠어!

마을에 돌아가면 우선 뭘 할까.

놀고먹는다고 해도 매일같이 잠만 퍼질러 잔다면 금방 질릴 것이다.

그러고 보니 이 세계에는 게임도 컴퓨터도 없잖아.

아, 그러고 보니 아쿠아가 홍마의 마을에서 게임기를 가지고 왔었지.

좋아. 그걸 강탈해서, 게임 삼매경에 빠져 살자고…….

나는 그런 생각을 하다 퍼뜩 깨달았다.

……아이리스와 그 게임으로 결판을 내지 못했구나…….

아이리스를 떠올린 바람에 잠들지 못한 내가 끙끙 앓고 있던 바로 그때였다.

누군가가 이 방의 창문을 두드렸다.

—창밖을 보니 그 녀석은 아무렇지도 않게 2층 창틀 끝에 서 있었다.

달빛을 받으며 그곳에 서 있는 이는 은색 머리카락을 지닌 도적 아가씨였다.

내가 창문을 열자 크리스는 방안으로 들어왔다.

"안녕. 승전 파티에서 꽤 일찍 돌아왔네."

크리스는 말은 그렇게 했지만 전부 다 꿰뚫어 보는 듯한 미소를 지었다. 아니, 그녀는 이미 뭐가 어떻게 된 것인지 전부 알고 있으리라.

신기에 대해서 알고 있을 뿐만 아니라, 오늘 파티에서 있었던 일까지 알고 있다니 정말 엄청난 정보통이었다.

어쩌면 도적만이 소속 가능하다는 도적 길드 같은 것이 존재할지도 모른다.

"몇 번을 오든 대답은 같거든? 일단 손에 넣은 정보는 알려줄게. 성에는 타인과 몸을 바꿔 주는 신기가 있었어. 하지만 몸이 바뀌는 건 매우 짧은 시간 동안만이야. 그러니 몬스터를 소환하는 마도구와는 다르게 그렇게 위험하지 않다고 생각해."

나는 침대에 드러누우면서 그렇게 말한 후, 삐친 것처럼 돌아누웠다.

부탁이니까 오늘 밤만큼은 아이리스와의 추억에 잠기게 해줬으면 좋겠다.

죽었을 때 에리스 님도 나한테 부탁했지만 도저히 의욕이 나지 않았다.

반쯤 움츠러든 내 등을 쳐다보며—.

"실은 말이야. 그 마도구로 몸이 바뀐 상태에서 한쪽이 죽으면, 원래대로 돌아갈 수 없어."

크리스는 별것 아닌 이야기를 하듯 그런 소리를—.

"……어이. 지금 뭐라고 했어?"

나는 침대에서 벌떡 일어나며 크리스에게 되물었다.

당황한 나를 본 크리스는 작게 웃었다.

"그 마도구는 쓰기에 따라서 영원한 생명도 손에 넣을 수 있는 엄청난 물건이야. 자신의 육체가 완전히 노쇠해지면, 젊고 건강한 사람과 몸을 바꾼 후 상대를 죽여 버리면 되거든. 몸을 바꾸기 전에 자신의 재산을 넘겨준다면 더 좋겠지."

그리고 당치도 않은 소리를 했다.

……확실히 그런 힘을 지녔다면 신기라고 해도 과언이 아니다.

하지만 현재 그 신기의 진짜 힘을 알고 있는 사람은 나와 크리스뿐이다.

이대로 놔두어도, 이 사실을 아무도 모른다면 악용되는 일은 없지 않을까?

"그 마도구 말이야. 원래 어느 귀족이 구입했었어."

크리스는 내가 어떤 생각을 하는지 안다는 것처럼 차분한 목소리로 말했다.

"그런데 말이야. 어느새 왕녀님이 그걸 가지고 있는 거야. ……이상하지? 대체 누가 어떤 목적으로 그걸 왕족에게 바친 걸까?"

……그 목적이야 뻔했다.

이 나라의 최고 권력자와 몸을 바꾸기 위해서다…….

"어이, 그렇게 되면 완전 큰일이잖아. 빨리 이 나라의 높은 사람에게 보고해야 해……!"

내가 그렇게 말하자 크리스는 슬픈 표정을 지으며 고개를 저었다.

“그러지 않는 편이 좋을 거야. 사람들이 이 신기가 그런 힘을 지녔다는 걸 알면 어떻게 할 것 같아? 분명 이 나라의 귀족들이 신기를 노릴 게 뻔해. ……그 뿐만 아니라 왕족이 신기를 악용할 수도 있어. 권력자일수록 영원한 생명을 원하는 법이거든.”

내가 아무 말도 못하자—.

“이 이야기를 너한테 해준 건, 너라면 신기를 악용하지 않을 거라고 생각했기 때문이야.”

딱히 친한 사이가 아닌데도 어째서 이 녀석은 나를 신용하는 걸까.

뭐, 나는 그런 걸 악용할 배짱이 없다.

아이리스와 뒤바뀌었을 때도 이성과 목욕을 하려고만 했다.

……어. 나도 꽤 악용하는 것 같은데…….

여전히 침묵을 지키고 나를 향해—.

“저기, 너는 왕녀님의 놀이 상대지?”

달빛을 배경 삼으며 다시 창가에 선 크리스가 웃으면서 말했다.

“지금부터 왕녀님의 방에 놀러가지 않을래?”

제5장 이 지긋지긋한 계략에 종지부를!

1

나와 크리스는 밤의 어둠에 휩싸인 왕도 안을 지나 성으로 향했다.

크리스의 말에 따르면 오늘 밤이 성에 침입하기 가장 좋은 날이라고 했다.

마왕군에게 압승해서 들뜬 병사들이 오늘은 느슨해졌을 것이기 때문이다.

"저기, 그거 뭐야? 꽤 멋지네. 대체 어디서 난 거야?"

검은 천으로 입가를 가린 크리스가 내 모습을 쳐다보면서 말했다.

"이건 액셀 마을에 있는 마도구점의 수상한 점원에게서 받은 거야. 이래 봬도 히트 상품이라더라고."

만약 들켰을 때를 대비해, 나는 정체를 감추려고 바닐에게 받은 가면을 쓰고 있었다.

"뭐~? 나도 그거 하나 가지고 싶네. 그 수상한 점원은 어떤 사람이야?"

"어떤 사람……? ……쓰레기장을 어지럽히는 까마귀를 자주 쫓아내서 인근 아주머니들에게 까마귀 슬레이어 바닐 씨라고 불리는 것 같더라고."

"흐음, 좋은 사람이네! 나도 꼭 한번 만나보고 싶어!"

실제로 만나보면 질릴 것 같은데 말이야.

그리고 그 악마가 경건한 에리스 교도인 크리스와 만나게 된다면 당치도 않은 일이 벌어질 것 같았다.

우리의 목적은 성에 침입해서 아이리스의 목걸이를 훔치는 것이다.

태어나서 지금까지, 성희롱 외에는 노상방뇨와 신호 무시 같은 범죄만 저지른 내가 이런 범죄다운 범죄를 저지르게 되니 솔직히 긴장했다.

누군가를 상처 입힐 생각은 없고 그럴 배짱도 없기에 검은 여관에 두고 왔다.

몸을 가볍게 해서 잽싸게 도망칠 수 있도록 가슴 갑옷도 벗었으며, 어둠 속에 조금이라도 더 녹아들 수 있도록 검은색 옷을 입었다.

활은 침입에 이용할 수 있을 것 같아서 가지고 왔지만…….

이윽고 걸음을 멈춘 크리스는 약간 떨어진 곳에 있는 성을 올려다보았다.

"그럼 똘마니 군? 준비는 됐어?"

"물론이지, 왕초."

"""…………."""

"저기, 왕초라고 부르지는 말아줬으면 하는데."

"그럼 나를 똘마니라고 부르지 마. 대체 왜 내가 부하 취급을 당하는 거냐고."

우리는 건물 뒤편에 숨은 채 소곤소곤 이야기를 나눴다.

"그야 내 직업은 도적이라구. 본업이란 말이야. 하지만 네 직업은 모험가잖아?"

"그렇지만 암시 스킬인 천리안을 지닌 내가 도적질에 적합할 걸? 실력으로 본다면 내가 두목이야."

성 안에서 서로를 이름으로 부를 수도 없었다.

그래서 아까부터 호칭을 정하려고 했는데—.

"하지만 이 왕도에서 의적으로 알려져 있는 건 나야! 이대로는 절대 결판이 나지 않을 것 같으니까 승부로 정하자!"

"승부? 그럼 도적에게는 운도 필요하잖아. 가위 바위 보로 승부하는 건 어때?"

내 유일한 장점은 운이 좋다는 것이다.

그리고 크리스도 내 스테이터스까지는 알지 못했다.

"가위 바위 보? 좋아, 그걸로 하자! 그러고 보니 전에 너한테 스틸 승부로 진 적이 있잖아. 오늘 그때 진 빚을 갚아주겠어!"

"후후, 걸려들었구나, 크리스! 나는 가위 바위 보로는 단 한 번도 져본 적이 없다고! 그럼 간다! 가위 바위……!"

"—우선 성에 잠입부터 해야겠지? 조수 군."

"물론입죠, 두목. 이래 봬도 한동안 성에서 백수 짓거리를 했었거든. 틈만 나면 이곳저곳 돌아다니다 보니 성의 구조를 대충 알고 있어. 안내는 나한테 맡겨."

태어나서 처음으로 가위 바위 보로 졌다.

행운의 여신을 숭배하는 에리스 교도의 운도 정말 좋은 것 같았다.

서로 여러모로 타협한 결과, 호칭은 두목과 조수 군으로 정해졌다.

우리는 문지기가 있는 정문을 피해 성벽 쪽으로 이동했다.

"조수 군. 여기서 어떻게 침입할 거야? 이 성의 성벽은 엄청 높다구. 건물 3층 높이는 될 거야. 솔직히 말해 이 크리스 님도 여기로는……."

크리스가 말을 끝내기도 전에 나는 활에 화살을 걸었다.

"『저격』!"

그리고 일전에 디스트로이어와 싸울 때 썼던 갈고리와 로프가 달린 화살을 쐈다.

스킬을 사용해 쏜 갈고리가 성벽 가장자리에 걸렸다.

갈고리가 제대로 걸렸는지 확인하기 위해 내가 로프를 당겨보고 있을 때, 크리스가 어안이 벙벙한 표정을 지으며 말했다.

“조수 군은 여러모로 쓸모가 있네. 모험가를 관두면 나와 함께 악덕귀족 전문 도적단을 결성하지 않을래?”

“모아둔 돈을 다 써서 먹고 살기 힘들어지면 한번 생각해 볼게. ……좋아, 가자!”

2

지금 시간은 오전 한두 시 정도일까.

성안에 불이 켜진 방이 없는 걸 보면 다들 잠든 것 같았다.

“여기서부터는 내가 앞장서는 편이 좋을 것 같네. 암시로 주위를 살피면서 천천히 나아갈 테니까, 두목은 나를 따라와.”

“알았어, 조수 군.”

우리의 현재 성의 안뜰에 있었다.

참고로 목적지인 아이리스의 방은 이 성의 최상층에 있다.

그리고 나는 안뜰에서 성 내부로 이어지는 문 앞에서 최초의 난관에 부딪히고 말았다.

“두목, 큰일 났어요. 문이 잠겨있다고요.”

“내가 나설 차례네. 자물쇠 따기 스킬이 빛을 발할 때가 됐어.”

크리스는 문 앞에서 몸을 웅크리더니, 귀이개 같은 물건을 두 개 꺼내 열쇠 구멍에 집어넣고 이리저리 움직여댔다.

이윽고 찰칵 하는 소리가 나더니 문이 열렸다.

역시 진짜배기 도적이다. 나도 스킬 포인트에 여유가 있으니 이 스킬을 익혀둘까.

우리는 성안으로 침입한 후, 어둠 속을 나아갔다.

물론 내가 앞장을 섰고 크리스가 내 뒤를 졸졸 따라왔다.

현재 성안을 순찰하는 병사도 없었다.

운이 나쁜 아쿠아만 없어도 이렇게 매사가 순조롭구나.

"아, 누가 다가오고 있네. 적 탐지 스킬이 반응을 보였어."

"조수 군, 저쪽에 숨자. 잠복 스킬을 쓰는 걸 깜빡하지 마."

우리가 몸을 숨긴 순간, 뚜벅뚜벅 하고 발소리가 들려왔다.

아마 순찰을 담당하는 이들 같았다.

"저, 저기, 조수 군? 왜 이렇게 찰싹 달라붙는 거야? 잠복 스킬을 썼으니까 이렇게까지 안 해도 들키지 않을 거라구!"

"방심은 금물이에요, 두목. 자, 더 구석으로 붙으세요. 빨리요."

나는 크리스를 구석으로 밀어 넣으면서 그녀와 몸을 맞댔다.

"조수 군, 너무 붙은 것 같은데?!"

"두목, 신기를 탈환해서 이 세상을 평화롭게 만들기 위해서는 이럴 수밖에 없어요. 참으세요!"

우리가 낮은 목소리로 말다툼을 벌이자 순찰을 돌던 병사가 걸음을 멈췄다.

"……거기 누구 있어?"

병사는 그렇게 말하면서 랜턴의 불빛으로 우리 쪽을 비췄지만 잠복 스킬 덕분에 들키지 않았다.

"기분 탓인가……."

병사가 다시 순찰을 재개하자 우리는 안도의 한숨을 내쉬었다.

"하아, 두목, 아까 제가 방심은 금물이라고 했잖아요. 제 말 안 들었으면 방금 들켰을 거예요."

"잠깐만, 네가 나한테 말을 걸지 않았으면 그 병사의 주의가 이쪽으로 쏠리지 않았을걸?! 게다가 나한테 성희롱을 했다간 머지않아 여신 에리스의 천벌을 받게 될 거야!"

맞다. 그러고 보니 에리스 님이 보고 계셨지.

요즘 들어 나 스스로도 문제라고 생각할 정도로 본능에 따라 행동하고 있었다.

조금은 자중해야겠다.

—넓은 성안을 나아간 우리는 이윽고 2층으로 이어지는 계단에 도착했다.

아이리스의 방은 최상층에 있었다.

그곳으로 향하려고 한 순간, 크리스는 내 소매를 잡아당겼다.

"저기, 조수 군. 가능하면 이 성의 보물고에도 들리고 싶어. 전에 말했지? 현재 왕도에는 신기가 두 개 있다고 말이야. 몬스터를 조종하는 신기도 이 성에 있을지 몰라. 솔직히 말하자면 알다프라는 사람의 저택과 이 성에서만 엄청난 보물의 기운이 느껴졌다구."

알다프의 저택에서는 아쿠아의 날개옷이 반응했을 것이다. 그러니 이 성에 두 개의 신기가 다 있다고 생각하는 건가.

"보물고는 2층에 있어. 이 계단 바로 앞이지. 보초도 없어. 대신 강력한 결계가 쳐져 있고 함정도 설치되어 있다던데……."

"그거라면 걱정하지 마. 나한테 다 방법이 있거든."

우리는 계단을 올라가서 목적지인 보물고로 향했다.

보물고 입구에서는 마력이 변변찮은 내 눈에도 보일 만큼 강력한 결계가 쳐져 있었다.

이것을 풀 수 있는 이는 아쿠아뿐일 것이다.

바로 그때, 크리스가 품속에서 마도구를 꺼냈다.

"이건 원래 마족만이 사용하는 결계 킬러라는 마도구야. 이런 걸 어디서 얻은 건지는 모르겠지만, 홍마족 사람들이 이 결계 킬러를 팔고 있더라구. 그래서 그걸 산 귀족의 집에서 이걸 쏙 빼내왔지."

결계 킬러?

왠지 그 이름을 어딘가에서 들어본 것 같았다.

아니, 어디서 본 적이 있는 것 같은데, 대체 어디서 본 거지……. 뭐, 됐어.

크리스가 그 마도구를 조작하자 파직 하는 소리를 내면서 결계가 사라졌다.

"대단하네. 그럼 이제 함정만 조심하면 되는 거야?"

"그래. 그리고 함정 발견과 함정 해제 스킬을 지닌 우리라면 그런 거에 걸릴 염려가 없어."

나는 라이터를 꺼내 불을 피웠다.

그리고 그 불로 보물고 안을 비춰보니 깔끔하게 쌓여 있는 금은보화들이 눈에 들어왔다.

"아, 거기에 함정이 있어. 보물을 가지고 가려고 하면 경보가 울리는 것 같네. 우리가 찾는 신기가 없다면, 여기 있는 보물들은 건드리지 않는 편이 좋을 거야."

나는 크리스의 말을 듣고 고개를 끄덕였다. 그리고 우리는 신기로 보이는 물건이 없는지 찾아봤다.

하지만 몬스터를 소환하는 신기가 어떻게 생겼는지 몰라서 보물 탐지 스킬을 지닌 크리스를 믿을 수밖에 없었다.

나는 병사가 오지 않는지 경계하면서 보물고 안을 둘러보았지만…….

……바로 그때, 나는 어떤 물건을 발견하고 말았다.

"조수 군, 아무래도 여기에는 없는 것 같아. 강력한 마도구는 많지만, 신기라고 불릴 정도는 아냐. ……조수 군?"

그것은 보물고와는 전혀 어울리지 않는 물건이었다.

그리고 나에게 있어서는 반갑기 그지없는 물건이기도 했다.

"만화잖아……."

그것은 바로 일본에서 가지고 온 듯한 만화잡지였다.

크리스는 반가운 물건을 쳐다보고 있는 나를 보더니 내가 저것을 가지고 싶어 한다고 생각했나 보다.

"저기……. 저걸 가지고 가는 건……."

크리스가 말끝을 흐렸지만 나도 그 정도는 알고 있었다.

"괜찮아. 이건 우리나라에 있던 책이라서 반갑다는 느낌이 든 것뿐이야."

내 말을 듣더니 크리스는 미안해하는 표정을 지었다.

"그런 표정 짓지 마. 그것보다, 이 만화는 나도 가지고 있던 거니까 딱히……."

나는 거기까지 말한 후, 만화 옆에 놓여 있는 책을 쳐다보았다.

……거기에는 끝내주는 보물이 있었다.

일본에서는 소지하기만 해도 잡혀갈 것 같은, 그런 엄청난 보물이 말이다.

"……그럼 가자, 조수 군. ……맞아! 신기의 봉인을 끝낸 후에 내가 네 나라의 책을 모아줄게. 그러니까……."

크리스가 약간 가라앉은 목소리로 무슨 말을 했지만 나는 주저 없이 그 보물을 손에 쥐었다.

"조수 군—!!"

"—저기다! 침입자는 저쪽으로 도망쳤다!"

"침입자는 두 명이다! 목적은 알 수 없지만, 더는 멋대로 하게 두지 마라!"

병사들의 고함소리가 들려오는 가운데, 나와 크리스는 필사적으로 내달렸다.

"젠장, 무시무시한 함정이군! 내가 걸려들고 말다니……!"

"조수 군, 나중에 나와 이야기 좀 해! 너는 정말 프리덤하구나!"

"두목, 지금은 우리끼리 다툴 때가 아니에요! 일단 이 위기를 벗어날 방법부터 찾아야 한다고요!"

"그건 맞는 말이지만, 너한테서 그런 소리를 듣고 싶진 않아!"

보물고에서 들려온 경보 소리를 듣고 깼는지 성에 있는 방들의 불이 켜졌다.

"『크리에이트 워터』! 그리고 『프리즈』!"

우리는 복도를 내달리면서 곳곳에 얼음을 만들었다.

잠시 후 뒤쪽에서 고함과 비명 소리가 들려왔다.

"조수 군은 정말 쓸모 있네."

"그런 소리 할 시간 있으면 두목도 도우라고!"

느긋한 소리를 하며 내 옆에서 달리고 있던 크리스는 엄지를 세웠다.

"좋아! 두목의 실력을 보여줄게!"

그렇게 선언한 크리스는 뒤쪽을 돌아보더니 호주머니에서

뭔가를 꺼냈다.

그것은 금속으로 만든 얇은 와이어였다.

"『와이어 트랩』!"

크리스가 고함을 지르면서 그것을 던졌다.

그녀가 던진 와이어는 복도 벽에 닿더니 철조망처럼 쫙 펴졌다.

그것은 흡사 거미줄 같았다.

몸집이 작은 사람도 저 와이어를 통과하는 것은 쉽지 않으리라.

"시간 벌이밖에 안 되겠지만, 충분히 도망칠 수 있을 거야! 조수 군, 이 상황에서 신기를 훔치는 건 무리야. 물러나자!"

크리스는 그렇게 말하면서 허리에 찬 단검을 꺼내더니 창문을 깨고 도망칠 생각인지 주위를 둘러보았다.

"아냐. 오늘 안에 어떻게 해야 해! 나는 내일 왕도에서 쫓겨난단 말이야!"

내가 그렇게 말하자 크리스는 난처한 표정을 지었다.

"그, 그렇지만……. 도적과 모험가 2인조가 저항해봤자 순식간에 잡혀버릴 거야! 그리고 너, 이런 노력가 타입이 아니잖아?!"

나는 크리스의 말을 듣고 알아챘다.

그러고 보니 나는 왜 이렇게 필사적인 걸까.

나는 열혈 캐릭터도 아니고 선택받은 용사님도 아니다.

진정해. 나는 쿨한 남자라고.

그렇다. 액셀에 돌아가면 나는 유유자적하게 살 수 있다.

그냥 이대로 도망치면, 내 저택에서 편안하게—.

나는 그렇게 되뇌는 동안에도 아이리스와 보낸 나날들이 주마등처럼 머릿속을 스쳤다.

나한테 놀림을 당하고 삐친 아이리스.

던전에서 만난 리치를 성불시킨 이야기를 해주자 눈을 반짝이며 그 이야기에 빠져들던 아이리스.

내 꼬드김에 넘어가 식당에서 음식을 몰래 훔쳐 먹다 클레어에게 걸렸지만, 나와 같이 혼나면서도 왠지 기뻐하던 아이리스.

내가 해준 말도 안 되는 거짓말을 신하들에게 자랑하듯 해주다 창피를 당해, 울면서 나한테 화를 내던 아이리스.

그리고 저번에 아이리스가 내 질문을 듣고 했던 말—.

『당신 같은 사람은 지금까지 한 번도 본 적이 없어요. 누구나 제 앞에서는 고개를 조아리죠. 전혀 주눅 들지 않고, 무례하며, 거리낌이 없는데다, 왕족인 저한테 이상한 걸 가르쳐대고, 어른스럽지 못하게 전력으로 이기려드는…….』

그것은 칭찬과는 거리가 멀었다.

『예. 마음에 든 부분을 말한 거예요.』

그 애는 그런 나를 마음에 들어 했던 것이다.

—나도 왜 이렇게 그 애에게 빠져든 것인지 알 수 없었다.

그리고 왜 아이리스가 그렇게 나를 따른 것인지도 알 수 없었다.

어차피 몇 년 지나면 아이리스는 결혼할 나이가 된다.

그러면 나처럼 신분에서 차이가 날 뿐만 아니라 수상쩍기 그지없는 남자와의 면회가 허용될 리 없다.

아니, 내가 이 성에서 나가면 그 순간 우리 사이의 접점은 사라질 것이다.

그렇다면 그녀가 나를 오빠처럼 여기며 따르는 것도 오늘로 끝이다.

"조수 군. 역시 그냥 도망치자! 네가 액셀로 돌아가더라도, 시간은 좀 걸리겠지만 내가 어떻게든 해볼게!"

하지만 그렇기 때문에—.

"두목, 나……."

나는 지금까지 항상 휘말리기만 했다. 하지만…….

다음부터가 아니라…….

내일부터도 아니라…….

그렇다—.

"지금부터, 최선을 다하겠어."

"……조수 군?"

"—와이어를 절단했습니다! 침입자는……. 도주를 포기했는지 저기 있습니다!"

병사를 우리에게 접근하지 못하게 하던 와이어가 철거됐다.

"침입자 놈들, 이 성에 들어온 걸 후회하게 만들어주마! 둘 중 한 명은 살려둬라! 무슨 이유로 이 성에 숨어든 건지 심문해야 하니까!"

대장으로 보이는 남자가 검을 뽑아들더니 무시무시한 소리를 했다.

우리 앞을 막아선 병사 중 한 명이 그 남자에게 말했다.

"대장님, 한 명은 단검을 쥐고 있지만, 다른 한 명은 무장을 하지 않았습니다. 약해보이는 쪽을 생포하죠."

그러자 대장이라고 불린 남자가 고개를 끄덕였다.

"확실히 저 은발은 강해보이는 구나. 좋아. 은발은 봐주지 마라! 그리고 약해빠진 것 같은 가면 쪽은 두 명 정도면 충분하겠지!"

—나는 오늘 대체 어떻게 된 걸까.

최선을 다하기로 각오했기 때문일까?

"상대는 괘씸한 침입자다. 팔이나 다리를 잘라버려도 상관없다!"

상태는 끝내줬다.

"둘 다 꼼짝도 하지 않는 구나. ……어이, 침입자! 지금이라면 투항을 받아주겠다! 경우에 따라서는 목숨을 부지할 수 있을지도 모른다. 자, 순순히……."

어찌된 영문인지 오늘 밤 나의 컨디션은 끝내줬다.

—대장으로 보이는 남자가 나를 향해 검을 들었다.

"…………."

내가 아무 말도 없이 악수를 하듯 손을 내밀자 그는 들고 있던 검을 약간 내렸다.

"어? 그래. 투항하는 것이냐. 좋다. 은발 쪽도 무기를 버려라! 그러며어어어어어어언—?!"

그리고 그는 내 손을 잡자마자 비명을 지르더니 온몸을 부들부들 떨며 그대로 풀썩 쓰러졌다.

""""앗?!""""

이 자리에 있는 모든 이들…….

크리스조차도 이 광경을 보더니 경악했다.

대장이라고 불렸던 남자는 체력이 꽤 좋을 것이다.

하지만 몬스터 급의 체력을 지닌 다크니스에게 비할 수는 없는지, 컨디션이 끝내주는 내가 펼친 드레인 터치에 걸리자 몇 초도 버티지 못했다.

"이, 이 녀석, 대체 뭘 한 거냐?!"

대장이 당하자 다른 병사들이 뒷걸음질 쳤다.

그 모습을 본 나는—!

"후하하하하하! 최고! 정말 최고야! 잘은 모르겠지만 진짜 최고라고! 오늘은 내 진짜 힘을 보여주지!"

"조, 조수 군?! 아까부터 좀 이상하네?! 대체 왜 이러는 거야?!"

나는 병사들을 향해 달려들었다—!

3

"두목! 최상층으로 이어지는 계단은 오른쪽 모퉁이 너머에 있습니다요!"

"으, 응, 알았어! 그, 그것보다 조수 군? 왠지 평소와 분위기가…… 말투도 이상하네. 뭐가 어떻게 된 거야?!"

크리스와 나란히 달리고 있는 내 등 뒤에서는 여전히 고함 소리가 들려왔다.

하지만 아까와 약간 달라진 점이 있었다. 그것은—.

"괴한이다! 엄청난 실력을 지닌 괴한이 침입했다! 실력파 모험가들을 데려와!"

"잘 들어라! 절대 혼자 덤비지 마라! 상대는 엄청난 실력자다! 아직은 우리를 죽일 생각이 없는 것 같지만, 그래도 절대 방심하지 마라!"

"기사단장님! 이쪽으로 오시죠! 안전한 장소로 피난하셔야 합니다!"

"하, 하지만, 가면을 쓴 저 남자를 내버려둘 수는 없단 말이다……!"

나는 기세등등했고 병사들은 겁을 잔뜩 집어먹었다.

아, 전방에 또 적이 있네!

"이 자식들아, 은발도적단께서 행차하셨다! 험한 꼴 당하기 싫으면 길을 비켜라!"

"조수 군, 어느새 조직의 이름을 정한 거야?! 사태가 심각해지고 있는 것 같으니까, 네가 두목해! 그리고 조직명을 가면도적단으로 하라구……!"

나는 전방에 있는 겁을 잔뜩 먹은 병사를 향해—.

"『윈드 브레스』!!"

"크윽?! 젠장, 약아빠진 짓을…… 으아아아아아악?!"

쥐고 있던 모래를 바람 마법으로 날렸다.

그리고 시력을 빼앗긴 병사의 손목을 잡아 무기를 휘두르지 못하게 하고 드레인을 했다.

나는 겨우 몇 초 만에 상대를 무력화시킨 후, 아무 일도 없었다는 듯 말했다.

"가면도적단은 싫어요. 내가 주범인 것 같잖아요."

"나도 주범 취급당하는 건 싫어! 이렇게 대놓고 활동할 생각은 없었다구! 이제 까딱하면 은발이라는 이유만으로 잡혀갈지도 모르겠네! 그리고 네가 아까부터 쓰고 있는 그 스킬은 뭐야?!"

크리스에게도 리치의 스킬을 쓰고 있다는 걸 말해줄 수는 없었다.

"이건 내 필살기예요. 필살기니까 자세한 건 가르쳐줄 수 없다고요. 그것보다 상대가 마법을 쓰면 나도 막을 수가 없으니……. 아, 말 꺼내자마자 마법사로 보이는 녀석이 나타났네요! 두목, 잘 부탁해요!"

자다가 허둥지둥 나온 듯한 경비병들이 우리를 막아섰다.

갑옷을 걸친 병사가 두 명, 그리고 로브 차림인 녀석이 한 명 있었다.

"맡겨줘! 저 사람은 내 스킬로 어떻게 해볼게……! 『스킬 바인드』!!"

로브 차림의 마도병이 마법을 펼치기 전에 크리스가 스킬을 펼쳤다.

"『라이트닝』!! ……어, 응?!"

마법이 발동되지 않자 마도병은 당황했다.

나는 내달리면서 로프를 꺼낸 후—.

"『바인드』!!"

두 병사를 향해 던졌다.

스킬에 의해 마력이 담긴 로프가 의지를 지닌 것처럼 병사들을 꼼짝도 못하게 옭아맸다.

크리스가 가르쳐준 이 스킬은 이럴 때 정말 도움이 되었다.
꽤 강력한 스킬이라서 마력 소비량도 큰 게 문제지만…….
나는 로브 차림의 남자에게 다가가 드레인 터치로 상대가 쓰러질 만큼 마력을 빼앗았다.
바인드를 쓰느라 대량으로 소모한 내 마력이 순식간에 회복됐다.
"또 당했다! 저 녀석, 무기도 없는데 뭐 저렇게 세?!"
"모험가는!? 실력파 모험가들은 대체 언제 오는 거야?!"
병사들은 비명에 가까운 목소리로 그렇게 외쳐댔다.
"그, 그게……. 파티 때 나온 비싼 술을 너무 마셔댄 바람에 대부분 곯아떨어진 것 같습니다……."
"정말 쓸모없는 자식들이군!"
나는 등 뒤에서 들려오는 목소리를 듣고 안도했다.
확실히 고레벨 모험가가 상대라면 불리할 것이다.
"기사와 병사는 도적 스킬을 지닌 상대와 상성이 좋지 않아! 뭔가 방법이 없는 거냐?!"
"원래 바인드는 소비 마력이 많기 때문에 연속해서 사용할 수 없습니다만……! 저 녀석은 대량의 마나타이트라도 가지고 다니는 게 아닐까요……?!"
"하지만 마나타이트를 꺼내는 낌새도 없단 말이다! 그렇다면……."
"저 침입자는 홍마족에 필적할 정도의 마력을 지닌 걸까요……?!"

등 뒤에서 그런 말들이 들려왔다.

여러분이 저를 과대평가해 주시는 건 감사하지만, 저는 그저 드레인 터치로 꼬박꼬박 마력을 빨아들이는 것뿐인데요.

아무튼 이러는 사이, 우리는—.

"아니! 큰일 났다! 저놈들이 최상층에 침입하는 걸 반드시 막아라! 침입자의 목적은 모르겠지만, 최상층에는 아이리스 님이……?!"

아이리스가 있는 최상층으로 올라갔다. 그리고—.

"『와이어 트랩』! 『와이어 트랩』! 『와이어 트랩』!!!!"

크리스는 계단 입구에 와이어를 마구 설치했다.

"좋아. 이제 한동안은 아무도 여기를 지나지 못할 거야! 그럼, 남은 건……!"

크리스가 안도한 바로 그 순간이었다.

"—남은 건 너희를 잡아서 침입한 목적을 알아내면 되겠지. ……너희는 누구지? 요즘 왕도에서 소문이 자자한 의적이 바로 너희냐?"

그 말을 듣고 등 뒤를 돌아보니 완전무장을 한 미츠루기가 있었다.

그리고—.

"자신들의 퇴로를 끊을 줄이야. 침입자 놈들, 더는 도망칠 수 없다!"

그 말을 한 이는 무시무시한 표정을 지은 클레어였고 그녀의 옆에는 레인이 있었다.

그리고 멀찍이서 이쪽을 쳐다보는 귀족과 함께 다수의 기사들이 그곳에 있었다.

4

"조수 군, 어떻게 하지? 이 숫자를 전부 상대하는 건 무리야!"

크리스는 걱정스러운 목소리로 속삭였다.

주위를 둘러보니 이곳에 있는 마법사는 레인뿐인 것 같았다.

미츠루기를 선두 삼으며 검을 뽑아든 기사들이 서서히 거리를 좁혀왔다.

그들의 뒤편에 서 있는 클레어는 자신만만한 표정으로 우리를 쳐다보고 있었다.

다른 귀족들도 이미 결판이 났다고 생각하는지 이 체포극을 즐겁게 구경하고 있었다.

"클레어 씨. 가면을 쓴 저 남자는 상당한 강적이라고 들었습니다. 무기는 들고 있지 않지만, 궁지에 몰리면 무슨 짓을 할지 몰라요. 저 녀석은 제가 제압할 테니, 기사 여러분은 은발 소년은 맡아주십시오."

"……저기, 조수 군. 나, 아까부터 괴한이니, 소년이니 같은 소리를 잔뜩 듣고 있거든? 나 혹시 입만 가리면 그렇게 남자 같아 보여?"

"원인은 아마 두목의 슬렌더한 몸매일 걸요. ……두목, 침울해 하지 마세요. 지금부터가 중요하단 말이에요."

내 말이 결정타였는지 눈에 띄게 가라앉은 크리스를 달래면서 나는 미츠루기와 대치했다.

미츠루기는 마검에 손을 얹더니 나한테서 한순간도 눈을 떼지 않았다.

"두목, 이럴 때는 가장 강한 녀석을 무력화시켜서 겁을 주는 거예요. 컨디션이 끝내주는 내가, 저 거들먹거리는 미남을 순식간에 작살내 버릴게요. 그리고 다른 녀석들이 겁먹으면 그대로 돌파하죠."

"바, 방금 한 말, 다 들렸거든? 거들먹거리는 미남이라면 나를 말하는 거야? 그것보다 순식간에 나를 작살내겠다라……. 무기도 안 든 상대가 나를 꽤나 얕잡아 보는군. 좋아. 내 진짜 실력을……."

미츠루기가 무슨 말을 하기도 전에 나는 마검을 향해 손을 들었다.

그러자 미츠루기는 자세를 낮추면서 칼자루에 손을 얹더니 발도술 자세를 취했다.

상급 직업인데다 고레벨 모험가인 미츠루기라면 스틸로 검을 빼앗고 드레인 터치를 먹여도 잠시 동안은 버틸 것이다.

"자세를 보아하니 스틸을 쓰려는 건가 보군. 유감이지만 나는 한 남자에게 진 후, 스틸 대책 삼아 도둑맞아도 되는 물건을 잔뜩 가지고 다녀. 자, 순순히 투항한다면……."

"『프리즈』."

나는 미츠루기의 말을 끊듯 동결마법을 펼쳤다.

내가 견제를 하기 위해 초급 마법을 펼쳤다고 생각한 것인지 미츠루기는 미동도 하지 않으며 나를 계속 경계했다.

그런 미츠루기를 향해 내가 태연히 다가가자—.

"무슨 속셈이지? 이거나 받……?!"

발도술을 펼치려던 미츠루기는 칼날 받침과 칼집 부분이 얼어붙어서 마검이 뽑히지 않자 경악했다.

나는 그 틈에 미츠루기의 코와 입을 한 손으로 움켜쥐면서—.

"『크리에이트 워터』!"

"우읍?!"

입안에서 물이 생성된 탓에 익사할 위기에 처한 미츠루기가 허둥지둥 내 손을 움켜잡았다.

"패배를 인정하고 물러서겠어?"

내가 그렇게 말하자 입이 막힌 미츠루기는 어금니를 깨물면서 주먹을 말아 쥐었다.

"『프리즈』!"

"컥?!"

그 주먹이 나를 향해 날아오기 직전, 코와 입안이 동결된 탓에 온몸을 부르르 떨었다.

"미츠루기 님?!"

클레어가 비명을 지르는 가운데, 나에게서 해방된 미츠루기가 목을 움켜쥐며 무릎을 꿇었다.

"서둘러 얼음을 녹이면 질식은 하지 않겠지! 자, 이 남자보다 강하다고 자부하는 녀석이 있다면 덤벼봐! ……두목, 지금입니다! 돌파하죠!"

"너는 진짜로 강한지 약한지 알 수가 없네. 확실한 건 절대 적으로 삼고 싶지 않다는 거야."

내가 아까 말한 대로 미츠루기가 순식간에 당하자 기사들은 동요하면서 뒷걸음질 쳤다.

나는 느긋한 소리를 하는 크리스와 함께 그런 기사들을 돌파했다.

"레인, 다소 거친 방법을 써도 괜찮으니 미츠루기 님의 호흡을 막고 있는 얼음을 녹여! 그리고 너희는 뭘 하고 있는 것이냐! 왜 한 방도 맞추지 못하는 것이냔 말이다! 아무리 미츠루기 님이 당했다고 해도, 적을 그냥 보내주면 어떻게 해!"

"하지만 저 두 사람의 뛰어난 회피력으로 볼 때, 아마 도주 스킬을 가진 게 분명합니다! 도주에 전념한다면 잡는 건 힘듭니다……! 어이, 둘로 나눠져라! 침입자는 우리만큼 이 성안의 구조를 잘 알지 못할 것이다! 너희는 우회해서 저

놈들을 쫓아!"

우리 앞에 있던 귀족들은 새파랗게 질린 얼굴로 우왕좌왕하면서 도망 다녔다. 그 바람에 기사들은 발이 묶이고 말았다.

그 혼란을 틈타 나와 크리스는 막아서는 기사들에게 바인드를 먹여줬다.

저들은 우리가 성안의 지리에 어둡다고 생각하는 것 같지만, 나는 매일같이 짬만 나면 성안을 돌아다녔다.

이곳만 빠져나가면, 그 앞에는—!

"조수 군! 뒤쪽에서 뭔가가 날아와!"

크리스의 경고를 듣고 뒤쪽을 쳐다보니, 미츠루기를 치료한 레인이 우리를 향해 지팡이를 든 채 마법을 영창하고 있었다.

"저 앞에는 아이리스 님이 계신다! 이대로 보낼 바에야 둘 다 죽여 버려도 상관없어! 최악의 경우, 아쿠아 님의 리저렉션으로 되살리면 돼!! 레인, 인정사정 봐주지 말고 마법을 날려라!"

클레어가 초조한 목소리로 그렇게 말하자 레인의 지팡이에 달린 보석이 불길한 빛을 뿜기 시작했다.

나는 등에 맨 활을 쥔 후, 지팡이의 끝 부분을 향해 화살을 쐈다!

"『저격』!"

"히익?!"

지팡이의 끝부분이 박살나자 레인은 비명을 지르며 그 자리에서 얼어붙었다.

그 모습을 본 클레어와 기사들은 경악을 금치 못했다.

"저 녀석은 진짜로 뭐하는 놈이냐! 왜 저런 실력자가 도적 같은 걸 하고 있는 거냔 말이다!"

클레어는 분통을 터뜨리며 도주하는 우리를 쳐다보았다.

5

"—이 앞이 아이리스의 방이야. 두목, 여기에 와이어 트랩을 쳐줘."

"알았어, 조수 군. 슬슬 마력이 바닥날 것 같으니까 하나만 칠게."

아이리스의 방으로 이어지는 복도에 도착한 우리는, 뒤따라오는 기사들을 저지하기 위해 트랩을 쳤다.

도주 스킬을 최대한 사용하면서 도망친 덕분에 쫓아오는 자들과 어느 정도 거리를 벌렸다.

우리는 아이리스의 방 앞에 선 후, 문을 열……!

"침입자여, 용케 여기까지 왔구나. 백성을 지키고, 국가를 지키고, 그리고 왕족을 지키는 것이 더스티네스 일족의 사명이다. 내가 있는 한…….

우리는 살며시 문을 닫았다.

"닫지 마라! 네놈들은 대체 뭘 하러 여기에……."

문을 활짝 연 다크니스는 우리를 보더니 그 자리에서 딱딱하게 굳었다.

안 들켰어, 아직 안 들켰다고!

"두두, 두목! 떨고만 있지 말고 목적을 달성해야지요! 아무리 눈앞에 있는 여기사가 강해 보이더라도, 이제 와서 겁먹지 말라고요! 우리에게는 이 나라를 위해 해야만 하는 일이 있잖아요!"

"그그, 그래, 조수 군! 이건 이 나라를 위한 일이자, 사람들에게 알릴 수는 없지만 정의로운 일이야!!"

"맞아요, 두목! 이 나라 녀석들은 왕녀님이 위험한 물건을 지니고 있는 걸 눈치도 못 채는 얼간이들이니까요! 우리가 나서지 않는다면 큰일이 벌어질 거예요!"

다크니스는 우리의 설명 같은 말을 듣고 얼굴이 완전히 질렸지만, 그래도 괜찮다! 아직 들키지 않았을 거야!

"조수 군, 방 안에 돌입하자! 그리고 나중에 같이 사과하는 거야!"

"그래요! 자초지종을 이야기하면 분명 이해해 줄 거예요!"

"어, 어이……! 너너, 너희는……."

"다크니스, 왜 그러죠? 전투 전에 자기소개는 필수라고 제가 그렇게 말했잖아요."

다크니스가 막아선 탓에 보이지 않았지만 방안에는 메구밍도 있는 것 같았다.

"비키세요. 침입자 한두 명 쯤이야 제가 제압할게요! 마법을 쓸 수 있을 정도로 마력이 회복되지는 않았지만, 저는 주먹다짐도 잘한다고요! 오늘도 낮에 양아치 세 명과 주먹다짐을 했으……니……까……."

메구밍은 방안으로 들어온 우리를 보더니 그 자리에서 딱딱하게 굳어 버렸다.

괜찮아! 아직 괜찮다고!

메구밍은 머리가 좋아. 그러니까 우리의 정체를 눈치채더라도……!

"머, 멋져……!"

아이리스가 지닌 신기가 위험한 물건이라는 걸 설명하면……. 어?

볼을 붉힌 메구밍은 내 얼굴을 뚫어져라 쳐다보면서 부들부들 떨었다.

"다크니스, 어쩌죠?! 이 의적, 센스가 너무 좋아요! 이렇게 멋진 가면을 쓴데다, 복장도 검은색으로 통일했다고요! 저, 저기, 도적단의 이름은 정했나요?!"

이 녀석한테는 진짜로 들키지 않은 것 같았다.

메구밍이 눈을 반짝이며 흔들어대자 다크니스는 화들짝 놀라면서 정신을 차렸다.

"……이, 이 침입자 놈들……. 저기, 너희는, 내가…… 이 더스티네스 일족이……."

다크니스는 교과서 읽는 말투로 그렇게 말하며 어설프게 전투태세를 취했다.

아무래도 우리의 의도를 알아채고 협력해 주려는 것 같았다.

다크니스는 주먹을 말아 쥐면서 필사적으로 뭔가를 참고 있었다.

으으, 이 녀석한테 나중에 어떻게 설명하지.

아무튼 다크니스를 위해서라도 일단 그녀를 묶어 둬야겠다.

"『바인드』!!"

내가 다크니스를 향해 스킬을 펼치자 로프에 묶인 다크니스가 안도 섞인 한숨을 내쉬었다.

이제 다크니스는 필사적으로 저항했지만 결국 무력화 당했다고 변명하면―.

"『세이크리드 스펠브레이크』!!"

아쿠아의 목소리가 이 방안에서 울려 퍼졌다.

아쿠아가 다크니스를 향해 마법을 펼치자 그녀를 묶고 있던 로프가 힘없이 바닥으로 흘러내렸다.

"아쉽게 됐네. 내가 여기 있다는 게 너희 운이 바닥났다는 증거야! 대체 뭘 하러 온 건지는 모르겠지만, 너희를 잡으면 비싼 술을 또 받을 수 있을 거야! 보다시피 나는 너희의 그 어떤 스킬도 무효화할 수 있어! 자, 순순히 잡히라구!"

아직도 술병을 소중히 안고 있는 아쿠아가 방 안쪽에서 나왔다.

젠장. 평소에는 눈곱만큼도 도움이 안 되는 주제에, 왜 이럴 때만 활약하는 거냐고! 진짜 열 받네!

이 녀석은 왜 항상 분위기 파악이라는 걸 못하는 거야!

"다크니스, 지금이야! 잡아! 이유는 모르겠지만 메구밍은 완전히 얼이 나간 것 같으니까, 믿을 사람은 너뿐이야!"

다크니스가 아쿠아의 말을 듣고 울상을 지으며 검을 고쳐 쥔 순간, 우리의 뒤편에서 기사들의 발소리가 들려왔다.

"두목! 저 바보 때문에 더는 이곳에 머무를 수가 없어! 방 안쪽에 아이리스가 있을 거야! 이대로 다가가서 스틸로……!"

"신기를 훔치자는 거구나! 하지만, 네 스틸은……."

그렇다. 내 스틸은 어찌된 영문인지 여성한테 사용하면 높은 확률로 속옷을 빼앗는다.

바로 그때, 우리 뒤편에서 고함 소리가 들려왔다.

"빨리 와이어를 끊어! 침입자의 표적은 아이리스 님이다!"

진짜로 시간이 없었다.

아이리스를 상처 입힐지도 모르지만 신기를 탈취할 확률을 조금이라도 높이기 위해서는 어쩔 수 없다……!

"내, 내가 혼신의 힘을 다한 횡베기로 너희를 해치워주마!"

힘찬 목소리로 그렇게 말한 다크니스가 힘이 전혀 실리지 않은 일격을 날렸다.

그 공격을 피한 나와 크리스는 방 안쪽을 향해 뛰어갔다.

"다크니스는 왜 그렇게 멍청한 거야?! 자기가 어떤 공격을 할지 상대에게 미리 알려주면 어떻게 해! 그러니까 뇌가 근육으로 되어있다는 소리를 듣는 거야!"

"……훌쩍."

상황을 전혀 파악하지 못하고 있는 진짜 멍청이에게 그딴 소리를 듣고 만 다크니스는 울먹거렸다.

그런 다크니스의 옆에 있는 메구밍은 마치 영웅을 보는 눈길로 나를 쳐다보고 있었다…….

그리고 방 안쪽에는…….

화려하게 꾸며진 레이피어를 오른손에 쥐고, 우리를 향해 왼손을 내민 아이리스가 모습을 드러냈다.

그녀는 새하얀 빛을 뿜는 반지를 왼손에 끼고 있었다. 그리고 그 반지는 점점 강렬한 빛을 뿜고 있었다……!

"침입자여! 저 또한 대대로 용사의 피를 받아들이며, 그 힘을 확고하게 만들어 온 왕족 중 한 명입니다! 쉽게 당신들의 뜻대로…… 될 거라고……."

임전 태세였던 아이리스는 우리를 보더니 눈을 경악으로 가득 채웠다.

빛을 뿜고 있던 반지의 반짝임이 잦아드는 것과 동시에,

그녀의 목소리 또한 작아졌다.

지금이 찬스다!
“『『스틸』』!!!!!!”
나와 크리스는 스틸을 펼쳐서 아이리스가 지닌 물건을 빼앗았다.

"아이리스 님! 무사하십니까?!"

그와 동시에 뒤편에서 클레어의 목소리가 들려왔다.

젠장, 뭘 훔쳤는지 확인할 시간이 없어!

"조수 군, 이대로 테라스로 나가자! 다행히 이 밑에는 수영장이 있어! 거기에 뛰어들면……!"

크리스가 뭔가를 손에 쥔 채 아이리스의 옆을 지나며 그렇게 외쳤고—.

"방금 한 말로 볼 때, 너희의 표적은 그 물건 같네! 그게 뭔지는 모르겠지만, 너희가 가져가게 둘 수는 없어!"

아쿠아는 크리스의 등을 향해 한 손을 내밀었다.

저 녀석은 끝까지 훼방만 놓네!

"봉—인!!!!"

"빌어먹을!"

나와 크리스는 시꺼먼 풀장을 향해 테라스에서—!

종 장 진짜 오빠가 되기 위해

다음 날 아침.

하룻밤 사이에 왕도는 발칵 뒤집어졌다.

그것도 그럴 것이, 소문 자자한 의적이 단둘이서 성에 침입해 왕녀가 지닌 마도구를 강탈한 것이다.

그것도 뛰어난 실력의 모험가들이 성에서 머물고 있는 날에 말이다.

은발 소년과 가면을 쓴 남자가 벌인 범행은 소문이 되어 순식간에 퍼져나갔다.

—그리고 현재.

내가 있는 방에서도 엄청난 일이 벌어지고 있었다.

"다다다, 다크니스, 부탁이야, 진정해애애앳! 다 이유가 있어서 그런 거라구우우웃! 깨져, 깨져, 머리가 깨진단 말이야!"

"어이, 이야기 좀 들어! 우리 이야기를 들어보면 「아아, 어쩔 수 없었구나」라고 생각하게 될 거야! 부탁이에요, 들어주세요! 더 당했다간 진짜로 죽어 버릴 거라고요!"

"들어주지! 들어줘야지! 암, 들어주고말고! 어디까지나 이

건 이야기를 듣기 전의 준비운동이다! 너희의 말을 들어보고 정상참작의 여지가 있다면 박살을 내지는 않겠다."

다크니스에게 불려간 나와 크리스는 여관의 방 안에서 아이언클로를 당하고 있었다.

"다크니스, 다, 다크니스! 이, 이 상태에서는 말을 할 수 없다구!"

"그만해~! 나는 크리스의 꼬드김에 넘어갔을 뿐이야! 주범은 두목인 크리스라고~!"

우리의 관자놀이를 움켜쥐더니 우지직 하는 소리가 나도록 졸라대던 다크니스는 진지한 표정을 짓고 있었다.

"너, 너란 애는 정말! 아야야야야얏! 아, 아냐, 다크니스! 내 말 좀 들어 봐! 조수 군도 완전 재미있어 했다구! 확실히 이야기를 꺼낸 사람은 나지만, 소동이 커졌으니 도망치자고 말했는데도 그대로 돌파하기로 결정한 건 조수 군이야!"

"너무하잖아요, 두목! 나는 두목의 도적단에 들어간 지 하루밖에 안 된데다, 조직 안에서 가장 똘마니잖아요!"

"그만해! 도적단이라고 해봤자 우리 둘밖에 없잖아! 둘 밖에 없는데 똘마니고 뭐고 어디 있냐구!"

무릎을 꿇은 채 아이언클로를 당하고 있는 나와 크리스는 서로에게 필사적으로 책임을 떠넘겼다.

왜냐하면 다크니스가 한 번도 본 적이 없을 만큼 화를 내고 있었던 것이다.

"어이."

"""윽?!"""

다크니스는 차갑기 그지없는 한마디로 말다툼 중인 우리를 입 다물게 만들었다.

"빨리 말해라."

우리는 순순히 경위를 설명했다.

"—너희는 정말……. 왜 나에게 말하지 않은 것이냐. 처음부터 나에게 말을 했으면 그런 바보 같은 짓을 하지 않아도 되도록 내가 손을 썼을 거란 말이다."

다크니스는 우리의 이야기를 듣더니 땅이 꺼져라 한숨을 내쉬었다.

"그렇지만 몸을 바꿀 수 있는 신기란 말이야. 잘만 사용하면 영원한 생명도 손에 넣을 수 있다고. 나도 처음 이 이야기를 들었을 때는 빨리 높으신 양반들에게 보고해야겠다며 생각했어. 그런데 크리스가 높으신 양반들일 수록 이걸 손에 넣고 싶어 할 거라고 말했단 말이야. 왕족조차 이걸 악용할지도 모른다고 했다고."

"나, 나는 다크니스라면 괜찮을 거라고 생각했거든? 그래서 다크니스에게 도움을 요청하려고 했더니 조수 군이 『인마, 멈춰! 다크니스도 귀족이야! 크리스가 의적이라는 게 귀족들에게 알려지면 그 녀석도 입장이 곤란해질 거라고!』라고 했어!"

"앗! 이, 이 녀석!"

우리가 또 말다툼을 시작하자 다크니스는 한 번 더 한숨을 내쉬었다.

"지나간 일 가지고 왈가왈부해봤자 소용없지. 다행히 너희의 정체를 눈치챈 건 나뿐이다. 크리스는 은발이 눈에 띄니 빨리 왕도를 빠져나가서 액셀 마을로 돌아가라. 카즈마는…… 나와 함께, 지금 바로 성에 가자."

"뭐?! ……앗, 네가 졸라댔던 관자놀이가 아파! 미안하지만, 나는 여관에서 쉬고……."

"어설픈 연기 하지 말고, 빨리 따라와라! 메구밍과 아쿠아를 마중하러 가야 하는데다, 아이리스 님께 작별 인사도 해야 하지 않느냐!"

"그렇지만 어제 일 때문에 경비가 엄청 삼엄할 게 뻔하잖아! 그런 곳에 가는 건 좀……! 마, 말실수를 할지도 모르는데다, 만일 의심이라도 받게 되어서 거짓말하면 소리 나는 그 마도구를 가지고 오면 큰일 난다고!"

크리스는 다크니스에게 팔을 잡힌 채 끌려가는 나를 보더니 볼을 긁적이면서 억지 미소를 지었다.

"그, 그럼 조수 군, 힘내! 그리고 빼앗긴 신기는 아무도 손댈 수 없는 장소에 가져다 놨으니까 안심해. 그, 그럼, 나는 이만…….”

“……멈춰, 크리스.”

“윽?! 왜, 왜 그래?!”

크리스는 살금살금 방에서 나가려다 온몸을 부르르 떨었다.

“나한테 숨기고 있는 건 그게 다인 것이냐? 그 외에는 숨기는 게 없는 거지?”

“……으음.”

“있구나! 대체 뭘 숨기고 있는 것이냐! 나는 너와 오래 알고 지냈지. 그래서 네가 난처할 때 취하는 버릇 정도는 파악하고 있다! 그건 바로 볼에 난 상처를 긁적이는 거다! 말해라! 대체 또 뭘 숨기고 있는 것이냐!”

서슬이 퍼런 다크니스를 본 크리스는 오들오들 떨면서 도움을 요청하듯 나를 쳐다보았다.

하지만 크리스가 뭘 숨기고 있는지 몰라서 나는 그녀를 도와줄 수가…….

바로 그때, 크리스는 나를 손가락으로 가리켰다.

“조수 군이 신기 말고도 다른 보물을 훔쳤어요!”

“아아아아앗?! 배신자!!”

“네놈, 대체 뭘 훔친 것이냐! 이래서야 단순한 도적이지 않느냐! 내놔라! 대체 뭘 훔쳤느냔 말이다!”

나는 결국 체념하면서 책 한 권을 다크니스에게 건넸다.

다크니스는 그 책을 훑어보더니—.

"너라는 녀석은……."

다크니스가 그 자리에서 무너지듯 주저앉자 크리스는 낮은 목소리로 중얼거렸다.

"아……. 맞다. 그러고 보니 그런 것도 훔쳤었잖아."

"어."

"……호오? 뭐냐. 다른 것도 훔친 것이냐?"

크리스의 말을 듣고 벌떡 일어선 다크니스는 나를 향해 손을 내밀었다.

저 책 외에 내가 훔친 보물?

내가 대체 뭘…….

"아, 아앗! 뭐야. 그때 내가 아이리스한테서 스틸한 이걸 말하는 거구나."

나는 그렇게 말하며 아이리스한테서 훔친 것을 다크니스에게 건네줬다.

그것은 그때 아이리스가 끼고 있던 반지였다.

아이리스가 나와 크리스를 상대하려 했을 때 빛을 뿜었던 걸 보면, 이 반지는 마도구일 것이다.

미간을 살짝 찌푸린 채 손바닥 위에 놓여있는 반지를 쳐다보던 다크니스는—.

"……읏?! 이이, 이, 이……?! 이걸, 아이리스 님에게서 훔친 것이냐?!"

"그, 그래……. 뭐야. 과장스러운 리액션을 취하지 말라고.

혼나는 것보다 그런 반응이 더 무섭단 말이야! 이건 딱히 중요한 물건도 아니잖아?! 어이, 나를 겁주려고 그러는 거지? 맞지?!"

망연자실한 눈길로 잠시 동안 반지를 쳐다보던 다크니스는 그것을 나에게 건네줬다.

"잘 들어라, 카즈마. 이 반지는 절대 잃어버리지 마라. 그리고 아무에게도 보여주지 말고 무덤까지 가지고 가라."

"어이, 그만해! 그, 그렇게 중요한 물건이면 이 근처에서 주웠다고 둘러대며 돌려주자고!"

"멍청한 소리 하지 마라! 이건 왕족이 어릴 적부터 항상 지니고 다니다, 약혼자가 정해졌을 때만 빼서 자신의 반려가 될 상대에게 주는 물건이다. 그걸 침입자에게 빼앗겼을 뿐만 아니라, 모험가가 그걸 주워왔다고 보고해봐라……! 너는 입막음을 위해 살해당하고 말 거다."

"거 되게 무시무시한 소리를 하네! 앗, 크리스! 인마, 어디 가는 거야! 네가 나를 이 일에 끌어들였잖아! 그러니까 책임지고 아이리스의 방에 몰래 가져다 놓으라고!"

"싫어! 무섭단 말이야! 네 스틸은 왜 가장 훔쳐서는 안 되는 물건만 훔치는 건데! 그리고 다크니스도 좀 변했네. 증거인멸을 권하다니 말이야. 옛날에는 정말 고지식했는데, 지금은 처세술이 좀 생긴 것 같다고 할까……. 조수 군에게 물든 느낌이랄까?"

"뭐……?! 자, 잠깐만, 내가 그렇게 변한 것이냐?! 나는 전혀 자각하지 못했다! 호, 혹시 나는 아이리스 님이 이 녀석에게 물든 걸 걱정하고 있을 때가 아닌 것이냐?!"

꽤 충격을 받은 다크니스를 내버려둔 후, 나는 반지를 빛에 비춰봤다.

"……어쩔 수 없네. 저택에 돌아가면 뜰에 묻어 버려야지. 그러면 아무도 찾지 못할 거야."

"바보 같은 소리 하지 마라! 아이리스 님이 항상 지니고 다니며 소중히 여기던 반지란 말이다! 그 어떤 때라도 항상 지니고 다녀라! 그리고 아무에게도 보여주지 마라!"

"그건 완전 벌칙 게임이잖아! 아아, 정말! 알았으니까 그 보물은 돌려줘. 그것도 이제 와서 돌려줄 수는 없잖아?"

"""………….."""

두 사람을 내 말을 듣더니 잠시 동안 서로를 응시한 후—.

—다크니스와 함께 성으로 향하던 나는 생지옥을 체험한 바람에 살아있는 시체가 되어 있었다.

"적당히 하고 똑바로 걸어라! 그리고 아이리스 님 앞에서는 꼴사나운 모습을 보이지 마라!"

"으…… 흑……. 이유가 뭐야……. 어째서 태워버린 거냐고……. 비밀리에 이 나라를 위기에서 구한 내가 받은, 유일한 보수인데……."

"언제까지 훌쩍대고 있을 것이냐. 정말 꼴사납구나. 네가 만든 라이터라는 게 이렇게 일찍 쓰일 줄은 몰랐다. 음, 이건 정말 좋은 물건이구나."

"그런 곳에 쓰라고 만든 게 아니라고……. 윽…… 흐흑……. 내 보물이……."

가보로 삼으려고 했던 그 책을 두 사람이 태워버리자 나는 의욕이 바닥까지 떨어졌다.

크리스는 대대적으로 은발 도적이 수배되기 전에 왕도를 떠날 생각인가 보다.

내키면 액셀 마을로 돌아가겠다고 했으니 또 만날 수 있을 것이다.

이러쿵저러쿵 했지만 크리스와 콤비로 활동하면서 조금 즐거웠다.

내 정체가 들켜 지명수배를 당한다면 진짜로 도적단을 결성하는 것도 괜찮을 것 같았다.

내가 그런 생각을 하면서 다크니스를 뒤따르다 보니, 어느새 아이리스의 방 앞에 도착했다.

"……이런 상태인 너를 데리고 가면 왠지 골치 아플 것 같구나. 신기에 대한 건 내가 설명해둘 테니, 너는 여기서 기다리고 있어라."

"……너, 대체 왜 나를 데리고 온 거야. 나는 지금 완전 삐뚤어져 있거든? 이대로 내버려두면 성안에서 무슨 짓을 할지 모른다고."

"네가 무슨 애냐! 어쩔 수 없지. 쓸데없는 짓은 하지 마라! 그 신기의 위험성을 설명한 후, 의적은 아이리스 님을 구하려 한 것이 아닐까 라고 둘러댈 생각이다. 네가 쓸데없이 말실수를 하면 큰일이 날 수도 있다!"

나는 필사적인 목소리로 그렇게 말하는 다크니스를 밀쳐내고 방문을 멋대로 열어젖혔다.

"멍청이! 노크도 하지 않고 공주님이 계신 방의 문을 여는 놈이 어디 있느냐! ……아이리스 님, 더스티네스입니다! 급히 드릴 말씀이 있어서 찾아왔습니다!"

나와 다크니스가 안에 들어가 보니—.

"뭐, 나한테 그 정도는 식은 죽 먹기야! 아무튼 그 위험한 신기는 확실하게 봉인했어. 그러니까 안심해도 돼! 정말, 그 도적은 당치도 않은 물건에 눈독을 들였네!"

"홍마족은 마도구에 관한 전문가죠. 홍마족인 제가 보증할게요. 그런 신기는 누구도 만들 수 없을 거예요. 즉, 이걸로 사건은 해결된 거라고 봐도 될 거예요!"

이번에 별반 활약하지 않은 아쿠아와 메구밍이 아이리스 앞에서 잘난 척을 마구 해대고 있었다.

"역시 아쿠아 님과 메구밍 님은 대단하시군요! 이제 안심이 됩니다. 아쿠아 님에게서 그 마도구가 지닌 진정한 힘을 듣고 얼굴이 새파랗게 질렸어요."

레인은 한숨을 내쉬더니 안도 섞인 미소를 지었다.

"……그런데 그 의적들의 목적은 대체 뭐지? 항간의 평판을 듣자하니, 신기를 악용할 만한 녀석들 같지는 않은데……. 음? 더스티네스 경과……. 뭐냐. 네놈이냐."

그리고 클레어는 여전히 신랄한 말투로 나에게 말을 걸었다.

아무래도 아쿠아가 이미 신기의 위험성을 설명한 것 같았다.

"그 신기에 대해 조사해본 결과, 매우 위험한 물건이라는 정보를 입수했기에 보고를 드리러 왔습니다만……. 아무래도 그럴 필요가 없을 것 같군요."

쓸데없이 둘러댈 필요가 없어진 다크니스가 다른 이들 앞에서 안도 섞인 한숨을 내쉬는 가운데…….

"……혹시 그 분은 저를 구하려고 한 게 아닐까요? 그 목걸이의 진정한 힘을 알고, 그 위험성을 솔직하게 알려주면 누군가가 악용할지도 모르니……."

방 중앙에서 다른 이들에게 둘러싸여 있던 아이리스가 왠지 나를 지그시 쳐다보며 그런 소리를 했다.

……혹시 그 침입자의 정체를 눈치챈 건 아니겠지? 그렇지?

"아이리스 님, 그건 지나친 생각이 아닐까요. 아무리 의적일지라도, 그런 목적 때문에 위험을 감수해 가면서 왕성에 숨어들지는 않을 겁니다."

클레어는 그렇게 말하고 분통을 터뜨리며 눈을 감았다.

"……만약 진짜로 그러하다면, 그들은 대단한 남자겠지요……."

분통을 터뜨리면서도 그녀는 희미하게 존경이 담긴 목소리로 그렇게 중얼거렸다.

내 마음속에서 밑바닥을 치고 있던 클레어의 호감도가 조금 올라갔다.

"하지만 그 두 사람은 대체 누구일까요. 저는 고레벨 모험가들에 관해 꽤 자세히 알고 있습니다만, 그 실력자가 누구인지 짐작조차 되지 않아요. 특히 가면을 쓴 그 남자……. 저와 대치했던 건 한순간에 불과하지만, 그 짧은 틈에 한참 떨어져 있는 지팡이를 정확하게 박살냈죠."

어, 왠지 엄청 부끄럽네.

"가면을 쓴 그 남자 말이군요! 정말 멋졌어요! 그 가면과 복장은 제 심금을 마구 울려댔다니까요! 다음에 만난다면 꼭 사인을 받을 거예요!!"

"메, 메구밍 님, 상대는 일단 범죄자입니다만……. 하지만 가면을 쓴 그 자는 정말 대단했죠……. 미츠루기 님조차도 무기를 쓰지 않은 채 순식간에 무력화시켰고, 성에 있던 기사들 중 태반이 그 남자에게 당했습니다……."

메구밍과 클레어는 그렇게 말한 후, 한숨을 내쉬었다.

우와, 어쩌지. 그 사람 실은 나예요, 하고 자랑하고 싶어.

"카즈마, 왜 그래? 네가 그렇게 히죽대고 있으니까 기분 나쁘네."

어제부터 쭉 술병을 안고 있는 아쿠아가 그렇게 말했다.

이 녀석한테서 확 술병을 빼앗아 버릴까?

클레어는 아쿠아의 말을 듣더니 나를 노려보았다.

"진짜로 히죽거리고 있군. 의적을 잡을 기회를 날려 아쉽겠구나. ……뭐, 가면을 쓴 그 남자를 너 따위가 어찌할 수 있을 리는 없지만 말이다. 아아……. 어째서 그 남자는 도적 같은 걸 하고 있는 걸까. 범죄자만 아니라면 우리 가문에……. 또 만나고 싶은데……."

클레어는 마지막 말을 하면서 볼을 살짝 붉히더니 처음으로 여성다운 면을 보여줬다.

제발 부탁이니까 나를 매도하든, 칭찬하든, 하나만 해줬으면 좋겠다.

내 옆에 있던 다크니스는 미묘한 표정을 지으며 입을 다물고 있었다.

……바로 그때, 아이리스가 나에게 다가왔다.

"그 의적은 정말 멋졌어요."

그리고 나를 똑바로 쳐다보면서 그렇게 말했다.

응, 이게 뭐지?

역시 내 정체를 눈치챈—.

"제 상상이지만……. 그 분들은 저를 걱정해서 그런 행동을 한 거라고 생각해요. ……저는 그 의적 분을 좋아하게 될 것만 같아요…….”

좋아. 정체를 밝히자.

내가 짐 속에 넣어둔 가면을 꺼내려고 하자 다크니스는 필사적으로 나를 말렸다.

나는 다크니스를 제압하기 위해 드레인 터치를……!

“지금쯤, 어디서 뭘 하고 계실까요……. 그, 은발의 두목 분 말이에요…….”

…………쓰려다 관뒀다.

뭐, 이럴 줄 알았다고!

그런 나를 본 아이리스는 새빨개진 얼굴을 숙이더니 어깨를 부르르 떨었다.

……어이, 웃고 있는 건 아니지?

곧 다시 고개를 든 아이리스는 살짝 삐친 내 눈을 쳐다보면서 희미하게 떨리는 목소리로 말했다.

“……오, 오라버니. 소원이 하나 있어요.”

“아, 아이리스 님?”

범상치 않은 분위기를 감지한 클레어가 당황한 목소리로 말했다.

나를 억지로 데리고 온 것을 제외하면, 지금까지 단 한 번도 응석을 부린 적이 없는 아이리스가…….

뭔가를 결의하듯 진지한 표정을 지으며 주먹을 말아 쥐더니…….

무슨 말을 하려고 한, 바로 그 순간이었다.

"아이리스 님. 그 소원을 말씀하시기 전에, 제가 아이리스 님께 드릴 말씀이 있습니다."

내 옆에 있던 다크니스가 아이리스의 말을 끊으면서 입을 열었다.

이 자리에 있는 모든 이들의 시선이 몰린 가운데, 다크니스는 한쪽 무릎을 꿇더니 나를 힐끔 쳐다보았다.

"사토 카즈마는 지금까지 수많은 마왕군 간부를 쓰러뜨려 왔습니다. 그리고 언젠가는 마왕을 쓰러뜨릴지도 모르는 남자입니다. 그것은 매우 힘들고, 평범한 사람을 해낼 수 없는 일이지만……. 그런 위업을 해내려 하는 이 자에게, 한 말씀 해주시지 않겠습니까?"

이 녀석, 갑자기 무슨 소리를 하는 거야.

내가 누굴 쓰러뜨린다고?

"……마왕을 쓰러뜨린다고요? 정말요? 오라버니는, 진짜로 마왕을 쓰러뜨릴 생각인가요?"

아이리스도 진지한 얼굴로 무슨 소리를 하는 거야.

물론 그런 건 무리—.

"뭐, 뭐어, 기회가 된다면, 마왕을 토벌하는 것도…… 괜찮지…… 않겠어……?"

나는 아이리스의 눈을 쳐다보며 떨떠름한 목소리로 그렇

게 말했다.

내 뒤편에서 그 말을 들은 클레어가 말도 안 된다는 듯 코웃음을 쳤다.

하지만—.

"그런가요……. 오라버니라면 분명 해내실 수 있을 거예요. 힘내서 꼭 마왕을 퇴치해 주세요. ……오라버니의 무운을 빌게요!"

아이리스가 그렇게 말하면서 만면에 미소를 짓자 다들 아무 말도 하지 못했다.

—아니, 한 명을 제외하고 말이다.

"오라버니라는 그 호칭 좀 쓰지 마세요! 당신에게는 진짜 오라버니가 있잖아요? 그 오라버니와 사이좋게 지내면 되잖아요! 그 호칭을 들을 때마다 왠지 제 존재가 위협받고 있는 느낌이 들어서 짜증이 난단 말이에요! 그리고 마왕 따위는 언젠가 제가 해치울 거니까, 카즈마가 나설 필요 없어요!"

이유는 모르겠지만 발끈한 메구밍이 갑자기 그런 바보 같은 소리를 했다.

"오, 오라버니는 오라버니예요. 제가 오라버니를 오라버니라고 부르는 게 뭐가 문제라는 거죠?! 그리고 당신이 마왕을 쓰러뜨려선 의미가 없어요. 저는 오라버니가 마왕을 쓰러뜨려 줬으면 한단 말이에요!”

“그 호칭을 쓰지 말라고 했는데 계속 쓴다는 건, 저에게 도전한다고 봐도 되겠군요!”

“싸, 싸우자는 건가요?! 와, 왕족은 싸움도 잘한다고요!”

두 사람이 갑자기 드잡이를 시작하자 다크니스와 클레어가 허둥지둥 그녀들을 말렸다.

“메구밍, 그만해라! 어제만 해도 아이리스 님과 그렇게 사이좋게 지냈으면서, 오늘은 왜 싸움을 벌이는 것이냐! 대체 무슨 생각이냔 말이다!”

“아이리스 님, 진정하십시오! 싸움 같은 건 해보신 적도 없으시면서, 갑자기 뭘 하시는 겁니까?!”

나는 화제를 바꾸기 위해 거친 숨을 내쉬는 아이리스에게 질문을 던졌다.

“……그런데, 소원이 뭐야? 어떤 거라도 괜찮으니까 말해봐.”

나는 그 소원이라는 말에 약간의 기대를 담으며 물었다.

아까의 반응으로 볼 때, 혹시 이대로 성에 남아달라는 이야기일지도……!

“소원……. 제 소원은…….”

방금 자기 입으로 소원이 있다고 말했던 아이리스는 갑자기 침묵하더니—.

"전에 같이 했던 게임의 결판이 아직 나지 않았잖아요. 언젠가 또 저와 승부를 해주세요."

자기 나이에 걸맞게, 장난꾸러기 여자애 같은 표정을 지으며 그렇게 말했다—.

막 간 탐욕 귀족과 망가진 악마

케케묵은 냄새가 나는 지하실에서는 쉬익~ 쉬익~ 하고 천식 소리 같은 것이 때때로 들려왔다.

정말 언제 들어도 불쾌한 소리였다.

"어이, 맥스. ……일어나라고, 맥스!"

그 불쾌한 소리를 내는 이를 걷어차자 그 자는 아무 일도 없었다는 듯 몸을 일으켰다.

"쉬익~, 쉬익~. 아, 알다프, 무슨 일이야? 나한테 무슨 볼일이라도 있어? 아아, 알다프는 오늘도 기분 좋은 감정을 뿜고 있네!"

상대를 바보 취급하는 그 말을 들어서 무심코 눈앞에 있는 악마를 걷어찼다.

악마.

그렇다. 이 기분 나쁜 남자는 악마다.

언뜻 보기에는 매우 잘생긴 청년이지만, 감정이 빠져나간 것처럼 무표정한 얼굴은 보는 이들에게 정체불명의 불길한 느낌을 안겨줬다.

"볼일이 없으면 누가 너 같은 놈을 찾아오겠냐고. ……내 신기를 어느 도적이 훔쳐갔을 뿐만 아니라, 봉인까지 당한 것 같아. 그걸 찾아와서 봉인을 풀어. 알았지?"

"쉬익~, 쉬익~. 알다프, 알다프! 그건 무리야, 알다프! 신기가 어디 있는지도 모르는데다, 신기를 봉인한다는 건 원래 불가능에 가까워. 만약 진짜로 봉인이 된 거라면, 나로선—?!"

변명만 늘어놓기 시작한 악마를 힘껏 걷어차 줬다.

"그런 것도 못하는 거냐! 이 아무짝에도 쓸모없는 악마 자식! 네놈은 대체 언제 내 소원을 들어줄 거냐! 라라티나! 이제 그만 라라티나를 데리고 와라! 왜 그런 간단한 일도 해내지 못하는 거냔 말이다!!"

"쉬익~, 쉬익~, 쉬익~, 쉬익~."

몇 번이나 걷어차 주자, 이 기분 나쁜 악마는 머리를 감싸쥐면서 몸을 웅크렸다.

이 악마는 바보다.

그야말로 바보 천치다.

기억이라는 것을 못하며 주어진 명령도 금방 잊는다.

아아……. 그 신기만큼은 반드시 되찾아야 한다.

지금까지 뜻대로 일이 잘 풀렸기에 방심하고 말았다.

왕자의 몸을 노리는 게 아니었다.

라라티나와 약혼을 한 왕자의 몸을 빼앗아서 지금까지 원해왔던 것을 전부 손에 넣는다.

한 번에 모든 것을 가질 수 있는 찬스에 무심코 혹하고 말았다.

그 결과, 도적 따위에게 신기를 빼앗기고 말았다.

왕자에게 그게 넘어갔다면, 그 다음에는 주문을 외운 후 이 몸을 박살내기만 하면 됐는데 말이다.

정말 분통이 터져서 죽을 것 같지만 지금은 신기의 행방을 찾는 게 우선이었다.

아아, 이럴 줄 알았으면 그냥 아들인 발터와 몸을 바꿀 걸 그랬다…….

이대로 신기를 되찾지 못한다면 그 녀석을 괜히 주워온 게 된다.

외모가 반반하고 뛰어난 아이를 찾느라 고생했는데 말이다.

애초에 발터가 라라티나와의 맞선을 성공시켰다면 이렇게 위험한 다리를 건널 필요도 없었는데……!

"라라티나! 라라티나! 너는 내꺼다, 라라티나! 내가, 언제부터 너를 점찍어 뒀는지 알기는 하느냐! 라라티나!"

어둑어둑한 지하실에서 신기를 잃은 분노에 몸을 맡긴 채 울부짖었다.

"쉬익~ 쉬익~! 쉬익~ 쉬익~! 알다프, 너는 정말 최고야! 욕망에 충실하고, 잔혹한 네가 정말 좋아, 알다프! 빨리 네 소원을 이뤄주고 보수를 받고 싶어, 알다프! 자, 나한테 일거리를 줘, 알다프! 소원을 말해봐, 알다프! 알다프!"

기분 나쁜 악마가 떠들어댔다.

이 녀석은 대체 뭘까.

기억력이 나쁘고 몇 번이나 내 소원을 이뤄 줬으면서, 이뤄 줬다는 사실 자체를 잊고 마는 무능력한 악마.

보수를 떼어먹을 수 있으니 그냥 이대로 놔두는 거지, 아니었으면 옛날 옛적에 다른 몬스터를 불러냈을 것이다.

손에 쥔 동그란 돌…….

몬스터를 랜덤으로 불러내서 사역할 수 있는 신기를 손아귀 안에서 굴리면서…….

"내 소원은 단 하나다! 라라티나를 데려와라! 그 여자는 내 것이다!"

기분 나쁜 악마를 향해, 몇 번째인지 생각나지도 않는 소원을 외쳤다.

에필로그1 —용사에게 주어진 보수는—

레인이 펼친 텔레포트의 마법진이 사라진 순간, 주위에 정적이 흘렀다.

그 분들이 있고 없음에 따라 이렇게 달라진다는 것도 정말 놀라웠다.

"아이리스 님. 저기……. 너무 침울해 하시지는 마십시오……."

내가 방금까지 마법진이 있던 장소를 쳐다보고 있자 클레어가 그렇게 말했다.

"그 남자가 온 이후로 아이리스 님께서 정말 즐겁고 행복해 하셨다는 것은 알고 있습니다. 하지만……. 그 남자와 아이리스 님은 사는 세계가 다릅니다. 어떤 이성과 정이 든다면, 아이리스 님께서 시집을 가실 때 마음이 괴로우실 겁니다. 벌이라면 얼마든지 달게 받겠습니다. 하지만 부디 이해해 주셨으면 합니다……."

클레어는 그렇게 말하며 눈을 감더니 고개를 깊이 숙였다.

옆에 있는 레인 또한 고개를 숙였다.

"저는 괜찮으니 두 사람 다 고개를 드세요."

내가 그렇게 말하자 두 사람은 천천히 고개를 들었다.

두 사람의 괴로운 표정을 보니 그녀들이 얼마나 나를 생각하는지, 그리고 어떤 마음으로 이런 결단을 내렸는지 충분히 이해가 되었다.

두 사람을 원망할 생각은 눈곱만큼도 없었다.

원망할 필요 자체가 없는 것이다.

나는 하늘을 향해 왼손을 들고 손가락 부분을 응시했다.

왼손 약지 부분의 피부가 다른 곳에 비해 약간 옅은 빛깔을 띠고 있었다.

항상 끼고 있었던 반지 때문에 거기만 햇빛을 적게 받은 것이다…….

"……읏! 저, 정말 죄송합니다! 저희의 힘이 모자란 탓에 소중한 반지를 빼앗기고 말았습니다……!"

"이 책임은 반드시 지겠습니다……!"

반지 자국을 쳐다보는 나를 본 두 사람은 책임을 느낀 것 같았다.

딱히 반지를 빼앗겼다고 슬퍼하는 것은 아니지만—.

"두 사람은 최선을 다했어요. 왕도의 뛰어난 모험가들이 성에 묵고 있는데도 당했으니, 누가 지휘를 맡았더라도 반지를 빼앗겼겠죠. 아버님께서 돌아오신다면 책임을 묻지 말아 달라고 제가 말씀드리겠어요. 그러니 너무 자괴감에 빠지지 마세요."

내가 그렇게 말하자 클레어는 더욱 고개를 숙이면서 몸을 움츠렸다.

클레어는 우수하지만 지나치게 성실했다.

한동안 그 사람과 같이 행동하게 해서 융통성을 배우게 하는 편이 좋을 것 같다고 생각했다.

그렇다. 라라티나처럼 말이다.

"감사합니다……. 소중한 반지를 잃은 데다, 그 남자와 헤어지기까지 하셨으면서……. ……아이리스 님. 그 남자가 또 마왕군 간부를 해치운다면, 다시 만날 수 있을 겁니다……."

클레어가 송구한 표정을 지으며 나를 위로하듯 그런 말을 했다.

—마왕군 간부를 해치운다.

그것은 결코 간단한 일이 아니겠지만 그 사람이라면 분명 손쉽게 해낼 것이다.

"그래요. 가까운 시일 내에 만날 수 있을 것 같은 느낌이 들어요."

내가 그렇게 말하면서 미소 짓자 클레어는 괴로운지 표정을 일그러뜨렸다.

바로 그때, 레인이 나를 위로하듯 밝은 목소리로 말했다.

"사실 최근의 아이리스 님이시라면 카즈마 님과 작별하시면서 억지를 부리실 거라고 생각했습니다만……. 예상과는 달리 별말씀 하지 않으시더군요. 카즈마 님에게 악영향을 받으신 줄 알았습니다만, 아무래도 괜한 걱정을 한 것 같아요."

레인이 그렇게 말하면서 밝은 분위기를 만들어냈다.

"그야 오라버니와 약속을 했으니까요."

나는 두 사람을 향해 미소를 지으면서 대답했다.

"약속……. 그래요. 다음에 결판을 내자는 약속 말이군요. 아이리스 님, 그 남자에게 꼭 이겨주십시오!"

클레어는 그 약속을 떠올린 것 같지만…….

—이 나라에서 옛날부터 정해져 내려오고 있는 규율이 있다.

마왕을 쓰러뜨린 용사에게는, 포상으로서 왕녀를 아내로 맞을 권리가 주어지는 것이다—.

……나는 손가락에 남아있는 반지 자국을 한 번 더 쳐다보면서 두 사람에게 들리지 않도록 작은 목소리로 말했다.

"오빠……. 그 반지를 소중히 간직해 줘."

에필로그2 ―꿈 대신 손에 넣은 반지―

텔레포트로 액셀 마을에 돌아온 우리는 저택에 돌아간 후―.

"으아아아아아아아아아아아아아아~!"

나는 저택 소파에 몸을 내던지고 버둥거리면서 고함을 질러댔다.

다크니스는 그런 나를 힐끔 쳐다보더니 의자에 앉아 홍차를 홀짝였다.

"어이, 시끄럽다. 이웃들에게 폐가 되니까, 마을 밖에 나가서 해라."

"헛소리 하지 마, 이 빌어먹을 여자야. 딱 좋은 타이밍에 방해해 놓고 무슨 소리를 하는 거야?! 네가 마왕을 쓰러뜨린다 같은 소리를 하지 않았으면, 아이리스가 다른 소원을 말했을 거라고! 오라버니와 같이 있고 싶다든가, 오라버니와 사귀고 싶다든가, 오라버니와 같이 자고 싶다든가!"

"너는 지금 매우 위험한 발언을 했다! 아이리스 님이 열두 살이시라는 것을 잊지 마라! 그리고 그런 소원을 비실 리가 없지 않느냐. 그 자리에서 아이리스 님의 소원이라고 해봤자, 「이 성의 광대가 되어 주세요」 같은 것이었겠지. 그리고 네가 아이리스 님과 같이 산 건 겨우 일주일 밖에 안 되지 않느냐. 너는 그 짧은 시간 동안 이성에게 그 정도로 사랑받을 자신이 있느냐? 현실을 보란 말이다. ……자, 차를 끓였으니까 이거라도 마시면서 좀 진정해라."

"공주님과 보낸 꿈만 같은 생활에서, 느닷없이 현실로 복귀시키지 말라고! 그런 정론은 듣고 싶지 않아. 헤어진 지 얼마 안 되었으니까, 행복한 꿈 좀 꾸게 해달라고!"

메구밍은 말다툼을 벌이는 우리를 곁눈질하면서 내 옆에 앉았다.

"메구밍도 문제다. 성격이 불같은 건 알고 있었지만, 마지막에 아이리스 님과 드잡이를 할 필요는 없지 않았느냐."

"그건 여동생 타입간의 피할 수 없는 결투였어요. 그리고 저와 함께 왕도에 나갔을 때, 결국 양아치와 싸우지 못했거든요. 그러니까 그건 제가 주는 작별 선물 같은 거예요."

너는 로리 타입이라든가, 왕녀님에게 이상한 걸 가르쳐주지 말라든가, 같은 태클을 메구밍에게 날리고 싶었다. 하지만 이러쿵저러쿵 해도 이 녀석은 어느새 아이리스와 친해졌다.

나이가 가까우니 서로가 친구처럼 느껴진 것이리라.

친구와 작별하는 게 슬퍼서 일부러 그런 태도를 취한 걸지도 모른다.

다크니스가 끓여준 차를 받으면서 그런 생각을 하고 있을 때, 메구밍이 종이 한 장을 꺼내더니 뭔가를 쓰기 시작했다.

옆에서 보니 누군가에게 편지를 쓰고 있는 것 같았다.

분명 아이리스에게 쓰는 편지이리라.

입가에 쓴웃음을 머금은 나는 이 녀석도 솔직하지 못하다니깐, 이라고 생각하며 차를 홀짝였다.

주방에서 잔을 가지고 온 아쿠아가 안고 있던 술병과 잔을 테이블 위에 놓더니 소파에 앉았다.

"메구밍, 뭘 쓰고 있는 거야? ……아하, 왕녀님에게 편지를 쓰고 있는 거구나? 어제 파티가 끝난 후에도 왕녀님의 방에서 이야기를 나눴지? 왕녀님에게 메구밍 씨라고 불릴 정도로 사이가 좋아졌잖아."

하지만 진지한 표정의 메구밍은 계속 글을 쓰면서 말했다.

"아뇨, 이건 팬레터예요. 언젠가 가면을 쓴 그 도적과 만났을 때 바로 건넬 수 있도록 항상 가지고 다니려고요."

나와 다크니스는 마시던 차를 뿜었다.

"쿨럭……! 쿨럭……! 메, 메구밍, 저기, 그 가면 쓴 의적이 그렇게 마음에 든 것이냐? 팬레터는 좀 그렇지 않느냐. 상대는 엄연한 범죄자다."

아무래도 다크니스는 그 의적이 나라는 걸 밝히지 않을 생각인 것 같았다.

"마음에 들었다고 할까요. 요즘 같은 세상에 그런 인물은 흔하지 않으니까요. 홍마족이 보기에도 그 사람은 보기 드문 괴짜였어요. 하지만 단 둘이서 성에 쳐들어와 수많은 이들을 상대로 싸우는 그들을 응원하고 싶어지는 건 당연한 거잖아요. 이성으로서 좋아하는 것이 아니라, 동경하는 히어로를 응원하는 느낌에 가까워요."

……어쩌지. 진짜로 정체를 밝히기 힘들어졌어.

바로 그때, 뽕~ 하는 소리가 나더니 향긋한 냄새가 거실을 가득 채웠다.

아쿠아가 술병의 뚜껑을 딴 것 같았다.

"어이, 엄청 냄새가 좋네. 나도 한 모금만 마시자."

"……「아쿠아 님, 부디 마시게 해주십시오. 부탁드립니다」라고 말하면 생각해 볼게."

……좋아. 강탈하자.

내가 술병을 빼앗기 위해 일어나자 아쿠아는 허둥지둥 술병의 뚜껑을 닫더니, 품에 꼭 안으면서 거북이처럼 몸을 웅크렸다.

"어이, 저항하지 마! 얌전히 있으라고!"

"싫어! 안 돼, 그것만은 하지 마! 부탁이야! 뭐든 다 할 테니까 그것만은 봐줘!"

아쿠아의 언동과 자세 때문인지, 옆에서 보니 내가 엄청 나쁜 짓을 하고 있는 것 같았다.

몸을 동그랗게 만 아쿠아의 어깨를 잡고 흔들자 얼굴을 새빨갛게 붉힌 다크니스가 허벅지를 비비면서 내 어깨를 두드렸다.

"……돈이라면 얼마든지 낼 테니까, 나한테도 그 플레이를……."

"플레이 아냐! 너, 왕도에서는 그렇게 멋졌으면서 지금은 왜 요 모양 요 꼴인 거야! ……젠장! 어이, 아쿠아!"

나는 꼼짝도 하지 않는 아쿠아에게 타협안을 제시했다.

"지금부터, 네가 왕도에서 말했던 마이클 씨라는 사람의 가게에 가서 맛있는 술을 사오겠어. 그리고 서로의 술을 걸고 승부를 하자고. 이번에는 너도 꽤 활약했으니까, 네가 유리한 방식으로 승부해줄게."

아쿠아는 그 말을 듣더니 머뭇거리면서 고개를 들었다.

"……정말? 카즈마가 술을 사와서 나와 승부를 한다니, 별일이네. 다른 꿍꿍이가 있는 거 아냐?"

이 녀석에게도 학습 능력이라는 게 있는 것 같았다.

하지만 분위기를 보아하니 조금만 더 밀어붙이면 될 것 같아서 나는 그럴듯한 이유를 생각해 봤다.

"이러쿵저러쿵 해도, 결국 네가 왕도의 위기를 구한 격이잖아. 그리고 다들 이렇게 무사히 돌아왔으니, 그걸 축하할 겸 말이야. 게다가 그 술 하나로는 세 명이서 마시기에 부족하다고."

"잠깐만요. 혹시 한 명 부족한 건, 또 저만 주스나 마시게 할 생각인 건가요? 그리고 무사히 돌아왔다고 할 수는 없지 않나요? 카즈마는 코볼트한테 살해당했으니까요."

“시, 시끄러워! 지금은 이렇게 멀쩡하게 살아있으니 됐잖아! 그리고 메구밍한테 술은 아직 일러. 시원한 네로이드도 사올 테니까 그걸로 참아.”

일본 법규상으로 보면 엄연히 미성년자인 내가 그렇게 말하자 메구밍은 쓰던 편지를 테이블에 내던졌다.

“저는 이제 결혼도 할 수 있는 나이에요! 술?! 그딴 것도 얼마든지 마실 수 있어요! 누가 더 잘 마시나 승부해요!”

역시 이세계. 그러고 보니 메구밍의 나이면 결혼이 가능했지.

“어, 어이, 메구밍에게는 술이 너무 이르다. ……하지만 축하라. 이번에 악당의 음모를 저지한 것은 사실이지. 좋다. 내가 안주를 만들어주마. 모처럼 돌아왔으니, 하루 정도는 연회를 하면서 보내는 것도 괜찮겠지.”

다크니스는 그렇게 말하며 주방으로 향했다.

그리고 아쿠아는 연회라는 말을 듣더니 갑자기 들뜬 표정을 지었다.

“……뭐, 카즈마가 일주일 만에 돌아온 거잖아. 승부 같은 거 안 해도 돼. 그냥 너희한테도 이 술을 조금씩 나눠줄게.”

아쿠아는 그렇게 말하더니 술병을 테이블 위에 놓았다.

카즈마는 목숨을 건졌구나, 라고 아쿠아에게 말해주고 싶었다. 하지만 오늘은 다 같이 한 잔 하고 싶은 기분이 들었다.

아주 짧은 시간이었지만 염원했던 여동생이 생겼고, 그 여동생과 작별해야만 했으니, 오늘만큼은—.

"그럼 제가 술을 사올게요. 카즈마가 사러 갔다간 제 몫이랍시고 네로이드를 사올 것 같거든요!"

메구밍은 그렇게 말하면서 저택을 뛰쳐나갔다.

곧 주방 쪽에서 뭔가를 굽는 향긋한 냄새가 흘러나왔다.

"이제 술과 안주는 준비됐네. 남은 건 연회에 걸맞은 장기자랑을 준비하면 될 것 같은데……."

이런 평소와 다름없는 일상으로 돌아오자 왕도에서 보낸 나날들이 꿈처럼 느껴졌다.

나, 진짜로 공주님과 살았던 것 맞지……?

그리고 그 애는 나를 오라버니라고 부르며 따랐다…….

나는 그게 꿈이 아니라는 증거인 반지를 꺼내서 감개무량한 눈으로 쳐다보았다—.

바로 그때, 장기자랑에 쓸 만한 물건이 없는지 주위를 두리번거리던 아쿠아가 그 반지를 봤다.

"앗. 저기, 카즈마. 그 반지 좀 빌려주지 않을래? 그럼 내가 엄청난 장기를 보여줄게."

아쿠아가 말하는 엄청난 장기에 흥미가 있기는 하지만, 반지를 이용한 이 녀석의 장기라면…….

아쿠아가 반지를 향해 손을 뻗자 나는 허둥지둥 그 반지를 품에 넣으려고—!

■작가 후기

안녕하십니까. 노래하고 춤추는 소설가, 아카츠키 나츠메입니다.

언제든 이세계로 소환되더라도 괜찮도록 몸을 단련하기로 했습니다.

갑작스럽게 격한 운동을 하면 오히려 몸에 좋지 않다고 들었기에 우선 준비운동 삼아 격투만화를 읽기로 했습니다.

만약 다음 권이 나오지 않는다면, 아아, 작가님은 이세계로 소환되었거나 격투기 선수가 되었다고 생각해 주십시오.

……뚱딴지같은 근황 보고는 이쯤 하고 작품 관련 보고를 드리겠습니다.

이번 권과 함께 토라노아나에서 드라마CD가 발매되었습니다.

새로 쓴 소설의 내용에 기반을 두며 각본이 만들어졌으니, 괜찮으시다면 드라마CD를 통해서만 즐길 수 있는 이야기도 즐겨 주셨으면 합니다.

참고로 다음 달에는 와타리 마사히토 선생님이 그리신 코믹스 1권이 발매됩니다.

만화에서만 볼 수 있는 카즈마 일행의 활약을 기대해 주십시오.

그러고 보니 얼마 전에 이세계 페어용 사인 색지를 만들었습니다.

설마 제 인생에 사인이라는 걸 하게 되는 날이 올 줄은 꿈에도 생각 못했습니다. 그래서 연습에 연습을 거듭했고, 실패에 대비해 예비 색지도 준비해 뒀습니다만, 편집부 측에서 보내온 것은 일러스트가 들어간 사인 색지더군요.

준비해 둔 색지는 아무 소용이 없어졌으며, 절대로 실패해선 안 된다는 생각에 부들부들 떨면서 사인을 했습니다. 다음에 사인 의뢰가 들어온다면 울며불며 저항할까 합니다.

—자아.

이번에도 미시마 쿠로네 선생님을 비롯해, 담당 편집자님과 디자이너 님, 교정자 님, 그리고 편집부 여러분 등, 수많은 분들께서 힘써주신 덕분에 책이 무사히 출판됐습니다. 정말 감사합니다.

어느새 작가 인생 2년차에 돌입했습니다만, 앞으로도 잘 부탁드립니다.

그리고 무엇보다 이 책을 읽어주신 독자 여러분에게, 진심으로 감사드립니다—!

아카츠키 나츠메

후기

아이리스에게 오빠라고 불리고 싶어

『오라버니』라고
부르는 건 그만둬요!

오라버니는
오라버니예요!

0권 발매 축하 드립니다.
코믹판도 잘 부탁 드립니다.
渡真仁
와타리 마사히토

NEXT

큰일이다! 큰일 났다! 진짜로 큰일이 났단 말이다!!

왜 그러는 거야. 나는 여동생과 생이별해서
우울해 죽겠다고. 골치 아픈 일에 끌어들이지 마.

다크니스가 저렇게 당황하다니,
별일도 다 있네. 혹시 또 가슴이 커져서
갑옷을 새로 맞춰야 하는 거야?

뭐가 커졌다고? 자세하게 말해봐.

전부터 기르고 싶어 했던 촉수 몬스터,
마개조 로퍼를 입수한 걸지도 몰라요.

어이, 어디가 커진 건지 자세하게 말해봐.
그리고 마개조 로퍼에 대해서도 자세하게 말해봐.

그, 그런 게 아니다! 이대로 있다간……
이대로 있다간 이번에야말로 결혼해야 할지도 모른다!

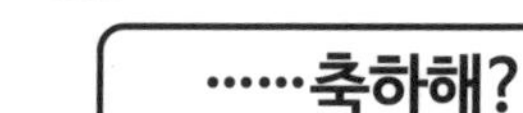

……축하해?

?!

이 멋진 세계에 축복을! 7

COMING SOON!!

■역자 후기

안녕하십니까. 근로청년 번역가 이승원입니다.

『이 멋진 세계에 축복을!』 6권을 구매해주셔서 진심으로 감사드립니다.

얼마 전에 카페에서 일을 하면서 엄청난 사실을 눈치챘습니다. 그건 바로 집밖에서 코미디 계열 작품을 번역하면 안 된다는 겁니다.

실은 제 작업실 부근에서 공사를 하는지라 너무 시끄러워서 이번 6권 작업은 카페에서 많이 했습니다. 그런데…… 개그 부분에서 웃음이 터져 나오더군요. 어느 정도는 괜찮았는데, 중간 중간에 제 취향에 스트라이크로 꽂히는 개그 부분은 너무 강렬해서 웃음을 참을 수가 없었습니다. 하지만 카페에 있는 다른 분들의 시선 때문에 억지로 웃음은 참아야겠고, 개그는 더욱 강렬해지고……. 결국 화장실로 대피하는 사태가 발생했습니다, AHAHA.

제가 지금까지 번역했던 작품 중에 개그물이 없었던 건 아닙니다만, 『이 멋진 세계에 축복을!』은 저와 개그 코드가

너무 잘 맞는 것 같아요.^^

특히 디스크 때문에 며칠 병원 신세를 지게 됐을 때가 정말 힘들었습니다. 환자만 있는 병실에서 크게 웃을 수도 없는데다, 저도 거동이 불편한 상태라…… 오랜만에 제대로 된 궁지에 몰린 느낌이었습니다. 앞으로는 이런 일이 없도록 건강관리에 힘쓸 생각입니다. 우오오오오오~!

자, 그럼 본편에 대해 조금 이야기를 해볼까 합니다.

스포일러가 포함되어 있을 수도 있으니 본편을 읽지 않으신 분들은 유의해주시길!

이번 6권은 신 캐릭터인 아이리스를 중심으로 전개되고 있습니다.

여동생! 공주님! 온실의 화초! 순진무구! 정말 멋진 캐릭터성을 갖춘 캐릭터였습니다. 솔직히 말해 카즈마가 눈에 넣어도 아프지 않을 만큼 좋아하게 된 것도 이해가 됩니다.

그리고 기존의 히로인들도 정상운행(?)을 하더군요. 아쿠아는 카즈마가 하는 일을 사사건건 방해해대고, 다크니스는 메이드와 마조히스트 사이에서 방황(?)했으며, 메구밍은 자신의 캐릭터성을 위협하는 신 캐릭터 때문에 위기감을 느꼈습니다. 그런 그녀들의 대활약은 이번 권도 재미있게 만들어줬죠.

하지만 그래도 이번 권의 하이라이트는…… 정체불명의

가면 의적(?)이 아닐까 합니다, AHAHA.

마지막에 한 소녀를 위해 각성한 그의 용맹무쌍함은 정말 압도적이었습니다. 정말 여러 가지 의미에서 엄청났죠.^^

좀 더 심도 깊게 이야기를 하고 싶지만, 아직 본문을 안 보신 분이 계실수도 있으니 이만 줄이겠습니다. 『이 멋진 세계에 축복을!』을 번역하면서 사나이다움을 느낀 건 처음이었어요.ㅠㅜ

그럼 이만 줄이겠습니다.

이 작품을 저에게 맡겨주신 L노벨 편집부 여러분. 항상 감사합니다.

시시콜콜 다○소○이라는 게임을 같이 하자고 꼬드기는 악우여. 나, 멘탈 약한 거 알지? 그런 고난이도 게임을 하다간 멘탈이 깨져서 번역 마감 못 지킬 거라고.ㅠㅜ

마지막으로 언제나 제게 버팀목이 되어주시는 어머니와 『이 멋진 세계에 축복을!』을 읽어주신 모든 분들에게 진심으로 감사드립니다.

모 변태 크루세이더를 본격적으로 조교하기 시작하는(?) 7권 역자 후기 코너에서 다시 뵙겠습니다!

2016년 4월 중순

역자 이승원 올림

이 멋진 세계에 축복을! 6
육화의 왕녀

1판 1쇄 발행 2016년 5월 10일
1판 17쇄 발행 2023년 3월 2일

지은이_ Natsume Akatsuki
일러스트_ Kurone Mishima
옮긴이_ 이승원

발행인_ 신현호
편집장_ 김승신
편집진행_ 권세라 · 최혁수 · 김경민 · 최정민
편집디자인_ 양우연
관리 · 영업_ 김민원

펴낸곳_ (주)디앤씨미디어
등록_ 2002년 4월 25일 제20-260호
주소_ 서울시 구로구 디지털로 26길 111 JnK디지털타워 503호
전화_ 02-333-2513(대표)
팩시밀리_ 02-333-2514
이메일_ lnovellove@naver.com
L노벨 공식 카페_ http://cafe.naver.com/lnovel11

원제 KONO SUBARASHII SEKAI NI SHUKUFUKU WO! Volume 6 ROKKA NO OUJO

Edited by KADOKAWA SHOTEN
First published in Japan in 2015 by KADOKAWA CORPORATION, Tokyo.
Korean translation rights arranged with KADOKAWA CORPORATION, Tokyo.

ISBN 979-11-5981-039-8 04830
ISBN 978-89-267-9978-9 (세트)

값 6,800원

L NOVEL

고백 예행연습 1~4권

후지타니 토우코 지음 | HoneyWorks 원작 | 야마코 일러스트 | 정효진 옮김

니코니코 동화에서 엄청난 인기를 누린
청춘 심쿵 록의 대표주자 HoneyWorks의 대표곡인 「고백 예행연습」이
「질투의 대답」, 「첫사랑의 그림책」과 함께 드디어 소설화!